NOVEL

Camilla Boniardi

PER TUTTO IL RESTO DEI MIEI SBAGLI

MONDADORI

Per la citazione tratta dal film *Bianca* di N. Moretti a p. 219: © *Bianca*, 1984, di Nanni Moretti e Sandro Petrone, Faso Film S.r.l. – Via Nicola Martelli, 3 – 00197 Roma.
Per la citazione tratta da I. Calvino, *Le città invisibili*, a p. 245: © 1993 by Palomar S.r.l. e Arnoldo Mondadori Editore S.p.A., Milano; © 2002 by Eredi Calvino e Arnoldo Mondadori Editore S.p.A., Milano; © 2015 by Eredi Calvino e Mondadori Libri S.p.A., Milano.

𝓐 librimondadori.it

Per tutto il resto dei miei sbagli
di Camilla Boniardi
Collezione Novel

ISBN 978-88-04-71973-1

© 2021 Mondadori Libri S.p.A., Milano
I edizione aprile 2021

Anno 2021 - Ristampa   3 4 5 6 7

Indice

Prologo
11 Ninnoli

15 1 Olivia
28 2 Leandro
44 3 Te lo prometto
57 4 I compleanni
70 5 L'appuntamento
82 6 Ricordati le medicine
96 7 I laghi d'acqua piovana
109 8 L'attesa
122 9 E luce fu
140 10 Il vaso di Rubin
152 11 Superpoteri
165 12 Guazzabugli di sogno
178 13 Più o meno
191 14 Una cosa da mettersi bene in testa, o forse due
205 15 Ci sentiamo più tardi
217 16 La felicità è una cosa seria
229 17 I no speak english
242 18 Come Marco Polo

252	19	Quello che avrei voluto dire
263	20	Una sconsiderata avventatezza
279	21	Cosa ho capito delle faccende d'amore
291		*Epilogo*
295		*Ringraziamenti*

Per tutto il resto dei miei sbagli

Alla nonna Etta

L'altro che io amo e che mi affascina è atopos. Io non posso classificarlo, poiché egli è precisamente l'Unico, l'Immagine irripetibile che corrisponde miracolosamente alla specialità del mio desiderio.

ROLAND BARTHES, *Frammenti di un discorso amoroso*

Prologo
Ninnoli

Se c'è una cosa, nella mia vita, che credo di aver fatto veramente male, questa è stata il trasloco.
E sì che me l'avevano detto chiaro e tondo che non si fanno scatoloni di soli libri, perché pesano troppo, che il nome del contenuto va scritto su tutti e quattro i lati del contenitore e non solo sopra, come ho fatto io, che infatti poi, quando ho impilato tutto, non son riuscita a leggere più niente.
Se penso al trasloco mi viene sempre in mente Gloria, la migliore amica di mia madre. Quando ha saputo del mio imminente trasferimento, è venuta a casa a darmi un ultimo saluto, neanche dovessi partire per il fronte.
«Dicono che, escluse le questioni di salute, trasloco e divorzio siano gli eventi più stressanti nella vita di una persona. Dal canto mio ti dico: mi sono sposata due volte senza traumi particolari, ma non cambierei casa un'altra volta neanche se mi venissero a tirare fuori con la ruspa.
In bocca al lupo, Marta cara.»
Questo è quello che mi disse Gloria, la migliore amica di mia madre, il giorno prima che iniziassi a trasportare montagne informi di pesantissimi scatoloni da una parte all'altra della città.
Non ricordo per quante volte ho fatto la spola con l'auto che arrancava, carica come un cammello.
Quando ero solo ai primi viaggi, pensavo che questi ta-

lebani del trasloco che si erigevano a maestri di vita stessero esagerando nelle loro catastrofiche valutazioni; adesso, un mese e cinquantasei scatoloni dopo, io lo devo dire, a me sembra che avessero proprio ragione.

Il lato divertente, se ne esiste uno, di questa mia mala organizzazione è cercare di indovinare il contenuto delle scatole a cui ho dato i nomi più fantasiosi.

"Cose delicate" leggo su una, quindi dentro ci potrebbero essere bicchieri oppure quadri, "cose inutili", recita quella sotto, oppure "cianfrusaglie", quella accanto.

Il risultato è che aprirle è stata, e continua a essere, una vera sorpresa.

Mentre tolgo chilometri di nastri adesivi sigilla-scatoloni, ogni tanto mi capita di giocare a un gioco che ho inventato io e che ho intitolato "Vediamo se mi conosco".

Funziona così: non appena riesco a liberare una scatola da quelle sovrastanti leggo il nome che ho riportato con l'indelebile nero sul lato alto e provo a indovinare cosa ci avrò mai ficcato dentro.

Una delle mie scatole preferite è quella che mi è capitata oggi sottomano, si chiama "Ninnoli".

Ma si può essere più generici di così? Allora non ci scrivere proprio niente, almeno la sorpresa è totale! Mi domando: a cosa serve fatto in questo modo?

Che modo inutile di catalogare le scatole.

Una volta aperta però la scatola dei "Ninnoli", a me è venuto in mente perché l'ho chiamata così.

Dentro avevo rovesciato l'intero contenuto di quello che per anni ho considerato il cassetto degli oggetti senza patria, quelli privi di una collocazione precisa, sempre a metà fra due categorie e mai davvero appartenenti a nessuna.

Io, negli anni e quasi senza accorgermene, mi ci ero affezionata a quel cassetto lì, perché mi è sempre piaciuta l'idea che anche nel disordine ci potesse essere un ordine, che tutti quegli oggetti spiantati si ritrovassero insieme la sera, uno accanto all'altro, scoprendosi finalmente parte di un tutto che rispondeva, per l'appunto, al nome di "Ninnoli".

Sono le 19.30 e mi mancano almeno cinque scatoloni da svuotare per rispettare la tabella di marcia che mi sono prefissata nell'ottica di ultimare il trasloco entro la fine dell'anno.

Passando in rassegna le ultime cose nello scatolone per decidere, una volta per tutte, cosa conservare e cosa buttare, mi cade subito l'occhio su una vecchia agendina impolverata e consunta.

Sgancio l'elastico che tiene unite le pagine e la sfoglio con quella curiosità nostalgica che si riserva ai ricordi, che, anche se sei tu che li hai vissuti, ti sembra sempre di provare cose nuove, quando li attraversi.

"Agenda di Marta, scriverò solo i primi giorni e poi la abbandonerò in un cassetto come ho fatto con tutte le agende della mia vita", questo c'è scritto sulla prima pagina, con una stilografica blu.

"Per lo meno non ho mai nutrito false speranze" mi dico.

Sfogliando le pagine in modo casuale, noto che una piega impressa dal tempo ne guida l'apertura sempre nello stesso punto.

Preceduto e seguito da decine di pagine bianche e abbandonate, attaccato con una graffetta sul giorno 20 dicembre, ecco comparire il biglietto di un concerto a cui ho partecipato anni fa.

A margine, una nota: "Una giornata da ricordare".

Sempre a margine, ne scrivo una ora: "Infatti non me la sono più dimenticata".

1
Olivia

La prima volta che me ne resi davvero conto, fu quando presi in seria considerazione l'idea di iscrivermi a un corso sul cinema russo d'avanguardia.

Vivevo ogni mia relazione nel costante timore di non essere abbastanza affascinante, abbastanza intelligente o bella o simpatica o culturalmente impegnata per lo standard cui mirava il compagno di turno.

Al mio fidanzato dell'epoca il cinema russo d'avanguardia piaceva molto, per esempio, mentre su di me aveva l'effetto di un potente rimedio contro l'insonnia.

Eppure, con ostinazione, cercavo di farmelo piacere a ogni costo, mi sarei pure impegnata a diventarne la massima esperta se questo fosse bastato a ridurre lo scarto che mi allontanava dall'essere massimamente desiderabile ai suoi occhi.

E non era la prima volta che succedeva.

Le conseguenze di questa mia insicurezza cronica erano disastrose. Modificavo il mio gusto nel vestire, il mio modo di parlare, perfino le mie frequentazioni subivano cesure drastiche, tutto pur di sembrare quella che non ero: ogni volta diversa, ogni volta sfiduciata.

E forse proprio per punirmi di questa mia bassa autostima, mi sembra che da un certo punto in poi io mi sia affiancata a persone sempre più distanti dal mio modo di essere, più difficili da compiacere, fino al punto di dover stravolgere quella che ero, per avvicinarmi a quella che loro avrebbero voluto io fossi.

Non ho mai pensato di potergli piacere così com'ero, non mi sembrava che le mie peculiarità fossero abitate da fascino alcuno e col tempo avevo pian piano dimenticato che solo uno scambio sincero e spontaneo può regalarti serenità.

Mi scoprivo attratta da persone che, per carattere o per scelta, erano diametralmente opposte all'idea di relazione che da sempre mi ero prefigurata, e la risposta a questa mia tendenza non si traduceva tanto nel troncare il rapporto, quanto piuttosto nel frustrante tentativo di farlo funzionare a ogni costo.

All'inizio pensavo che rincorrere sempre le persone sbagliate fosse solo un caso. Dopotutto per poterla etichettare come sfiga c'è bisogno di una minima ricorrenza, non puoi dichiararti vittima della persecuzione del fato senza fornire prove precise che ne dimostrino il carattere reiterato.

Questo perché nell'ordinamento comune delle vicende amorose, a discapito di quanto si pensa, guadagnare la coccarda della sfortuna è molto difficile.

Mi spiego meglio.

Esiste una sorta di presunzione di colpevolezza: non puoi fin da subito alzare le mani e scaricare tutta la colpa sul destino.

Nella scelta di chi metterti accanto sei considerato legalmente responsabile fino a prova contraria, e quello che tu denunci essere un accanimento della malasorte nei tuoi confronti, così da sollevarti da ogni responsabilità, deve prima essere accertato al di là di ogni ragionevole dubbio.

Io di dubbi ne avevo molti.

Dondolavo tra la fatica di trascinare il bagaglio di frustrazione che i fallimenti con l'altro sesso avevano reso pesante, e la speranza di poterlo svuotare, un giorno, con l'aiuto dell'unica persona in grado di convincermi che può essere facile essere felici: Olivia.

Il momento preciso in cui io e Olivia ci siamo conosciute

proprio non lo ricordo, e questo non perché io viva con superficialità i rapporti umani, ma perché da quel giorno di circa vent'anni fa, si sono inanellati così tanti eventi e così tanto importanti che i contorni della nostra personale linea temporale sono pian piano sfocati.

Quello che però ricordo con precisione è come mi sento, che poi è come mi sono sempre sentita, quando sono con lei.

Nel vivere la nostra amicizia non ho mai sofferto alcun senso di inadeguatezza, ma solo percepito la profonda comprensione di chi ti ama da sempre.

Quel giorno ci trovavamo in autostrada, precisamente sulla A1 direzione Modena, la bocchetta del riscaldamento della Punto grigia di Olivia sparava così tanta aria calda che a chiudere gli occhi, un po' per la temperatura, un po' per il rumore, sembrava di stare vicino al motore di un aereo di linea.

La libertà espressiva che colorava la nostra amicizia era così radicata e pura che, ascoltando la selezione musicale con cui mi stava torturando l'apparato uditivo da un'ora e mezza, mi sentii quasi in colpa a pensare che forse sarebbe stato meglio imparare a temerli un pochino di più, i reciproci giudizi.

«Ti prego, possiamo cambiare musica? Mi stanno sanguinando le orecchie» supplicai.

«Perché? Non ti piace? Io questa la trovo carinissima, è la canzone che mi fa compagnia quando vado al lavoro, ormai la passano in tutte le radio.»

«Ma chi sei, mio padre che ascolta le canzoni carinissime e simpatiche che gli fanno compagnia al lavoro? A questo punto mettiamo radio Meneghina, se dobbiamo avere sessant'anni, almeno facciamolo con stile.»

«Sto guidando io? La macchina è la mia? Allora la musica la decido io. Poi quella che piace a te la ascoltiamo già stasera al concerto, lasciami volare sulle note di questa Lambada.»

Conosceva benissimo il mio difficile rapporto con la musica latina e questo alimentava in lei il desiderio di tormentarmi affettuosamente alzando il volume al massimo e cantando con la gentile accortezza di non azzeccare manco una nota.

Cinque bachate dopo, persi le speranze di un suo qualche ravvedimento e cercai di distrarmi guardando fuori dal finestrino.

Era un gelido pomeriggio di dicembre, e intorno a noi, con ossimorica alternanza, sfrecciavano industrie e casolari, un panorama da cui ci si distacca sempre volentieri, ma che disturba, cogliendoci quasi di sorpresa, quando ci viene incontro al ritorno.

Guardavo il profilo di Olivia tenere il tempo con piccoli movimenti del collo, gli ultimi raggi di sole le illuminavano il viso olivastro e sottile, e quando arrivava una strofa di cui conosceva le parole, dal labbro superiore facevano capolino due incisivi bianchissimi, più lunghi dei compagni d'arcata, un dettaglio che è riuscito a farle odiare il suo sorriso e a renderlo a me, invece, immensamente caro.

Riportando lo sguardo in carreggiata, penso a quanti chilometri ho percorso con Olivia, quante strade attraversate insieme.

Di lei, in mente, ho un quadro preciso, che a dipingerlo non farei fatica, eppure, mentre gioco a saltare con lo sguardo su tutte le righe tratteggiate dell'autostrada, mi chiedo se anche lei, di me, ne abbia uno altrettanto chiaro.

Faccio spesso questa cosa: rifletto su quanto sarebbe curioso essere qualcun altro per un giorno, una persona qualsiasi, e andare da chi mi è caro a raccogliere i ritratti che farebbero di me a un perfetto sconosciuto.

Mi spaventa l'idea di sapere se, avendo la possibilità di parlare apertamente, senza giudizi né pregiudizi, dipingerebbero di me un amorevole profilo o se, al contrario, ciò darebbe loro l'opportunità di far emergere, chessò, un qualche rancore covato nei miei confronti per anni, con l'inattesa conseguenza di scoprirti, ai loro occhi, un'insopportabile stronza.

Allo stesso modo mi sono immaginata cosa succederebbe se a essere interrogata fossi io, se è a me che venisse chiesto di tracciare con poche parole il profilo di qualcuno a me caro.

Se si trattasse di Olivia, pensavo mentre guidava col petto attaccato al volante quasi a non farselo scappare, se fossi io a dover descrivere Olivia, dicevo, userei una semplice immagine, che non so poi perché mi sia rimasta così impressa.

Al centro preciso della mia amicizia con lei, infatti, c'è quella volta in cui stavamo vivendo gli strascichi di una litigata pesante, che non ci andiamo leggere quando perdiamo le staffe, ognuna impegnata a cuocere nel proprio brodo di aggressività e irruenza.

Non era un periodo particolarmente felice, e accasciata su una scalinata del centro di Milano le scrissi solo dov'ero e che nel mio cuore pesava più la sua assenza che la pretesa di avere ragione.

Pochi minuti dopo arrivò sorridente e trafelata con due tranci di pizza di Spontini caldi, doppia mozzarella, pronta a cenare e chiacchierare insieme su quelle scale, come se nulla tra noi si fosse mai incrinato.

Succedeva che le cose non avevamo neanche bisogno di dircele, gli screzi venivano cancellati dalla gentilezza.

Olivia è così: è una donna intraprendente, pratica e inconsciamente generosa.

La sua sensibilità è così acuta da spaventare gli uomini che per dritto o per rovescio hanno attraversato la sua vita e che si sono dunque sentiti minacciati nella loro attività prediletta: una libera e spensierata manifestazione del loro sbattersene altamente le palle degli altri, e quindi anche di lei.

Un mese prima, il 13 novembre, si era laureata in Giurisprudenza, centodieci e lode.

Insieme abbiamo frequentato non solo le scuole medie, ma anche il liceo, classico, e saremmo state compagne di corso anche all'università, se non fosse che io, per capire che la scienza non figurava tra le abilità donatemi dalla genetica, ci ho messo un intero anno.

Prima di iscrivermi a Legge, quindi, persi tempo a cercare di capire la chimica organica: al quarto modellino di atomi di carbonio ho salutato tutti e la sede di Biotecnologie non mi ha mai più rivista.

Avrei dovuto ascoltare fin da subito mia madre, quando mi arrabbiavo con lei in preda ai furori dell'adolescenza.

Me lo diceva sempre con tono a metà fra l'incazzato e l'orgoglioso: «Tu, cara mia, dovresti fare l'avvocato, riusciresti a cavare il sangue da una rapa!».

E infatti, l'anno successivo, con la sua benedizione, mi iscrissi a Giurisprudenza, salvo capire, qualche anno più tardi, che nemmeno quella era la mia strada.

Olivia, a differenza mia, ha avuto le idee chiare fin dal principio, ha sempre amato questo corso di studi e lo ha iniziato senza titubanze.

Mi piace pensare che questa propensione per il diritto rappresenti per lei un'ancestrale forma di riscatto per essere sempre stata una bambina timida e spesso prevaricata.

Non riuscendo mai a farsi valere da piccola, si è ripromessa che avrebbe avuto la sua rivincita da adulta: avrebbe finalmente smussato la sua naturale accondiscendenza e limato il suo morbido dar sempre ragione, acquisendo le giuste armi oratorie per farsi valere da grande.

E infatti questo corso di studi ha gettato in lei il seme della cazzimma, dico io, e oggi sconsiglierei a chiunque di intralciare il suo cammino.

Con la casuale precisione del destino, Olivia ha deciso di organizzare la sua festa di laurea proprio il giorno in cui le avrei chiesto di accompagnarmi al concerto che aspettavo da mesi.

Il tempismo non è mai stato il mio forte.

Festeggiare la fine del suo giogo universitario, così lo chiamo io, era certamente più importante di tutti gli altri impegni, così barattai la mia completa disponibilità a gestire l'allestimento della festa con la sua promessa di accompagnarmi in futuro alla data geograficamente più vicina a quella che mi ero persa a Milano.

Fu esattamente quello che successe.

Rispettando la sua parola, un mese dopo, alle cinque del pomeriggio, mi era passata a prendere in macchina alla volta di Modena.

Eravamo pronte a trascorrere la notte in un ostello spoglio e spartano, a fare la coda per ritirare i biglietti al gelo e ad arrangiare una cena discutibile, il tutto guidate dalla tipica spontaneità delle amicizie longeve: se non avesse fatto quanto da lei sottoscritto, avrei impugnato la sua promessa ex art. 1453 cc, costringendola al risarcimento del danno per non aver adempiuto alle sue obbligazioni.

Ed ecco che avevo scoperto per la prima volta i risvolti positivi di una laurea in Legge: minacciare le amiche, codice alla mano.

A mia discolpa devo dire che negli anni non le è certo mancata occasione di chiedere il conto, ha saggiamente sfruttato il suo credito come solo un futuro avvocato saprebbe fare.

Olivia continuava a canticchiare scuotendo il caschetto color cioccolato, la sentivo masticare lo spagnolo guadagnato in Erasmus, insieme a un piercing al naso che sua madre, dopo cinque anni, ancora non le ha perdonato.

«Guarda un po' sul navigatore quanto manca, che inizio ad avere fame» disse strizzando gli occhi per leggere il numero dell'uscita.

«Mi dice che mancano quaranta minuti, dovremmo esserci» la rincuorai.

«Senti, ma non mi hai più detto come si è evoluta la roba con Dario.»

Sapevo che prima o poi sarebbe saltato fuori l'argomento, era solo questione di tempo.

«Evoluta non è esattamente la sfumatura che darei allo stato dell'arte di questo nostro rapporto» bofonchiai sentendo addensarsi su di noi l'oscura nube del "te l'avevo detto".

«Marta, scusami, non è che voglio mettere il dito nella piaga, ci mancherebbe, però io te l'avevo detto.»

Ed eccoci qua.

Io e Olivia, di Dario, non parlavamo molto, anche perché c'era ben poco da dire.

In pieno rispetto della folle regola dell'attrazione che stava guidando le mie scelte negli ultimi anni, Dario era l'esatto opposto del ragazzo che mi sarei immaginata di corteggiare.

Per la precisione, se avessi dovuto stilare una classifica delle persone che avrei sperato di conoscere, delle personalità con cui di solito amavo confrontarmi e condividere punti di vista sul mondo, Dario non sarebbe rientrato nelle prime posizioni, anzi.

Con tutta probabilità avrebbe ricevuto la medaglia del "grazie per aver partecipato" senza neanche passare dal via.

L'avevo conosciuto tre mesi prima, a settembre, in un locale di Milano, uno di quelli che mi hanno sempre fatto venire l'orticaria per la caratura degli individui che li popolano.

Grossi orologi sui polsi, vestiti firmati, capello perfetto, bagno nel profumo e sguardo impunito.

Non bevono nulla che non sia gin da almeno trentacinque euro a bicchiere e se chiedi che piani hanno per la serata di solito ancora non li sanno, devono prima sciorinarti tutte le serate esclusive a cui sono stati invitati per poi dirti che comunque sono a numero chiuso, che se non hai ricevuto l'omaggio non ha senso provare a entrare.

Mi piacerebbe poter dire che non ricordo cosa ci facessi in quel locale, quella sera, ma invece lo ricordo benissimo.

Mi sentivo inspiegabilmente attratta da quel mondo così distante dal mio, ero stregata e incuriosita dal loro senso di appartenenza, invidiavo l'ostentata sicurezza con cui erano riusciti a crearsi un'aurea di esclusività da cui, non sopportavo di ammetterlo, ero intimamente sedotta.

Accanto a loro mi sentivo in soggezione, perennemente in difetto, un impostore che cerca di rubare in casa dei ladri.

Oggi riesco anche a ripercorrere con una certa lucidità tutti i goffi tentativi con cui ho cercato di mascherare il mio senso di inadeguatezza. Guardavo con sospetto il loro mondo, eppure desideravo a tutti i costi che mi facessero entrare: far parte di qualcosa, per quanto lontano dal mio sentire, mi sembrava comunque meglio di non appartenere a niente.

Dario era – ed è tuttora – un bellissimo ragazzo, quella sera lo avevo notato subito tra la folla informe: carnagione olivastra, occhi a mandorla e sguardo seducente, un sorriso che difficilmente passa inosservato.

Lo avevo intravisto destreggiarsi nel locale con la naturalezza di chi frequenta quel mondo da anni, vetusto conoscitore delle giuste movenze per conquistare l'attenzione delle sue prede, e quella volta, inaspettatamente, ero entrata nel suo mirino.

Quando incontro un ragazzo, sono due le cartine al tornasole che utilizzo per capire se ha senso proseguire la conoscenza.

La prima, la più importante, è sondare il suo rapporto col calcio.

Mi rendo conto che la mia ostilità verso questo sport non è supportata da motivazioni concrete, ma io proprio non lo reggo, non riesco a concepirne l'aspetto ludico né, tanto meno, a comprenderne l'animata tifoseria.

Per questo motivo, il modo in cui Dario scelse di iniziare la nostra conversazione mi travolse come un fallo a gamba tesa seguito da espulsione.

«Nella vita gioco a calcio a livello agonistico, è una passione che ho fin da bambino.»

Silenzio.

Calarono le tende sul sipario.

Dopo il sondaggio sul calcio, passo sempre a domandare quale sia il libro preferito, così da poter subito depennare, con tratto deciso e grassottello, tutti quelli che fieri rispondono *Il Piccolo Principe*.

Io detesto *Il Piccolo Principe*.

Probabilmente all'inferno ci sarà un girone creato apposta per me e per tutti coloro che lo boicottano, lo accetterò con stoica coerenza, ma io vi prego, uomini di tutto il mondo, smettetela di regalarlo alle vostre compagne!

Se vedo un altro segnalibro inserito di proposito sulla pagina dell'essenziale che "è invisibile agli occhi", io vi giuro che ve lo buco, quel libro, ve-lo-bu-co.

Nel caso di Dario, al secondo step non avevamo neanche avuto modo di arrivarci, perché quel calcio nella milza che fu la sua dichiarazione d'amore al pallone mi rese impossibile proseguire la conversazione in modo oggettivo.

Per quale motivo non colsi subito questo ferale presagio, io non lo so dire, lì per lì mi convinsi che in fondo non fosse poi così importante.

Questa nostra divergenza di interessi doveva essere senz'altro una sfortunata e isolata coincidenza.

Avremmo certamente trovato altri punti d'incontro e avremmo trasformato la nostra frequentazione in uno stimolante scambio di opinioni.

Se mai vi fosse bisogno di specificarlo: le cose non andarono come sperato.

Anche con lui si attivò il malsano meccanismo che avvelenava ogni mia relazione: ero diventata una ragazza profondamente insicura e ansiosa, cercavo di plasmarmi a immagine e somiglianza di ciò che pensavo potesse piacergli, con grande preoccupazione di chi invece conosceva la mia vera natura.

Certo non posso attribuire alla sola ossessione di voler diventare l'oggetto del desiderio di Dario l'origine della frustrazione che lentamente contagiò quel mio anno, ma senz'altro ne fu una concausa.

Quando si parlava di lui, puntualmente, Olivia storceva il naso.

Impercettibili movimenti tradivano il suo disappunto a conferma che non poteva sopportare le metamorfosi che subivo quando stavo con lui.

Per questo cercavo di parlargliene il meno possibile, anche perché forse, nel profondo, iniziavo a condividerne le perplessità.

«Per quanto apprezzi il tuo slancio di interessamento, Olli, diciamocelo chiaramente: a te Dario non piace a prescindere, non gli hai mai dato una reale possibilità.»

«Questo non è vero! Se a te piace io alzo le mani! Certo, sono sbiancata quando ho visto il suo portachiavi di Dybala. Non è che dorme con la maglia della Juventus?»

«Sei veramente una stronza» risposi ridendo a una battuta che avrei fatto io, se solo fossi stata in grado di vedere le cose per quelle che erano.

«Dài, Marta, per quanto pensi che questa cosa possa andare avanti? Ti ricordo che ha finto di regalarti un weekend alle Cinque Terre e poi ti ha portato a vedere la Sampdoria. Ma di cosa stiamo parlando!»

«Anche questo è pretestuoso. Non è andata così, semplicemente eravamo già in Liguria e una sera mi ha chiesto se lo accompagnavo a vedere la partita, è diverso.»

La mia risposta sembrò cadere del nulla perché Olivia continuò come se non avessi aperto bocca.

«Calcola che io ancora racconto l'aneddoto in ufficio quando voglio rincuorare chi si lamenta del compagno! Gli dico di non disperare, ché può sempre andare peggio.»

«Ma sei seria?»

«Dimmi, quanto ancora ti devi torturare prima di convincerti che meriti qualcosa di più stimolante di un Ronaldo che non ce l'ha fatta?»

«Vabbè dài, adesso stai veramente esagerando! Lo dipingi come un troglodita senza emozioni, non è così! Siamo d'accordo sul fatto che ci siano alcune lacune in termini di dimostrazione d'affetto, ma a suo modo mi vuole bene.»

Sul viso le lessi un'espressione di imbarazzo che mise a disagio anche me.

«Ah, ti vuole bene. Secondo te questo è volerti bene?»

Domanda retorica, non provai neanche a infilare una risposta perché sapevo benissimo che non ne avrei avuto il tempo.

Infatti, dopo due secondi netti, riattaccò.

«Allora anche il tuo oculista ti vuole bene perché ti cura la miopia da quando hai sette anni, anzi, il suo mi sembra pure un gesto più affettuoso di tutti quelli che Dario ha fatto per te fino ad ora, ma questo non lo rende un potenziale compagno, giusto?»

«Olivia, ma non è che deve essere il padre dei miei figli, esistono anche delle storie così, di passaggio diciamo!»

«Certo, infatti sono perfettamente d'accordo con te! Hai quasi venticinque anni e ti stai giocando il periodo più bello, quello dove puoi davvero divertirti senza rendere conto a nessuno, e tu cosa fai? Lo sprechi dietro a 'sto coglione!»

Sapevo che aveva ragione e stavo cominciando a esaurire le risposte in mia difesa.
«Senti, possiamo cambiare argomento? Dobbiamo parlare di Dario ancora per molto? La stai facendo veramente drammatica, io sono serenissima, non sto sprecando proprio niente.»
«Lo vedo quanto sei serena! Una Pasqua proprio. Per questo perdi due chili a settimana!» Olivia martellava con la determinazione della pubblica accusa e io arrancavo sul banco degli imputati.
«Ma quando mai!»
«... Marta.»
Avevo le spalle al muro, non potevo fare altro che cederle un po' di terreno.
«Va bene Olivia, può essere che Dario per alcuni aspetti non sia la persona giusta per me, ti do ragione. Però dobbiamo occuparcene proprio ora, in questo istante, su questa macchina, durante il nostro weekend? Non possiamo posticipare questa discussione e goderci la serata in grazia di Dio?»
«Sì, forse meglio, anche perché di concerti con lui non è che ne vedrai molti, al prossimo appuntamento se va bene ti porta a vedere il derby.»
«Olivia!»
«Piuttosto, fammi controllare un attimo la strada perché qui siamo praticamente in centro, non vorrei che ci fosse la ZTL.»
«Per sicurezza parcheggia qui, che ci sono le strisce bianche, facciamo un pezzo a piedi.»
Lasciammo la macchina accanto alla prefettura, appena fuori dal centro, e imboccammo la via Emilia in cerca del nostro ostello.
La città, silenziosa, nuotava nella nebbia.
Il Natale era alle porte ma, complice la distanza dalle zone più commerciali, della tipica atmosfera frenetica delle feste non sembrava esserci neanche l'ombra, tutto taceva nel severo gelo dei primi bui precoci dell'inverno.
Il tacchettio sostenuto degli stivaletti di Olivia rimbombava sonoro sui marciapiedi deserti.

Tre curve e un viale alberato dopo, eravamo giunte a destinazione.

Ero così contenta di essere lì con lei, faticavo a dirglielo perché da sempre mi porto dietro una certa timidezza nel premiare i rapporti con parole d'affetto, ma ero felice di sentirla borbottare alle mie spalle.

«Questa umidità mi ha arricciato tutti i capelli, sembro un barboncino.»

«Questo dovrebbe essere il portone, provo a suonare il campanello» dissi ignorando la sua lamentela.

Nessuno chiese chi fossimo, si limitarono ad azionare il cancello elettrico che, dopo un deciso scatto iniziale, continuò la sua apertura più dolcemente.

Dopo aver ritirato le chiavi alla reception, in silenzio, iniziammo a salire le scale che ci avrebbero condotte alla nostra camera, al terzo piano.

Sapevo che per entrambe, per ragioni diverse, era un weekend importante, uno di quelli che senz'altro ci saremmo ricordate.

Un grande contributo a quest'opera di memorizzazione lo diede senz'altro la scoperta del nostro sontuoso alloggio.

Quando si dice che non bisogna mai fidarsi delle foto che si vedono online, si dice una cosa vera, e la stanza 304 ne fu chiara conferma.

Appoggiammo gli zaini sul letto e cercammo l'una lo sguardo dell'altra.

Seguì qualche secondo di silenzio, poi uno scrosciare di risate tonanti ruppe il silenzio che regnava nei corridoi.

Forse entrambe, in fondo, speravamo in un'avventura simile.

Senza dircelo espressamente, avevamo abbracciato lo stesso spirito d'avventura.

Quella sera desideravamo solo posare per un attimo lo zaino di pensieri che nell'ultimo periodo ci aveva piegato le spalle, volevamo riscoprirci fanciulle spensierate e ridere leggere come non avevamo occasione di fare da tempo.

2
Leandro

Chi non conosce Olivia, chi la osserva da fuori senza sapere nulla di lei, dico, probabilmente la giudicherebbe male.
Questo suo aspetto curato, la borsa sempre piena di tutto il necessario, le giornate schedulate una mezz'ora alla volta sono tutti aspetti che porterebbero chiunque a pensare di trovarsi di fronte al classico esempio di ragazza metodica e ossessiva, di quelle che prima di sedersi sulla panchina ci passano sopra una salvietta disinfettante, che non si sa mai.
Niente di più sbagliato.
Senz'altro è una persona pratica, organizzata e concreta, molto più di me, che invece passo intere giornate a fantasticare su cosa potrei fare se non dovessi fare quello che invece devo fare.
A discapito delle apparenze, però, il suo asso nella manica è proprio la capacità di adattarsi a qualunque situazione, non c'è ostacolo, scomodità, imprevisto che possa metterla in difficoltà, è esattamente la persona che speri di trovarti accanto quando le cose si mettono male.
Le nostre nature si compensano e convivono come burro e marmellata, se c'è un problema da affrontare io piango, Olivia lo risolve, se c'è un animo da guarire io ricucio le ferite, Olivia le subisce.
Quella sera, a Modena, dopo aver spalancato la porta della nostra stanza e preso coscienza del precario livello di

igiene dell'alloggio, non mi preoccupai affatto di come potesse reagire Olivia.

Che fosse uno spirito avventuriero lo avevo sempre saputo, ma la conferma l'avevo avuta qualche anno prima quando, trovandosi faccia a faccia con il padrone di una catapecchia costruita nell'ostile periferia di Loutraki, Grecia, sorridendo a quarantaquattro denti, la sentii pronunciare quello che credo fosse il corrispettivo greco di "affare fatto, la prendiamo".

Il sorriso con cui Basil, il padrone di casa, concluse la trattativa con Olivia sembrava quello di un sicario che ha portato a termine la sua missione.

Il motivo, a noi che aspettammo il verdetto della contrattazione fuori dalla porta, ci fu piuttosto chiaro quando si preoccupò di far fare anche a noi il giro perlustrativo della lussuosa dimora che ci avrebbe ospitato per sette notti. La camera padronale era un pericolante tugurio arredato con due letti a castello del dopoguerra e un letto matrimoniale con la rete sfondata.

Il bagno, neanche a dirlo, era unico e comune per tutti gli ospiti della magione, e il costruttore aveva rinunciato al gabinetto a favore di un'agile turca, il tutto per concedere più spazio alla doccia: un piattello arrugginito al centro del soffitto che, una volta aperta l'acqua, avrebbe inondato tutta la stanza.

«Dài, comunque c'è una bellissima vista da qui.»

Questo era quello che aveva detto Olivia, dopo aver spalancato le persiane cigolanti della cucina.

In quello scenario postapocalittico che era la nostra casa vacanze, lei riuscì comunque a trovare un lato positivo, sempre che l'affaccio su una collina bruciata dal sole potesse essere considerato tale.

Ho rispolverato questo aneddoto solo per rendere più chiaro come mai Olivia, dopo aver scoperto lo sfarzo della nostra dimora modenese, in quel lontano 20 dicembre, non si lamentò neanche per un istante.

Nonostante il bagno in comune con tutto il pianerottolo

collocato sette camerate più avanti, la temperatura interna che a malapena sfiorava i dodici gradi centigradi e alcune inquietanti presenze che vedevamo aggirarsi per i corridoi, lei pareva serena ed entusiasta.

Sorridevo mentre la guardavo prepararsi per uscire.

Tendevo l'orecchio ai suoi goffi tentativi di approccio alle canzoni che di lì a poco avrebbe ascoltato dal vivo, una sorta di adorabile ripasso generale prima di un'interrogazione a cui sapeva di non esser preparata.

«Secondo te metto il maglione o infilo la giacca sopra la maglietta a maniche corte? Perché fuori si gela, ma dentro sicuro si schiatta.»

Attendeva una risposta guardandomi attraverso l'unico specchio della camera appeso alla parete ai piedi del letto.

Si era infilata un paio di jeans neri, degli stivaletti di pelle con qualche centimetro di tacco e una maglietta a maniche corte che aveva accorciato tagliandola a vivo con le forbici da cucina.

Uscire con la pancia scoperta era qualcosa che all'epoca ci riusciva ancora naturale. Se ci riprovassimo adesso, nonostante siano passati solo pochi anni, probabilmente dovremmo fare i conti con qualche risentimento del basso ventre.

«Un maglione mettitelo, piuttosto lo lasciamo al guardaroba insieme alla giacca, anche perché al locale ci dobbiamo arrivare a piedi e fuori ci saranno due gradi.»

Per quanto mi riguarda, ancora ignara del risvolto decisivo che avrebbe avuto la serata, scelsi un look drammaticamente anonimo e del tutto dimenticabile.

Al tempo puntavo sulla comodità e mentirei se vi dicessi che a oggi qualcosa è cambiato.

Quando capitava di trascorrere più tempo con Olivia, mi rendevo conto di quanto quel tempo fosse diverso da quello che vivevo ogni giorno con Dario.

Come sceglievo di vestirmi o pettinarmi era del tutto ininfluente, accanto a lei ero libera di dimenticarmene, e riscoprire questa leggerezza era un'esigenza che cercavo di ignorare ma con cui sapevo avrei dovuto fare i conti, prima o poi.

Dunque infilai un comune paio di jeans slabbrati e scoloriti dalle troppe lavatrici, ai piedi le stesse All Star nere che ricompravo identiche da anni e a coprire tutto una maglietta, nera anche lei, sei taglie più grande del necessario.

Per arginare il freddo scelsi la mia storica felpa bordeaux. Non aveva un reale merito estetico, ma la consideravo una coperta di Linus, fedele alleata di memorabili avventure.

Scesi dal letto e cercai un po' di spazio nel riflesso dello specchio accanto a Olivia.

Indubbiamente lei ha sempre avuto più occhio di me nel vestire, possiede quella che io chiamo "l'arte di de-tutizzare l'abbigliamento": ciò che sulle persone normali risulta banale e già visto, su di lei appare inspiegabilmente originale.

Questo perché riesce sempre ad aggiungerci qualche accessorio ricercato e bislacco, di cui io non conosco neanche la pronuncia.

Se il gusto per gli abbinamenti non si può dire fosse dalla mia parte, per lo meno avevo fatto della pazienza un'arte: per anni avevo curato una lunga chioma di capelli castani che ora lasciavo cadere liberi lungo le spalle.

Inforcati i cappotti e chiusa la porta a doppia mandata, uscimmo dalla stanza pronte a celebrare la nostra serata.

«Allora dove ceniamo?», da sempre il mio primo pensiero.

«Boh, prima mi è sembrato tutto chiuso, incamminiamoci verso il locale e vediamo se troviamo qualcosa.»

Girovagammo per le strade del centro alla ricerca di una qualsiasi osteria in grado di offrirci la ricompensa psicologica necessaria a convincermi ad arrivare al locale a piedi.

Dopo ore di infruttuoso vagabondaggio, l'unico posto che trovammo aperto fu un capannone riscaldato dove per il rotto della cuffia riuscimmo a farci bruciacchiare due piade stantie prosciutto e maionese.

Io detesto la maionese.

«Marta, sono le dieci e mezzo di sera, non è che potevamo pretendere più di tanto» bofonchiava Olivia attenta a preservare i suoi pantaloni dalla goccia di salsa che puntualmente cade nell'unico punto di fuga dal tovagliolo.

Addentai un boccone e il sapore mi lasciò perplessa.
«Ma perché la mia piadina sa di funghi? La tua sa di funghi?»
«Ho smesso di concentrarmi sul sapore almeno dieci morsi fa, dovresti provare a fare altrettanto.»
Ecco il suo spirito di adattamento che mi fa sentire in colpa d'essermi lamentata.
«Piuttosto, dimmi un po', le due canzoni che mi hai fatto ascoltare, le faranno, vero? No, perché io so solo quelle. Mi spiacerebbe se non le facessero, ormai, non so se lo sai, ma con due canzoni a memoria posso definirmi una fan.»
«Brava, sono molto orgogliosa. Due canzoni sono un grande traguardo per chi è abituato ad ascoltare *Bailando*.»
«Un grande successo che ti ricordo aver toccato la vetta dei singoli più venduti nel nostro bel paese.»
«Certo, questo perché solo tu ne hai comprati cinque, se no non si spiega. Comunque, non ho idea della scaletta, ma non hanno venti album all'attivo, hanno fatto tre dischi, per una questione statistica almeno una delle due canzoni che sai la faranno.»
Era la prima volta che li ascoltavo dal vivo ma avevo già vissuto l'atmosfera che si respira sottopalco a concerti simili: mandrie di anime infuocate che gridano emozioni ingoiate per anni.
Nel condividere l'entusiasmo per la serata, scelsi di omettere il racconto sull'irruenta violenza delle prime file, certa che tanto non ci sarebbero stati rischi poiché Olivia si sarebbe senz'altro trincerata nelle retrovie.
Riflettevo sul fatto che trasmettere una passione può essere un compito arduo e ingrato.
A me sembra persista sempre uno scarto tra il mio entusiasmo e quello che riuscirò a riconsegnare agli altri, e questo lo dico soprattutto per esperienza riflessa.
Mia madre, ad esempio, è sempre stata rapita dall'opera lirica: quanto le piace quel modo di cantare lì, tutto profondo e accorato, lei ancora fatica a spiegarlo come vorrebbe. È per questo, forse, che ha deciso di investire il suo tem-

po libero cantando in un coro: per circondarsi di anime a cui non aveva bisogno di descrivere nulla per farsi capire.

Ha provato così caparbiamente a infondermi questa passione, che a sei anni avevo già visto la mia prima opera lirica: *La traviata*.

Ricordo che quella sera mamma mi aveva vestito di tutto punto: un grosso fiocco verde smeraldo a incoronare una gonna a palloncino, che da quando l'avevo adocchiata non vedevo l'ora di indossare, abbinata alle mie scarpette di vernice nere.

Passaci un po' d'olio d'oliva con del cotone, che diventano più lucide, mi dicevano, e io non me lo facevo certo ripetere due volte.

Quando arrivammo a teatro, consegnando i biglietti alla maschera perché ci indicasse la giusta galleria, questa si accorse, mortificata, che mamma aveva sbagliato giorno: i nostri posti erano, in effetti, per lo spettacolo del giorno precedente.

Complice la dolce incapacità tipica dei bambini di arginare le emozioni, i miei occhi si inumidirono di delusione.

Rimasi ritta come un soldatino, accarezzando il mio fiocco verde che nonostante tutto sfoggiavo ancora con orgoglio.

Pregavo in un colpo di scena che potesse salvare la mia serata con la mamma.

La maschera, dopo qualche secondo di tentennamento, guardando furtiva prima a destra, poi a sinistra e poi dritta nei miei occhi complici, ci disse di aspettare che si spegnessero le luci.

Atto primo, salotto in casa di Violetta.

Improvvisamente mi sentii afferrare la mano e la maschera ci condusse in platea, quinta fila, due posti molto cari rispetto a quelli acquistati da noi, che forse ai più sembreranno fin troppo vicini al palcoscenico per poter godere appieno della rappresentazione, ma per una bambina di sei anni significavano solo una cosa: potevo vedere bene le scarpe dei cantanti.

Non so perché da piccola avessi questa passione per le scarpe, da adulta devo averla persa per strada.

Alla fine dello spettacolo ero così contenta che tornando a casa mi riascoltai in macchina le arie più belle, facendomi scandire da mamma tutte le parole, una per una.

Non so se lei, in fin dei conti, senta di essere riuscita a trasmettermi la sua passione per l'opera lirica.

Forse penserà di non essere stata abbastanza convincente, come succede a me quando tento un'impresa simile.

Quello che vorrei dirle, però, è che a prescindere dalle sue impressioni io credo di aver compreso la profonda devozione della sua missione, e il ricordo di quella serata mi rimarrà indelebile e caro, anche perché a oggi, posso dirlo, quelle scarpe lì, così da vicino, io non le ho più riviste.

Con Olivia provai a fare ciò che mamma aveva fatto con me, l'unica differenza era l'obiettivo: dovevo convincerla ad amare non tanto le armoniose arie di Violetta, quanto le grida disperate di una band che si ritrova a essere uno degli ultimi baluardi del rock in Italia, con la rabbia e la violenza che questa responsabilità si porta dietro.

Ormai sazie di carboidrati, ci incamminammo verso il locale nascoste dalla nebbia modenese: se ci fossimo separate anche solo di un paio di metri probabilmente, per ritrovarci, avremmo dovuto chiamare a gran voce i nostri nomi, come Fantozzi e Filini nella mitica partita a tennis.

Il locale si trovava a soli quindici minuti dal nostro ostello, il problema fu che per raggiungerlo, a giudicare dal tempo impiegato per arrivare a destinazione, certamente sbagliammo strada.

Dopo aver costeggiato un'ampia strada a doppia carreggiata che anticipava l'uscita verso qualche provinciale, ci fermammo a controllare la mossa successiva.

Possiamo dire che le sorti dell'intera serata erano nelle mani della batteria del mio cellulare.

Ogni volta che uso il navigatore satellitare a piedi penso alla drammatica involuzione che abbiamo subito dagli anni Novanta, quel dannato omino che non capisci mai in che direzione si stia muovendo è la svilente testimonianza della nostra – o almeno senz'altro della mia – assoluta dipendenza dalla bussola del telefonino. Spenta quella, credo mi ritroverebbero a girovagare senza speranze anche a soli due isolati da casa mia.

«Guarda, prendilo tu 'sto coso, io non capisco come si muove, prima sta fermo poi va avanti venti metri, non riesce neanche a dirci dove siamo, ma perché fa così?»

L'orientamento non è mai stato il mio forte, la verità.

«Cià, passami il telefono che se seguo te arriviamo a Bologna. Dunque, ci siamo lasciate il centro alle spalle, quindi vuol dire che stiamo procedendo in questa direzione, dovremmo essere quasi arrivate, secondo me dobbiamo proseguire per altri seicento metri» disse poco convinta.

«Seicento metri? Ma cosa stiamo facendo, orienteering? Stiamo camminando da ore! A saperlo mi mettevo gli scarponcini e portavo i ramponi.»

«Volevi un weekend di avventura? Beccati 'sto trekking serale, così impari a non ascoltarmi quando ti dico di chiamare un taxi.»

«Olivia, mi rifiuto categoricamente di chiamare un taxi a Modena, a questo punto scriviamoci "Milano" in fronte e accettiamo il nostro culo pesante.»

«Infatti, vedi? Non l'abbiamo chiamato e ora ci godiamo questo meraviglioso trekking da guide alpine» rise beffarda.

La nostra spedizione arrivò al locale intorno alle undici e mezzo, appena in tempo per lasciare il cappotto al guardaroba e dirigerci verso il bancone del bar per affrontare la tradizionale birra preconcerto.

Esiste una regola non scritta, una sorta di codice d'onore per chi partecipa ai concerti: non ci si può esimere dal bere una birra, non importa se piaccia o meno, è una tradizione da rispettare, il sacro rito della musica dal vivo.

Olivia si prese qualche minuto per analizzare la situazione, non feci in tempo a pagare l'ordinazione che lei stava già chiedendo al fotografo della serata di immortalare la nostra amicizia in uno scatto che pochi giorni dopo sarebbe stato pubblicato in qualche pericoloso album online.

Olivia è così, non conosce inibizioni o timidezze e di lì a

poco avrei assaporato i più imbarazzanti risvolti di questa sua estroversa socialità.

«Tre due uno, sorridete, *cheese*!»

Detto fatto, il flash ci accecò per i tre minuti successivi.

«Oh, guarda che inizia! Vieni, spostiamoci un po' più a sinistra.» Non lo sapeva ma le stavo salvando la vita, le prime file stavano già organizzando il pogo.

Finse di ascoltarmi e ci spostammo sul lato sinistro del palco, accanto al guardaroba.

Il suono delle chitarre riempì il locale, calò il silenzio dell'emozione, qualche grido di genuino supporto, certo, ma dopo un primo applauso di benvenuto l'intera platea ammutolì con il fiato sospeso di chi aspetta solo l'accordo iniziale, quello che apre le danze e libera dalle inibizioni.

Olivia li osservava curiosa, se gli altri applaudivano lei applaudiva, quando gridavano lei faceva altrettanto, non avrebbe permesso al suo sguardo da neofita di tradire un senso di appartenenza di cui anche lei voleva godere.

Dal canto mio l'emozione mi ammutolì completamente, sentivo la gioia battere nel petto così veloce da ostacolare il fiato.

Sentire le casse risuonare nella pancia, nella testa, lungo gambe, le braccia, fino alla punta delle dita è come vincere un'onda di violenza che finalmente si riesce a cavalcare, è un grido liberatorio e selvaggio che trova uno spazio e un tempo precisi.

«Questa mi piace molto, devo segnarmi il titolo» gridò Olivia.

Le sorrisi annuendo, negli occhi riflesse le luci del palco.

Da tenere il tempo appena appena, con la testa, Olivia passò presto a dimenarsi con tutto il corpo, i suoi muscoli si coordinarono con le chitarre e non riuscirono a trattenersi da magnifici assoli.

«Ma ora si butta?» disse con aria preoccupata. «Non si butta vero? E se poi non lo prendono?»

«Lo prendono, lo prendono. Lo fa sempre, sono abituati!»

«Allora voglio andare anche io lì sotto, vado e torno, aspettami qui!»

Non ebbi il tempo di convincerla a rimanere accanto a me che Olivia era già in seconda fila, al centro del palco, trascinata dalla marea in estasi.

Appariva e scompariva sommersa dalle braccia alzate della folla, ormai ero certa sarebbe tornata con qualche spalla lussata, era troppo tardi per buttarsi nella mischia e andarla ad acciuffare.

Così rimasi sola a lato del palco, travolta dai suoni che avevano accompagnato intere giornate nel mio ultimo anno.

C'era qualcosa di ipnotico in quello spettacolo, non riuscivo a distogliere lo sguardo dal palco, catturata dalle vigorose movenze del cantante di cui facevo fatica a inquadrare il volto, reso oscuro e impenetrabile dal controluce dei riflettori accesi.

Le urla che segnalarono la fine della canzone mi riportarono presente a me stessa, ma soprattutto a Olivia, cominciavo seriamente a chiedermi se non si fosse fatta male.

Quando ormai ero decisa a tentare una missione di soccorso, ecco le sue urla provenire dall'ala destra.

«Marta sono qui, sono qui!», sventolava il suo telefono illuminato per sconfiggere il buio della sala, «Sono viva! È stato bellissimo, ho perso la scarpa ma per fortuna Riccardo l'ha ritrovata!»

«Riccardo?!» domandai perplessa.

«Sì, è un ragazzo simpaticissimo di Perugia, te lo devo presentare, l'ho conosciuto mentre gli passavo sotto le gambe in cerca del mio stivaletto.»

«Ah, benissimo» risi divertita. «Ringrazierò personalmente Riccardo da Perugia! Tu stai bene? Ti sei fatta male? Hai sete? Vuoi un po' d'acqua?»

«Sì, brava, io prendo una birra, ho sudato che neanche al test di Cooper in seconda liceo.»

Era visibilmente euforica e io non potevo esserne più felice.

Appoggiammo la schiena al bancone per riprendere fiato e riportare la nostra temperatura corporea a un valore normale.

«Sembra simpatico il cantante! Ci sa fare con il pubblico! Come si chiama?»
«Si chiama Leandro.»
Non aggiunsi nient'altro.
Mi limitai a darle l'informazione richiesta, perché sapevo che aggiungere altri particolari avrebbe insospettito Olivia.
Ancora non mi era chiaro cosa fosse successo nei pochi minuti in cui rimasi sola con quella canzone, uno strano impulso mi aveva percorso la schiena generando strani pensieri, ma mi sarebbe servito del tempo per trovare il coraggio di ascoltarli.
«Sai cosa ho pensato quando l'ho visto planare sulla folla?» continuò Olivia.
«Cosa?» risposi prima di placare la sete con un lungo sorso d'acqua ghiacciata.
«Ma non ha paura di diventare pelato? Secondo me dovrebbe legarsi i capelli, se no tra cinque concerti glieli avranno strappati tutti!»
«Credo che la condizione dei capelli non sia esattamente una sua priorità, così a naso eh.»
«Eh, ma quando lo diventerà sarà troppo tardi!»
Suggestionata dall'argomento buttai la testa in avanti per raccogliere i miei, di capelli, in uno chignon approssimativo che concesse una tregua al mio collo accaldato.
«Senti, ma quando finisce il concerto andiamo a salutarlo, vero?»
«Ma non ci pensare nemmeno Olivia, ti prego. Quando finisce il concerto applaudiamo e ce ne andiamo immediatamente senza fare figure di merda! Ok? Per favore, non mi mettere in imbarazzo.»
«Tranquilla, ti conosco da vent'anni, lo so che non chiedi manco lo zucchero al bancone! Non ti preoccupare, vado avanti io, a loro farà piacere scambiare due chiacchiere coi *fans*.»
«A parte che già solo la parola *fans* mi fa vergognare! Olivia, ti prego, non insistere, non ci andremo a parlare, non li voglio salutare, non voglio fare niente che implichi uno

scambio verbale, voglio solo finire di ascoltare il concerto e andare dritta a casa.»

«Va bene, come vuoi, lo facevo per te, è il tuo gruppo preferito, sarebbe stato un bel ricordo, ma come preferisci.»

Ci godemmo il concerto lì dove lo avevamo iniziato, poco distante dal gruppo rivoltoso dei fan accaniti, ma abbastanza vicino da permettermi di cogliere nuovi dettagli.

Mentre li guardavo suonare mi soffermai su Leandro, finalmente i riflettori si erano spenti, le luci soffuse mi permisero di dare un volto a una voce che non aveva mai avuto una cornice definita. Nonostante le sue parole avessero filtrato il mio vissuto per anni, non mi ero mai preoccupata di associarle a un'immagine precisa.

Lo fissai con l'attenzione che merita un'occasione preziosa e rimasi subito colpita dalla capacità del suo sorriso imperfetto di accomodare ogni mia timida riserva.

Non conoscevo niente di lui, eppure dal suo sguardo schivo e intimidito mi sentivo inspiegabilmente attratta, un fascino, il suo, di cui sentivo potente il richiamo.

Seguirono altri cinque pezzi. L'ultima canzone accompagnava i cori di chi non era ancora sazio di parole, le ultime note, i ringraziamenti e i saluti, poi le luci smisero di abbagliare. Il concerto era finito.

Con la coda dell'occhio vedevo la folla in visibilio, ma le loro grida non c'erano più: nella mia mente risuonava solo l'eco della voce di Leandro che, piena e impetuosa, aveva sfiorato corde che mai avevo sentito suonare prima di quella sera.

«Marta? Sei ancora tra noi? Guarda che è tutto finito, sono usciti.»

Tornai presente a me stessa.

«Sì, scusa, mi ero incantata. È stato bellissimo comunque, grazie per avermi accompagnato.»

La strizzai in un abbraccio di sincera gratitudine.

«Dài, prendiamo l'ultima cosa da bere, tanto è presto. Tu prendi un'altra birra con me o passi al tuo solito Crodino?»

Olivia si ricorda che non amo i superalcolici, una realtà

che il resto del mondo fatica ad accettare e indaga sempre con un certo sospetto.

Mentre col vino rosso negli anni ho imparato a stringere amicizia, il mondo dei cocktail è ancora una terra straniera e nemica.

Così, quando esco con qualcuno che conosco poco, la conversazione si articola più o meno così.

Persona X: "Ma neanche il gin? Il gin è buonissimo!".

Io: "No, neanche il gin, mi dispiace".

Persona X: "Vabbè, magari la vodka, una di quelle dolci che piacciono alle ragazze".

Io: "No, guarda, è proprio il drink in generale che non mi piace".

Persona X: "Be', dài, almeno la tequila, così tipo cicchetto sale e limone!".

Alla fine, stremata, dico: "Sì, sì, la tequila ogni tanto la bevo".

Guardo l'interlocutore che soddisfatto mi registra come persona normale e mi preparo ad accettare di bere una cosa che non mi piacerà, solo per non tradire le sue aspettative.

Con Olivia posso ordinare il mio doppio Crodino senza rotture di palle e questa è una cosa che a me, della nostra amicizia, piace moltissimo.

«Tieni, prendi, allontaniamoci dal bancone però, perché qui non si respira.»

Olivia mi afferrò con la mano libera trascinandomi verso il suo nuovo amico, Riccardo. Lui, sorridendo da lontano, ci fece cenno di venire, indicando il banchetto dei gadget che solo in un secondo momento scoprimmo aveva in gestione.

Ci raccontò che era un amico storico del cantante, che si poteva dire fossero cresciuti insieme, e per aiutare la band a sostenere le spese si era offerto di accompagnarli per l'intero tour occupandosi di gestire gratuitamente il banchetto del merchandising.

Erano rimaste solo poche magliette, i fan ora si accalcavano numerosi intorno alla band che era uscita a salutarli:

una chiacchiera, un disco firmato, una foto insieme e avanti il prossimo.

Così per cinquanta minuti.

Mi distrassi solo un momento, Olivia alla mia sinistra, le magliette rimaste alla mia destra.

Chinai il capo per controllare se per caso la fortuna mi avesse conservato una S e quando lo sollevai era ormai troppo tardi.

«Leandro!» si sgolò Olivia. «Leandro, scusa, ci puoi firmare questo disco? Veniamo da Milano, la mia amica è una vostra grande fan, io per la verità ho imparato le prime due canzoni un'ora fa, ma mi sembrano davvero deliziose.»

Disse proprio così, "deliziose".

Rimasi in disparte paralizzata dalla vergogna, pregai fosse stata un'allucinazione uditiva, ma le dita picchiettanti di Olivia sulla mia spalla sinistra confermarono tangibilmente l'enorme figura di merda in cui stavamo per fare un doppio salto carpiato.

Devo proibire a Olivia qualsiasi forma di alcolico che superi la gradazione del Bacardi Breezer, annotai nelle cose da tenere a mente per assicurarci un futuro.

«Sì, ciao, piacere, Marta. Complimenti per il concerto, davvero, siete stati molto bravi» allungai la mano a Leandro nella speranza che non avesse fatto caso alla parte in cui Olivia ci dipingeva come fan arrivate col pulmino e gli striscioni da Milano.

I nostri sguardi si incrociarono imbarazzati e curiosi.

«Piacere mio, Leandro! Ne sono contento! Anche perché avete fatto molta strada, se fosse stato un brutto concerto mi sarei sentito tremendamente in colpa.»

Colpite e affondate.

Parlava con noi senza riuscire a stare fermo, continuava a muovere i piedi e le gambe con piccoli passi avanti e indietro, poi a destra e a sinistra.

Una danza, la sua, che sembrava voler celare un'ingombrante timidezza.

«No, ma va', figurati, era da tanto che volevamo vede-

re Modena, ne abbiamo approfittato, due piccioni con una fava! Vero, Olivia?»
"Ma come parlo? Quando sono diventata così imbranata?"
«Vabbè, ora noi andiamo eh, non ti vogliamo far perdere troppo tempo, sicuramente avrai tante persone da salutare!» cercai la via di fuga più educata per levarci di torno.
Con il tradimento di Olivia avrei fatto i conti più tardi.
Le strinsi la mano fermandole la circolazione nella speranza di trascinarla con me verso l'uscita, ma vincere la sua resistenza non fu cosa facile.
«Ah sì, certo, secondo te io ti ho accompagnata fino a Modena per tornare a casa senza neanche una foto con lui? Leandro, ma dille qualcosa, per favore! Lei la vorrebbe fare ma si vergogna a chiedertelo, te lo dico io, possiamo farla tutti insieme? Ti dispiace?»
«Olivia ti prego, sta' zitta» le bisbigliai con sorriso e denti serrati.
«Ma certo! Dopotutto dobbiamo ricordarci di questo concerto rovinoso in cui siamo finiti tutti sporchi e sudati, fuori gli arnesi tecnologici, su!» rispose ridendo Leandro, con la goffaggine di chi è palese non abbia alcuna dimestichezza con l'obiettivo.
«Scusami davvero, non ti vogliamo disturbare, sei sicuro non sia un problema?»
«Ma scherzi? Nessun disturbo!»
«Ottimo, ci penso io» intervenne prontamente Olivia, «passami il telefono!»
Glielo porsi con l'espressione falsamente serena di chi sta premeditando un omicidio di primo grado.
«Allora dài, Marta, mettiti qui accanto a Leandro e io sto alla tua destra. Riccardo, ci fai una foto? Vedi se serve il flash perché è un po' buio.»
Abbracciai Olivia con la delicatezza di un *Boa constrinctor*, giusto per farle assaporare quale sarebbe stato il suo destino di lì a pochi minuti, e aspettai sorridendo che Riccardo da Perugia immortalasse per sempre il momento più imbarazzante della mia vita.

«Fatto? Siamo venuti bene? Se no la rifacciamo!»

«No, va benissimo così, Olivia, ora dobbiamo proprio andare, lasciamolo in pace! Grazie mille di tutto, Leandro, e complimenti ancora eh, buonanotte!»

Il rossore delle mie guance contribuì a tradire l'emozione che in realtà stavo provando in quel momento: avevo finalmente dato forma a un suono, e questa forma aveva un sorriso, il suo, che mi colse emotivamente impreparata a riceverlo.

«Grazie a voi per essere venute, è stato un piacere conoscervi, spero di rivedervi al prossimo concerto, magari in condizioni migliori, un po' meno sporco e sudato.»

«Ciao Leandro! Ciao! Siete bravissimi, a presto! Ciao Riccardo, e grazie per la scarpa!» urlò Olivia mentre la trascinavo di forza verso l'uscita.

«Non mi fare mai più uno scherzo del genere» borbottai appena fuori dal locale, un avvertimento fatto a mezza bocca, ancora indecisa se punirla o esserle grata per il resto dei miei giorni.

3

Te lo prometto

Della primavera mi piacciono soprattutto tre cose: le giacchette un po' aperte mentre passeggio, contare quanti minuti di luce guadagno ogni giorno che passa e pedalare finalmente senza guanti.

Della primavera, invece, non mi piacciono quello starnutire continuo che denuncia lo sbocciare dei fiori e quando arriva la pioggia a riportarti con i piedi per terra.

Della primavera di quell'anno mi piaceva che fosse arrivata senza troppa sofferenza, si era lasciata alle spalle un inverno mite e silenzioso che non fece alcun ferito.

Di quella stessa primavera, invece, non mi piaceva che le mie giornate non conoscessero stagioni: erano un'insipida successione di eventi ripetuti e mal sopportati.

Non c'era nulla, in realtà, che andasse male, ma non c'era neanche qualcosa in grado di farmi sentire appagata: tutto galleggiava nella zona grigia della mediocrità.

Erano un po' di mesi ormai che frequentavo Dario e nonostante questo il nostro rapporto non aveva subito la benché minima evoluzione.

Dico "frequentavo" non perché io ritenga che questo sia il termine adeguato a definire il nostro rapporto, ma perché fu lui a specificarlo con tono categorico: «Non sono ancora pronto a essere il fidanzato di qualcuno, non penso di avere né la testa né il tempo necessario per farlo».

Quindi fammi capire, pensavo io, sei pronto a farmi lavare i tuoi piatti, pulire il tuo bagno, sopportare quel galletto in crisi ormonale del tuo migliore amico, ma non sei pronto a prenderti un minimo di responsabilità sentimentale? Ok, capisco.

Francamente non è che la cosa mi stupisse, non vorrei dover riesumare il discorso del calcio e del *Piccolo Principe*, ma le premesse di certo non erano le migliori.

Sinceramente non ho mai capito questo suo puntiglioso attaccamento alle definizioni, dopotutto tra il frequentarsi e l'essere fidanzati, nel senso più contemporaneo del termine, non cambiava nulla se non la nomenclatura.

C'era questa visione egoistica in lui che proprio me lo faceva detestare, passavamo intere giornate insieme, ma il mondo esterno ci registrava come semplici conoscenti.

Il nostro destino era formalmente incagliato in un limbo pericoloso: era passato troppo tempo per definirla un'acerba conoscenza, ma troppo poco per convincere il nostro maschio alfa a dichiararsi emotivamente coinvolto.

Non c'era verso di scalare quella difficile piramide amorosa.

Il punto, col senno di poi, è che di amore non ce n'era affatto.

Se ci ripenso, non credo provassi per lui un sentimento diverso dal semplice affetto.

Eppure, riuscire a farmi amare era diventato per me un traguardo irrinunciabile.

Che cosa mi spingesse a voler ottenere a tutti i costi quella promozione sentimentale, credo di averlo capito troppo tardi.

Era diventata una questione di principio: siccome nulla a quel tempo sembrava confluire nella direzione che avevo provato a dare alla mia vita, a partire dall'avversione per il mio corso di studi con cui faticavo ad andare d'accordo, quella piccola rivincita amorosa era il solo obiettivo che sentivo di poter concretamente realizzare.

Ottenere le sue attenzioni e il suo affetto divenne lo stratagemma che la mia ansia adottò per tenermi occupata.

Il problema è che lì per lì non te ne rendi conto, ma in

pochissimo tempo una questione marginale come quella di scegliere come definire la tua relazione può diventare un vero e proprio chiodo fisso.

Il resto passa tutto in secondo piano.

Cominciai dunque a investire ogni mia energia nel tentativo di convincere Dario a ritenersi formalmente impegnato con la sottoscritta.

Il suo iniziale rifiuto, infatti, aveva lentamente nutrito un mio latente senso di inadeguatezza che prese a condizionare ogni aspetto della mia giornata.

Succede che, quando la realtà viene osservata attraverso la lente dell'insicurezza, qualunque stupidaggine sembra assumere un peso specifico insopportabile.

Che un ragazzo di poco più di vent'anni non voglia impegnarsi sentimentalmente con nessuno è quanto di più comune e comprensibile si possa immaginare.

Non vi erano dettagli, in questo dramma privato, che potevano indurmi a pensare di essere io il problema, eppure lo vivevo come un insormontabile fallimento.

Mi sentivo una portatrice sana di rifiuti, in un mondo di ragazze amate fin dal primo giorno.

I sentimenti con cui convivevo negli ultimi mesi erano stati in grado di alterare sensibilmente la percezione che avevo di me stessa, e anche Olivia cominciò a sospettare che stessi perdendo il controllo della situazione.

Se ne convinse definitivamente una sera di fine aprile.

Avevamo deciso di darci appuntamento sul Naviglio Grande che ormai, lasciatosi il gelo alle spalle, ricominciava ad accogliere i tavolini all'aperto.

Olivia mi venne incontro in un completo gessato molto elegante, il suo rossetto, sopravvissuto soltanto sul perimetro delle labbra, raccontava di una giornata lunga e stressante, passata a mordicchiarsi il labbro, mi immaginavo, sotterrata dalle carte da studiare.

Poco dopo la sua laurea, infatti, aveva iniziato il tirocinio in un importante studio legale e non era quasi mai capitato che uscisse dall'ufficio prima delle 21.

Per questo motivo il più delle volte non aveva il tempo di passare da casa a mettersi comoda, così mi raggiungeva vestita com'era, con i tacchi, il tailleur e tutto il resto.

Non glielo dicevo mai, ma mi inorgogliva vederla arrivare così austera e indaffarata.

Con fatica e sudore si era conquistata un certo status sociale, e anche se si lamentava sempre di quanto fosse stanca, io glielo leggevo proprio negli occhi il fuoco di quella sua passione per il diritto.

«Hai un fazzoletto? Temo mi stia iniziando l'allergia» chiese appena arrivata, stampandomi un bacio sulla guancia.

Che ci vedessimo ogni giorno o una volta al mese non cambiava nulla, da tempo non sentivamo più il bisogno di rispettare i saluti formali.

La sensazione era quella di esserci appena salutate, se poi era stato un attimo o dieci anni prima, per noi non faceva alcuna differenza.

«Aspetta che guardo, penso di sì» risposi fiera della mia inusuale lungimiranza.

«Perché hai un pettine nella borsa? Ti senti bene?» domandò allungando l'occhio con la pungente ironia di chi in realtà non scherza affatto.

«Be', per pettinarmi, tu solitamente cosa ci fai con un pettine?»

«Te lo chiedo perché l'ultima volta che siamo state via un mese neanche ti sei portata dietro una spazzola, ora hai addirittura un pettine per le emergenze! Boh. Mi pare strano.»

«Senti l'ho infilato al volo prima di uscire perché forse dopo vedo Dario. Cioè a dire il vero non so ancora se riusciamo a incrociarci perché è in giro con i suoi amici, però se dovesse liberarsi almeno posso sistemarmi un attimo.»

«Cosa ti devi sistemare esattamente? Sei più ordinata del giorno della tua prima comunione!»

«Cosa sono tutte queste domande Olivia, è solo un pettine! Ma sarò libera di portarmi un pettine nella borsa senza che tu apra un'indagine preliminare?» mi giustifi-

cai sapendo perfettamente quale fosse il punto della sua
– corretta – osservazione.
 Per fortuna il nostro scambio fu interrotto dalla notifica di un messaggio che illuminò lo schermo del mio telefono.
 «Parli del diavolo e spuntano le corna!» disse sbirciando il nome di Dario.
 Il suo sarcasmo si respirava chiaro.
 «Mi chiede se tra mezz'ora lo voglio raggiungere al DOT.»
 «Aspetta, ma è il locale in cui siamo state settimana scorsa?»
 «No, è quel bar in Brera dove un cocktail costa come un'assicurazione sulla vita. Figuriamoci se per una volta sceglie una normalissima birreria. È lì con Tommaso.»
 «E mo' chi è 'sto Tommaso?»
 «Un suo amico, simpatico come un'anestesia totale. Non ho ancora capito se sia in grado di formulare una frase senza chiamare in causa i vari apparati riproduttori» spiegai con quello che consideravo un eufemismo.
 «Be', chi si assomiglia si piglia, vedo.»
 Le riservai lo sguardo di chi non è pronto ad affrontare una battaglia di proverbi, in quel momento avevo bisogno di qualcuno che potesse arginare le mie preoccupazioni, senza che mi dovessi sforzare di giustificarle.
 «Vuoi che ti accompagni? Tanto domani attacco più tardi, rimango fuori volentieri. Li raggiungiamo e beviamo una cosa tutti insieme.»
 «Se hai voglia sì, però prima possiamo passare da un bar qualsiasi, che mi serve un bagno per sistemarmi un secondo? Faccio pena.»
 «Marta, stai benissimo, ma cosa stai dicendo? Cosa ti devi sistemare?»
 «Dài, per favore, un attimo. Faccio veloce.»
 Ricordo perfettamente il malessere che mi assalì dopo il messaggio di Dario, era una sensazione che ormai avevo imparato a riconoscere, quella dell'ansia da prestazione.
 La sua vicinanza era un vento che alimentava il fuoco delle mie insicurezze.

Ambivo a essere accolta da un mondo che avevo sempre tenuto a debita distanza.

Più che splendere, desideravo scomparire, mimetizzarmi fra persone distanti anni luce da quelle che avrei scelto di frequentare se avessi avuto il coraggio di assecondare la mia vera natura.

C'era una cosa, poi, che mi innervosiva più di altre, e che meno riuscivo a perdonarmi, ed era vedermi arrancare in presenza dei suoi amici.

L'angolo d'incidenza con cui il loro sguardo colpiva le superfici e le persone, sempre dall'alto in basso e mai viceversa, mi inibiva nel profondo.

Ero sopraffatta dalla paura che una parola sbagliata potesse tradirmi e svelare l'impostore che ero, sgradito ospite del loro mondo esclusivo fatto di sfarzi e apparenza.

L'unica arma che aveva sviluppato il mio inconscio per salvarmi da quella soggezione psicologica era il mutismo selettivo.

Nonostante non avessi mai avuto problemi a rispondere a tono, quando si trattava delle battutine che Dario mi lanciava spalleggiato dagli amici, abbassavo lo sguardo e incassavo il colpo.

Esprit de l'escalier, la chiamano i francesi, l'incapacità di dire la cosa giusta al momento giusto, il puntuale ritardo con cui ti sovviene la risposta che avresti voluto dare a una provocazione: mai nell'attimo opportuno ma sempre troppo tardi, quando ormai, appunto, sei già sulle scale.

Come la luna influenza le maree, così la presenza dei suoi amici galvanizzava il suo sopito talento nell'arte dell'arroganza.

Oggi, con sguardo più maturo, credo che la spavalderia fosse solo una delle armi che Dario aveva scelto per rimanere a galla in un mondo che forse, per ragioni diverse, trascinava anche lui verso il fondo.

Dietro l'arroganza che aveva costruito negli anni, sono sicura si nascondesse una sensibilità soffocata e intimidita, che faceva capolino solo ogni tanto, raramente, per vedere se intorno le cose fossero cambiate.

Poi, come la testa di una tartaruga, tornava nel guscio che si era costruita per mettersi al sicuro da una realtà che l'avrebbe senz'altro derisa.

Arrivate al bar dove Dario e Tommaso ci stavano aspettando, prendemmo posto accanto a loro su un tavolino esterno, arrangiato in bilico sul ciottolato.

Erano vestiti entrambi di nero.

Vestirsi di nero era una delle tante regole tacite che il loro cameratismo imponeva senza troppe eccezioni: guai a chi indossasse un colore diverso che coprisse più del dieci percento dell'intero abbigliamento.

Nessuno conosceva l'eziologia di questo dettame, ma veniva osservato da tutti con religiosa precisione.

Io quella sera indossavo una giacca di pelle marrone sotto cui si intravedeva il mio maglione preferito, un vecchio intreccio lanuginoso di mia madre, verde bottiglia, con qualche inserto più scuro. Per puro caso non avevo messo gli anfibi bordeaux, ma avevo optato per un calzare nero su jeans di lavaggio chiaro; una scelta fortuita, quella, che faceva ammontare a soli quattro colori il mio look completo, un'intollerabile eresia che sono sicura avesse infranto almeno venti comandamenti del loro codice estetico.

Dunque la serata era appena iniziata e io avevo già compiuto il mio primo suicidio stilistico, evento che non sarebbe passato inosservato, ma al contrario sarebbe stato puntualmente annotato nel loro registro degli impostori, garantito.

La serata trascorse nell'imbarazzo più totale, sembrava di trovarsi di fronte a una recita dell'asilo, due cinquenni al loro primo contatto con il genere femminile.

La dinamica della conversazione non riuscì a superare il botta – nostro – e – loro – risposta, quest'ultima condita da risate sbeffeggianti e battute così mature da aver garantito loro, in pochi minuti, un'immediata promozione al secondo anno di scuola materna, sezione degli scoiattoli.

L'apice di quell'appuntamento, il suo punto di più alto spessore, raggiunse la profondità di una pozzanghera.

Capii che era arrivato il momento di andare via quando

anche Olivia smise di parlare, un segno di resa così drastico, per la sua natura logorroica, che non poteva essere ignorato.

Quella notte tornai a casa profondamente turbata.

L'inquietudine non affondava le sue radici nell'infausto esito della serata, un finale prevedibile che aveva ormai smesso di stupirmi, quanto piuttosto nell'incomprensibile dipendenza che tutta quella mediocrità esercitava sulla mia psiche.

L'insofferenza che provavo nei miei confronti, per il pantano emotivo e personale in cui era sprofondata la mia vita, probabilmente mi portava a credere che quello fosse il massimo a cui potevo aspirare.

Mia madre me lo ripeteva in continuazione: «Solo le persone felici e soddisfatte sono in grado di attrarne altre nella stessa condizione. La tristezza è istintivamente rifuggita da tutti, e si finisce costretti in un cerchio di solitudine. Nessuno nella vita cerca qualcuno con problemi da risolvere, ma qualcuno con cui dimenticarli o per lo meno condividerne emotivamente il peso».

E come potevo io, con lo spirito grigio e sconfortato di quel tempo, sperare di meritarmi qualcosa di diverso?

Non avevo distrazioni felici, ogni punto cardinale della mia giornata sembrava ricordarmi che dovevo prendere in mano la situazione e salvarla dalle sabbie mobili di passività in cui era piombata.

Analizzavo spesso la mia condizione nel letto, di notte, per ingannare il tempo che la preoccupazione sottraeva al sonno.

"Quando è successo che sono diventata così? Quando i miei neurotrasmettitori si sono rifiutati di guidare razionalmente le mie decisioni?"

Mi sentivo mediocre in tutto quello che facevo, non ero abbastanza affascinante da sconfiggere la reticenza amorosa di Dario, non abbastanza motivata da far diventare lo studio del diritto una passione, né abbastanza forte da trasformare in azione un pensiero di riscatto che potenzialmente avrebbe potuto fare la differenza.

Un'altra cosa che mi raccontava spesso mia madre è che l'università era stato il corso di studi più gratificante della sua vita: «Il liceo non lo rifarei neanche per sogno», diceva. «L'università invece! Sono stati anni d'oro! Studiavo tanto, certo, ma era ciò che avevo scelto, ciò che avrei voluto fare nella vita, e questa convinzione alimentava la mia determinazione.»

Per quanto mi riguardava – e mi riguarda tuttora –, piuttosto che iniziare da capo Giurisprudenza, percorrerei la Siberia con le infradito, la verità.

Quello che studiavo, salvo rare eccezioni come il diritto internazionale, perché il diritto internazionale è davvero bellissimo, mi soffocava con la sua sterilità dirompente.

Un giorno, mentre sedevo nell'aula 208, quella che ospita i corsi principali ed è la sede degli esami più ostici, sentii il professore di diritto commerciale pronunciare queste esatte parole: «Vedete, la società in accomandita semplice è un istituto bellissimo, è un ibrido, saltella tra una disciplina e l'altra a seconda del suo interesse».

Pensavo di non aver capito bene, ma tornando a casa e riascoltando la lezione registrata, mi assicurai di non aver bisogno di un esame audiometrico.

Lo aveva detto sul serio.

Io tuttora faccio fatica a capacitarmi di come abbia potuto dire una cosa simile, perché io ve lo garantisco, vi giuro e vi sottoscrivo che nella società in accomandita semplice di bellissimo non c'è proprio nulla, è solo l'ennesimo e cavilloso artificio operato dal diritto commerciale per frantumare le palle allo studente medio.

E potrei dire la stessa cosa di gran parte delle altre materie: uno sfiancante sforzo mnemonico di leggi e decreti che sempre più spesso, nell'esercizio della professione, ti troverai a dover raggirare.

Solo così, purtroppo, potrai diventare un buon avvocato.

Negli occhi degli altri vedevo una luce che, nei miei, più che essersi spenta col tempo, non si era proprio mai accesa.

Quando mi chiedevo come mai avessi scelto quella facoltà, visto che mi ripugnava così tanto, la risposta contribuiva a gettare ulteriore benzina sul fuoco della mia frustrazione.

Una cosa che ricordo bene di quando ero molto piccola è la contentezza che mi riempiva le volte in cui, sfruttando la presenza di qualche malcapitata vittima sacrificale, avevo finalmente l'occasione di organizzare qualche recita.

La mia cosa preferita, questo ci tengo a dirlo, era inventarmi una sceneggiatura di sana pianta, truccarmi di tutto punto con la mia amica del cuore e condire la rappresentazione di effetti speciali in grado di stupire la sala.

Purtroppo i pomeriggi in cui non avevamo compiti erano molto rari, il tempo scarseggiava e dunque il più delle volte, per portare a casa lo spettacolo, ero costretta a ripiegare su storie già scritte e personaggi già noti al grande pubblico, con l'amara consapevolezza che questo avrebbe senz'altro inficiato il risultato finale, sacrificando la mia vena creativa.

Tuttavia, come tutti i grandi registi durante la loro gavetta, imparai a scendere a compromessi trovando gratificazione anche in celebri opere storiche come *Hercules* e *Xena – Principessa guerriera*.

Un particolare che mi distingueva dagli esimi colleghi registi era la mia duplice vocazione: non solo dirigevo l'intera baracca, ma ne ero anche l'assoluta protagonista.

Ai casting purtroppo scarseggiavano le nuove proposte, con la conseguenza che nella quasi totalità dei casi la scelta dei miei attori non protagonisti ricadeva, in totale contrasto con le loro ininfluenti volontà, sui miei due fratelli.

Andrea, il grande, sfruttando la possanza dei suoi otto anni, interpretava un giovane Hercules vocalmente in overdose da elio, e il piccolo invece, Marco, subendo lo svantaggio di chi arriva per ultimo in un cast già formato, si accontentava di una misera comparsa nelle vesti di Iolao, l'inutile amico del protagonista che non ha mai salvato le sorti di nessuna puntata.

Marco aveva iniziato a parlare più tardi rispetto alla media, era un bambino dolcissimo ma un po' introverso che faceva lunghi discorsi solo nella mente e lasciava che la purezza del suo sguardo traducesse ogni sua volontà.

Purtroppo questa sua scarsa dimestichezza nell'interpretare il copione me lo rendeva difficile da piazzare.

Se non erro, l'apice della sua carriera glielo feci raggiungere nella quarta recita, dove addirittura scelsi di tenerlo in vita fino alla terza battuta dello sceneggiato, per poi eliminarlo con una morte eroica che fosse in grado di giustificare una così rapida sparizione di scena.

«Nel prossimo episodio risorgi, te lo prometto.»
Così contenevo le sue comprensibili lamentele.

A sorbirsi i miei sogni hollywoodiani erano sempre i parenti, con uno zoccolo duro paziente rappresentato dai miei genitori.

Nonostante la dubbia qualità del servizio offerto, si immedesimavano perfettamente nella parte di pubblico pagante, silenziosi e attenti, filmando con orgoglio l'intera messa in scena.

La soddisfazione che provavo nel vederli ridere e applaudire di fronte al mio spettacolo impacciato è un'impronta di felicità calcificata nella mia memoria.

Poche cose, infatti, riuscivano a gratificarmi come intrattenere quel mio sparuto pubblico facendolo sorridere con balli, canti e arti che nessuno mi negava di coltivare.

Negli anni il mio congenito esibizionismo si è manifestato molte volte e in molte forme.

Inizialmente l'ho alimentato iscrivendomi a qualsiasi attività che comprendesse uno spettacolo finale, un saggio dove potevo dimostrare di esserci portata.

Crescendo, poi, ho iniziato ad avvertire il peso delle responsabilità: inseguire quei sogni fanciulleschi mi sembrava sottraesse tempo a un progetto di concretezza che sentivo di dover perseguire.

Non ho mai davvero valutato la possibilità che quella fosse una vocazione da coltivare, che anche quella potesse essere una strada percorribile costituendo a tutti gli effetti un'opzione, nel ventaglio di quelle possibili.

Così, quando è arrivato il momento di dimostrare il mio coraggio, ho fallito scegliendo di non rischiare e ho intrapreso il sentiero della convenzione.

Per usare un paragone, se la mia vita a quel tempo fosse stata una disciplina di atletica leggera, avrebbe obbedito alle regole del salto in alto: uno studio tradizionale, un percorso formativo consolidato e la possibilità di un lavoro fisso rappresentavano le asticelle che avrei dovuto tenere in piedi per completare un perfetto salto in stile Fosbury.

Il mio senso del dovere non mi ha mai concesso reali alternative.

La facoltà di Giurisprudenza, nella mia convinzione, era la risposta che, dopo il fallimento in Biotecnologie, metteva a tacere le spaventose domande sul futuro, un maturo sacrificio di concretezza a discapito della fantasia.

Quando preparavo gli esami e registravo con fatica i concetti, quasi come se il mio residuo bambinesco rivendicasse il suo posto nel presente, mi rendevo conto che non era così che funzionava per gli altri.

A giustificare una fatica comune c'era, per loro, la consapevolezza di aver fatto la scelta giusta.

Come per mia mamma così per loro: il desiderio riscattava lo sforzo.

Quella era la loro vocazione, il loro obiettivo, e non c'era volume che fosse in grado di intimidire questa convinzione.

Io, invece, studiavo per inerzia, mi ero rassegnata a un destino di costrizioni e desideri castrati.

Ogni tanto, mentre ripetevo le lezioni per l'esame, capitava che mi perdessi in qualche fantasia, la mano a reggere il mento, il cuore a reggere il salto; ripensavo a quella gioia lì, quella che mi possedeva mentre interpretavo la principessa guerriera nei miei spettacoli d'infanzia.

Non sapevo come ritrovarla dentro al fiume di inchiostro in cui ero cascata, mi disperavo cercando di capire se avrei trovato il mio palcoscenico felice anche in quell'ostile ginepraio di leggi.

Senza mai ricevere risposte toglievo la mano dal mento, la poggiavo leggera sul petto e mi dicevo: "Pazienta, nel prossimo episodio risorgi, te lo prometto".

4
I compleanni

Ho sempre avuto un bel rapporto con i compleanni.
Posso dire di aver amato molto quelli della mia infanzia e aver gestito, forse con più timido entusiasmo, quelli dell'età adulta.
Guardando la ricorrenza nel suo complesso, però, sono sicura che tra noi sia sempre esistito un mutuo rispetto.
Negli anni sono cambiati le mie aspettative, probabilmente il numero di regali e senz'altro gli invitati, ma c'è una cosa che invece non è mai cambiata, ed è la scelta della torta.
La prima volta deve averla decisa mamma, non so se per caso o per talento, ma è un merito che le devo riconoscere.
L'averci creduto invece, nel suo fortunato intuito dico, quello è tutta opera mia. E mi sono sempre personalmente assicurata che non ci fosse alcuna variazione sul tema.
Baluardo di una tradizione che voleva sopravvivere, la mia torta panna e fragole con crema chantilly e gocce di cioccolato riusciva a riconsegnare ogni festa a quella dimensione amorevole e premurosa in cui abitavano i miei compleanni di bambina spensierata.
E forse è per questo che i dolci erano – e continuano a essere – la mia più grande tentazione.
Quando ripenso all'infanzia, spesso devo sforzarmi di ricostruire i volti, di provare a ridimensionare le forme alterate dei ricordi, per ricucirne le sponde.

Altre volte no, mi vien da dire che ci sono cose che invece ho proprio chiare nella testa, e i miei compleanni sono proprio una di queste.

La formazione, al tempo, era solida e rodata: babbo, deputato alla documentazione dell'intera festa con la sua videocamera grossa come un attuale microonde, si assicurava che la luce rossa del REC fosse sempre accesa e che quei momenti non venissero dimenticati.

Mamma, invece, antesignana responsabile delle risorse umane con sorprendenti capacità multitasking, organizzava, fra le altre cose, l'intera scenografia, ruolo che richiedeva non solo una certa conoscenza dei gusti della festeggiata, ma anche un'abilità ingegneristica che veniva alimentata dalla sua fantasia.

Mentre lei concludeva i preparativi, io attendevo paziente nella mia cameretta l'arrivo delle invitate.

Avevo un tetto massimo di sette-otto amiche per ogni compleanno, dieci per quelli speciali come il primo a due cifre, ma non potevo spingermi oltre.

L'attenzione che mamma doveva dedicare alle imprudenze della nostra giovane età non andava d'accordo con i grandi numeri.

La cura con cui selezionavo le mie amiche migliori, destinatarie della lettera d'invito ufficiale, era scrupolosa e sofferta: sentivo il peso di ogni scelta e il senso di colpa per ogni esclusione.

Indossati cerchietto e mollette delle grandi occasioni, correvo impaziente verso il "bagno grande": lo avevo chiamato così non tanto per le sue dimensioni, quanto per il prestigio che gli regalavano i tesori contenuti.

Sulla mensola accanto allo specchio, infatti, c'era un piccolo cesto di vimini: io ci arrivavo solo in punta di piedi, godendo di una visione parziale ma sufficiente a farmi sbirciare l'agognato bottino, i rossetti proibiti di mamma.

Certo potevo toccarli, potevo aprirli e rimirarli, ma no, non potevo affatto provarli, ero troppo piccola e "le bambine piccole non si truccano", così avevo imparato a rispondere alla tentazione che stuzzicava il mio spirito di figlia obbediente.

Nonostante col passare del tempo si sia assopita, la passione per i trucchi che avevo da piccina era sconfinata: ogni smalto, lucidalabbra, ombretto o pastrugno chimico colorato era, per me, un patrimonio di inestimabile valore, li custodivo tutti negli scrigni più preziosi e li condividevo con stitica generosità.

La regola era che, fuori di casa, potevo usarli solo a Carnevale. E poi c'erano i rossetti di mamma, che eccezionalmente potevo appunto mettere al mio compleanno, una concessione, questa, che mi gonfiava di gioia.

«Il rossetto è una cosa da grandi» recitava seriosa lei reggendo la parte, «non sono mica sicura che te lo puoi mettere oggi. Non sarai troppo piccola?» Tra i tanti, aveva il talento di rendere credibili anche le domande retoriche.

«Ieri sì, mamma, ieri ero piccola, ma oggi sono grande, è il mio compleanno. Credo che posso metterlo. Posso?» sondavo con incertezza.

«Dunque, vediamo, sarebbe un permesso speciale» fingeva col sorriso di chi sta per cedere, «dopotutto, però, oggi diventi più grande, magari possiamo chiudere un occhio! Ma non si porta a scuola, promesso?»

«Promesso», e mentre spergiuravo qualcosa che sapevo non avrei mai mantenuto, correvo in bagno con il cuore leggero di chi può crescere alla luce del sole: non avevo bisogno di nascondermi per esaudire i miei desideri proibiti.

Nel giorno del mio compleanno ero finalmente libera di essere grande prima del tempo.

Il vero pezzo forte, però, mamma lo teneva nascosto fino all'ultimo.

Serrata la porta finestra del balcone, lasciava che arrivassero le mie amiche prima di svelare ciò che ci aveva preparato.

Io ricordo che quando poi arrivava il momento, quello in cui rivelava il mistero, mi prendeva proprio un'irrefrenabile contentezza che per anni ho tenuto nel cuore come riserva di buon umore.

Con un enorme lenzuolo bianco mamma divideva il balcone a metà, poi ci disegnava sopra una porta bellissima, tutta dorata, a demarcare l'ingresso nel nostro castello segreto.

L'accesso era consentito solo previo permesso della festeggiata e a sua totale discrezione.

Il progetto architettonico era piuttosto precario: qualche molletta di qua, due pesi di là, un filo per la biancheria a reggere l'intera facciata, eppure in quei pochi metri quadrati io vedevo realizzato il sogno di governare il mio regno privato.

All'interno di questo spazio esclusivo, mamma allestiva delle vere e proprie esposizioni.

Lì c'era un'ala dedicata alla cucina, con pentole vere e stoviglie pronte a essere contese, là una mensola riservata alle mie bambole, sedute composte e vestite di tutto punto rispettando la solennità dell'evento, e un tavolino dove far prendere loro il tè.

Negli stessi due metri quadrati, poi, c'era la mia zona preferita, quella del trucco e parrucco ovviamente, in cui le invitate potevano farsi belle e condividere con me le tanto attese eccezioni dei compleanni.

Alzare e abbassare quel lenzuolino, per aprire la porta del mio castello, mi restituiva tutto ciò che avevo sperato.

Vedere uno spazio che conoscevo bene, un balcone solitamente abitato da bidoni della spazzatura, tramutarsi in quel luogo incantato per me era una magia insondabile, un'evidente dimostrazione dei superpoteri di mamma.

Lo aprivo e lo chiudevo, sbucavo per un attimo a chiedere provviste, ma poi rientravo subito nel castello: si usciva definitivamente solo per una ragione, la torta.

Di compleanni belli come quelli non ne ricordo molti altri: da un certo anno in poi, da una certa consapevolezza in poi, tutti passarono senza lasciare il segno.

Alcuni erano più felici di altri, lo sottoscrivo, ma nessuno era stato all'altezza della gioia che mi aveva dato il lenzuolino bianco, e quello che stava per arrivare non prometteva nulla di diverso.

A confermare la mia sensazione, pendeva la spada di Damocle che puntualmente mi presentava il conto della mia scelta sbagliata: dovevo rimettermi in pari con gli esami.

Se per la restante popolazione mondiale, infatti, giugno è un mese di grande entusiasmo, un po' per l'arrivo dell'estate, un po' per l'ormone che torna a farsi frizzantino, per l'universitario medio è l'inizio della sofferenza, l'attracco alla palude Stigia: l'inizio della sessione estiva.

Ricordo che quell'anno avevo l'appello di Diritto tributario esattamente il 22 giugno, il giorno dopo il mio venticinquesimo compleanno.

Ancor prima di festeggiarlo ne avevo già profetizzata una fine rovinosa.

Il diritto tributario è quella violenza psicologica che augureresti solo a chi lo ha inventato, è una tortura infernale che neanche Dante si è sognato di infliggere ai dannati, non se l'è sentita.

Quando è troppo, è troppo.

In termini civilistici questa simpatica coincidenza temporale mi stava provocando non solo un "danno emergente", quello di dover decifrare percentuali geroglifiche allettanti quanto una colonscopia, ma anche l'impossibilità di trascorrere il giorno del mio genetliaco spensierata e in santa pace, ovvero un "lucro cessante" che nessuno mi avrebbe mai risarcito.

Quindi, oltre il danno anche la beffa.

Quello che mi ostinavo a fare durante ogni sessione d'esame, nonostante l'amaro fallimento di ogni precedente tentativo, era provare ad accantonare il mio folle metodo di studio per sposarne uno più rapido e performante.

I miei ritmi non erano più sostenibili.

Per ogni materia prevedevo una prima lettura del manuale, seguita da una seconda rilettura molto più lenta e accorta, abbinata alla schematizzazione dell'intero volume, parola per parola, operata rigorosamente a mano e senza l'ausilio di più rapidi elenchi puntati.

Era un processo lungo ed estenuante che mi faceva perdere una quantità di tempo vergognosa: questo era quello che mi sentivo dire da chiunque mi osservasse studiare, e dal canto mio non potevo che condividerne il parere.

Per riuscire a memorizzare tutta quella mole di informazioni, in un tempo ragionevole, avevo sperimentato ogni metodo di studio alternativo possibile.

Inizialmente presi in considerazione anche la teoria di quelli che avevo catalogato come Albertiani.

Per intenderci, gli Albertiani sono quella minoranza etnica illuminata, diretta discendente di Albert Einstein, che necessita di sole due rapide letture per imparare un agile volume di mille pagine.

Considerando che, nel mio caso, due letture erano sufficienti a capire a malapena quale materia stavo approcciando, capii presto che il mio posto non era al loro fianco.

Provai così a dare retta alla mia compagna di Diritto romano progredito: una materia che già solo nel nome contiene un grande paradosso, e mi sono lanciata nelle ripetizioni di coppia.

La suddetta tecnica prevede una prima lettura individuale del libro, per poi sondare con l'altra persona il reciproco livello di preparazione facendosi alcune semplici domande relative al programma.

La nostra amicizia finì il giorno esatto in cui provammo a metterlo in pratica.

A mia discolpa posso solo dire che aveva iniziato lei: la prima domanda che mi fece nascondeva la sua risposta tra le righe di una nota a piè di pagina dell'ultimo capitolo.

Lo presi come un affronto.

Ma scusa, se devi capire la mia preparazione, se dobbiamo capire se abbiamo capito, dico io, ma mica mi chiedi quello che c'è scritto nella nota in asterisco scritta in Arial 4 nell'angolo destro delle conclusioni!

Allora lo fai apposta!

Così, accogliendo il suo guanto di sfida, rilanciai chiedendole una definizione che non ero neanche certa fosse riportata sul manuale, l'aveva sciorinata il professore durante una lezione, facendo capire a tutti che sarebbe stato opportuno tenerla a mente.

"Non venire a rubare in casa del ladro, cara mia" pensai celando lo sguardo fra le pagine del libro, "soprattutto se è già in ansia per l'esame. Qua stiamo lottando per la sopravvivenza, non stiamo mica mettendo i fiocchetti ai brocardi, leggitele tu le note a piè di pagina!"

Dopo quell'unico tentativo, la triste realtà si rivelò chiara a entrambe: il nostro livello di preparazione non si allontanava poi molto dal sapere soltanto il titolo del manuale, eppure nessuna di noi due aveva il coraggio di ammetterlo a se stessa.

Figuriamoci all'altra.

Dovevo accettare l'amara verità e rassegnarmi al mio destino di amanuense: l'unico metodo che per me funzionava era quello di riassumere interi volumi per iscritto, parola per parola.

Infatti il giorno del mio compleanno, quella volta, lo passai esattamente così, sommersa dai fogli fitti di inchiostro, testando la mia preparazione per l'appello del giorno seguente.

Mi ero anche impegnata a redigere una rigida tabella di marcia per capire quante pagine al giorno avrei dovuto ripetere per arrivare preparata: una reiterata presa per il culo che però, nonostante il piano venisse quotidianamente infranto, mi dava l'illusione di avere tutto sotto controllo.

Ogni studente universitario, poi, può testimoniare l'ineluttabile avverarsi della maledizione "del giorno in più".

Non importa quanto prima inizierai a studiare per un esame, non importa quanto ti porterai avanti, alla fine ti ritroverai sempre a rimpiangere la mancanza di altre misere ventiquattro ore, esattamente quelle che ti basterebbero per ripassare le ultime cose ed evitare una figura barbina davanti al professore.

Voglio dire che non era una sensazione inusuale, quella della rassegnazione, anzi.

Era una condizione a cui mi ero ormai abituata, un'armatura che indossavamo in tanti per proteggerci da quel corso universitario.

Olivia aveva preso l'abitudine di chiamarmi la sera prima di ogni esame.

Tutto era iniziato dopo la volta in cui decisi di disertare l'appello nonostante avessi ripetuto l'intero programma con lei, il pomeriggio precedente.

«Ti fai solo prendere dall'ansia, le cose le sai benissimo, ti ho chiesto tutto il manuale, ogni singola riga! Comunque basta, non ti lascio più giudicare da sola perché non sei obiettiva, la prossima volta ci penso io.»

E così aveva fatto, la volta dopo e tutte quelle a seguire.

Interrompendo il mio frenetico flusso di giustificazioni, adottava sempre la stessa tecnica per convincermi del fatto che le cose le sapessi, e tutte le volte mi piaceva cascarci.

Era diventata una consuetudine, una sorta di rito propiziatorio da cui traevo coraggio.

«Allora facciamo così» diceva, «adesso ti faccio una domanda qualsiasi sul programma, se la sai domani ti alzi e vai a dare l'esame, se non la sai allora sei libera di fare come credi.»

«Ma che calcolo statistico è, scusa? Si vede che hai fatto il classico» rispondevo cercando di prendere tempo.

«Cosa si intende per "ravvedimento operoso"?» mi chiese imitando il tono di un assistente seccato medio.

«Vabbè ok, questa la so, ma solo perché l'ho ripetuta cinque minuti fa, l'ho lasciata per ultima, non conta» rispondevo sapendo di non avere più scelta.

«Benissimo, allora ci vediamo domani verso le undici, ti aspetto fuori dalla 208. Se ti prende il panico immaginati il professore sul cesso, che caca. Funziona» agganciò.

Una volta chiusa la telefonata rimasi qualche minuto a fissare il vuoto fuori dalla finestra, perdendomi nei miei pensieri.

Mi capitava, infatti, di ragionare in questi termini: quando c'era un sacrificio da fare o un impegno da portare a termine, io mi davo delle ricompense.

Dicevo, tra me e me: "Se ora faccio uno sforzo, se ora mi faccio andare bene questa seccatura, ad aspettarmi c'è quella cosa lì, questa persona qui".

Avevo come un calendario degli appuntamenti felici, una lista di cose che ancora dovevano succedere ma che erano pronte ad aspettarmi, ad aspettare che rispettassi il mio senso del dovere.

Quel giorno, però, mi sembrava proprio che all'orizzonte non ci fosse nulla in grado di motivarmi, di Dario neanche a parlarne.

Erano settimane che tutto stagnava in quel pantano senza definizione che portavamo avanti per inerzia.

In quegli ultimi giorni stavo iniziando a chiedermi se fosse ancora una battaglia che valeva la pena d'esser combattuta o se la cosa migliore per tutti non sarebbe stata quella di arrendersi a una banale e liberatoria incompatibilità di caratteri.

Ci vedemmo proprio il 21 di giugno, giusto per festeggiare insieme il giorno del mio compleanno, o almeno così pensavo.

Dopo un'intera giornata di assoluto silenzio, alle 21 mi arrivò il suo primo messaggio: "Mi raggiungi in Porta Romana?".

Nonostante sapessi benissimo che la sveglia del giorno dopo era fissata all'alba per le ultime ripetizioni, decisi di fare uno strappo alla regola, per una volta che Dario aveva avuto un pensiero carino, non volevo certo essere io a spezzare l'entusiasmo.

Anche in quella circostanza persi molto tempo a decidere cosa indossare, nonostante stessi iniziando ad accettare che le cose non andavano, ancora mi sentivo terribilmente inadeguata ed ero arrivata persino a prendere in considerazione l'ipotesi che uno dei motivi del nostro fallimento come coppia fosse proprio il rifiuto da parte di Dario di accettare la mia mancanza di stile.

Ripensarci mi intenerisce.

Nonostante la tristezza che da sempre provavo per le ragazze divorate dalla realtà distorta che i loro occhi insicuri registravano, ero diventata una di loro. Disprezzavo la mia stupida preoccupazione per la scarpa da indossare, ma non riuscivo a superarla perché sapevo che invece Dario l'avrebbe notata.

Detestavo l'immagine di me che avevo provato a ricreare negli ultimi mesi, un intero guardaroba di vestiti che non mi piacevano affatto, assemblato solo per un disperato bisogno di accettazione.

La pena che provavo per me stessa era assordante.

L'unico modo per metterla a tacere era avere poco tempo per pensare, così afferrai la giacca e mi misi in macchina.

Arrivata nel luogo del nostro appuntamento, vidi Dario venirmi incontro con un sobrio completo di Acne Studios comprato a Londra, una passione per i loghi in bella vista, la sua, che ne rifletteva la discutibile eleganza.

«Come stai? Hai trovato parcheggio vicino? Qui è sempre un casino» mi disse baciandomi l'orecchio.

Questo era il suo modo di dimostrare affetto, un bacio sul padiglione auricolare dopo che non ci vedevamo da giorni.

«L'ho parcheggiata a quaranta chilometri, praticamente ho fatto la Stramilano, ma non importa» dissi sventolandomi la canottiera. «Hai già preso posto dentro?»

«Sì sì, ci sono già dentro gli altri, ho tenuto due sedie per noi» rispose dandomi le spalle e invitandomi ad attraversare la strada.

«Gli altri chi, scusa? In che senso?» domandai cercando di nascondere la delusione.

«Ci sono Tommaso e gli altri, a mezzanotte ci spostiamo in un altro locale, se vuoi venire le donne entrano gratis.»

Neanche il tempo di arrivare, dunque, che tutto era stato già svelato: non c'era nessuna serata di compleanno all'orizzonte, solo un tavolo gremito di gente che volevo evitare.

Non ebbi il coraggio di chiedergli se se ne fosse dimenticato o se quello era effettivamente il miglior modo che aveva escogitato per festeggiare i miei venticinque anni.

In ogni caso finsi di accettare il programma proposto, meditando una scusa per scappare.

Non dovevo neanche usare l'immaginazione: ecco trovato il risvolto positivo di un esame all'alba del giorno seguente.

Dopo neanche un'ora ero già sulla strada del ritorno, la radio accompagnava gli ultimi minuti del mio primo giorno da venticinquenne.

Nel programma che stava andando in onda si leggevano lettere che raccontavano la vita di altre persone, amicizie finite e poi ritrovate, amori incompresi, genitori e figli e nipoti tutti intenti a mantenersi a galla nella lunga traversata che è la vita.

Mi piaceva ascoltare le loro storie, spegnere il mio inesauribile flusso di pensieri e catapultarmi nei loro racconti.

Conoscere i problemi degli altri rendeva più sopportabili i miei.

Sullo schermo del telefono una chiamata persa di Dario, forse un ripensamento dell'ultimo minuto da cui non volevo farmi condizionare.

Decisi di non rispondere.

Era chiaro fosse arrivato il momento di affrontare il problema in modo diverso, più diretto, senza quella latente paura di compromettere tutto, poiché più nulla era rimasto che corresse ancora questo rischio.

Arrivata a casa, come facevo sempre alla vigilia di ogni esame, avevo preparato i vestiti puliti sulla sedia per il giorno dopo.

Erano sempre gli stessi da anni, perché una volta mi avevano portato fortuna e mi ero convinta che con quell'accoppiata avrei fatto scintille. Li avevo appoggiati sulla sedia della scrivania accanto allo zaino.

Mi piaceva che tutto fosse già pronto, la mattina dell'esame non dovevo pensare a niente poiché c'era già l'ansia a occupare tutto lo spazio riservato alle preoccupazioni.

Alle 23.30 mi ero finalmente struccata e infilata il pigiama, pronta per andare a letto, sotto le coperte un ultimo sguardo ai messaggi, un saluto a Olivia e un rapido controllo alle mail.

Una piccola notifica rossa, posta in entrata.

A quest'ora?
"Sarà l'ennesimo spam pubblicitario da cui non riesco mai a cancellarmi" pensai.
Aprii l'applicazione per levarmi ogni dubbio.
Il battito del cuore accelerò all'improvviso, come se gli occhi fossero arrivati dove la ragione ancora doveva approdare.
Deve essere un caso di omonimia, dissi nella mente, non può essere lui, non ci siamo mai più parlati da quella sera.
E invece il nome "Leandro" spiccava sfacciato in cima all'elenco.
Lo stupore lasciò presto spazio alla curiosità.
Non mi diedi neanche il tempo di immaginare cosa mi avesse scritto.
Prima ancora di realizzare che era davvero lui, stavo già leggendo le prime parole:

Ho recuperato il tuo indirizzo mail perché ci tenevo a dirti tre cose.
La prima: se posso consigliarti una bella canzone da ascoltare il giorno del tuo compleanno, ti consiglierei **There Is a Light That Never Goes Out** *degli Smiths, perfetta al tramonto, ma sentiti libera.*
La seconda: il 28 luglio suoniamo a Ferrara, non proprio dietro l'angolo, lo capisco, ma neanche così lontano, ti andrebbe di venire? Hai due Spritz e una Goleador in omaggio, fammi sapere eventualmente, se frutta o Coca-Cola.
La terza: auguri di buon compleanno.

Leandro

Penso di aver riletto il messaggio una decina di volte prima di convincermi che fosse arrivato davvero.
Erano passati mesi dal giorno del nostro unico incontro e, da quel poco che avevamo chiacchierato, non pensavo neanche potesse ricordarsi di me.
Iniziò a frullarmi nella mente una sequela di domande stupide che mi agitò senza che ne capissi il motivo.
Dove aveva recuperato il mio indirizzo? Perché aveva avuto l'attenzione di mandarmi gli auguri di complean-

no? Come faceva a ricordarsi di me, quella sera eravamo così tanti.

Dovrei rispondere? O lascio perdere? E se rispondo come rispondo? Rimango formale fingendo distacco o faccio la simpatica rischiando di essere fraintesa? Tutt'a un tratto mi sentivo la protagonista di un film di Nanni Moretti.

Se avessi chiamato Olivia, la conversazione sarebbe stata più o meno questa: "Che faccio rispondo? Mi si nota di più se rispondo e fingo disinvoltura o se non rispondo per niente? Rispondo! Due righe brevi ed efficaci. No, non mi va, non rispondo, no. Ciao, arrivederci Olivia".

5
L'appuntamento

«Buongiorno signorina, si accomodi pure, libretto?»
«Buongiorno, ecco qui.»
«Bene, dunque vediamo, mi vuole parlare dell'accertamento sintetico e dei termini di decadenza dell'azione accentratrice?»
"In che senso le voglio parlare?" mi dissi nella mente. "No che non gliene voglio parlare! Non la vorrei neanche vedere, a essere del tutto onesta, ma non mi sembra di avere molta scelta."
Quella mattina, su Milano, brillava un cielo terso, non una nuvola metteva in dubbio il secondo giorno d'estate e un vento leggero mi arruffava i capelli.
Nell'aula d'esame, invece, l'afa generata dalle paure di tutti, i bisbigli e i sussurri nervosi avevano reso l'aria viziata, e si soffocava.
Il professore mi interrogò con l'espressione seccata di chi non sopporta di dover indossare una camicia a maniche lunghe nella stagione calda, un rispetto dell'etichetta, quello, che non aveva mai del tutto accettato, distribuendo la sua insofferenza a uno studente per volta.
Senza mai guardarmi negli occhi e facendo roteare la matita fra le dita, mi torturò con le solite tre domande di protocollo.

Le aveva tutte formulate molto lentamente, aggiungendo a fine domanda una puntigliosa specifica a sorpresa nel caso avessi tirato un sospiro di sollievo.

A ogni esame mi chiedevo se i professori frequentassero dei corsi ad hoc per riuscire a essere così stronzi.

"Master in formulazione di domande poco comprensibili", mi immagino, oppure "Dottorato in espressioni contrite e dissenzienti", per dirne un altro, anche se il più frequentato secondo me sarebbe "Imparare a mantenere un silenzio imbarazzante anche quando è palese che lo studente non sa la risposta: dieci consigli utili per non rischiare di metterlo a suo agio".

Nonostante la sua conclamata mancanza di tatto, quell'agonia si concluse con un miracoloso ventisette, molto più di quanto la mia coscienza mi suggerisse di meritare.

Mi alzai da quel banco condiviso e corsi fuori dall'aula senza guardarmi indietro.

All'epoca ancora fumavo una sigaretta ogni tanto e quel giorno ne accesi una sul muretto del loggiato godendomi il silenzio di chi finisce prima degli altri.

L'inebriante leggerezza che mi invadeva alla fine di un esame è l'unica cosa che davvero mi manca dell'università.

Sì, perché dopo non è che lo provi più tanto quel senso di libertà lì, uguale identico dico.

L'assoluta scomparsa di angoscia che lascia spazio alla spensieratezza è un privilegio di cui solo gli studenti ancora giovani possono godere, poi arriverà il peso di mille altre responsabilità più mature a intorbidire quella contentezza trasparente.

Misi la borsa sotto la testa e mi sdraiai a occhi chiusi, pancia all'aria e caviglie incrociate: lo dovevano vedere tutti quanto mi fossi meritata quell'ozio sfacciato.

Mentre le guance si arrossavano cedendo ai raggi del sole di mezzogiorno, mi ricordai della sera precedente.

Presi il telefono dalla tasca con la cerniera, volevo assicurarmi di non aver avuto un abbaglio, che fosse arrivata davvero una mail da parte di Leandro.

Era in cima all'elenco e così come la ricordavo: nessuna allucinazione, tutto realmente accaduto.

Non riuscivo a capire come avesse fatto a custodire il ricordo del mio viso, del mio nome, proprio il mio fra tutte le persone che aveva salutato quella sera.

Lo stupore sostituì presto un sincero imbarazzo, la sua attenzione accese una strana timidezza amorosa di cui presagivo i rovinosi sviluppi.

Mi conoscevo ancora poco all'epoca, ma forse abbastanza da riconoscere senza incertezze quell'improvviso pizzicore diffuso, il segnale inequivocabile della potenza con cui le sue semplici parole, in me, avevano già scavato un'impronta indelebile.

Decisi di chiamare Olivia per raccontarle l'accaduto, avevo bisogno di ripetere tutto ad alta voce, come se questo restituisse al gesto di Leandro una concretezza che i miei occhi da soli non erano stati in grado di garantirgli.

«Pronto Olli, sono io!» dissi poco dopo il secondo squillo.

«Ohi! Hai finito? Come è andata?» rispose preoccupata.

«Bene dài, ventisette, non mi ha chiesto il ravvedimento operoso ma qualcosa sono riuscita a raccontargli comunque» risposi sorridendo.

«Mi sa un po' più di "qualcosa" se ti ha messo ventisette, la prossima volta che ti lamenti perché dici di non sapere le cose ti appendo il telefono in faccia, te lo dico» mi minacciò, anche se percepivo sollievo nella sua voce.

«Senti, comunque non ti chiamavo per l'esame. Ieri mi è arrivata una mail.»

«A me ne arrivano cinquanta solo tra le nove e le dieci, dammi più info.»

«Da Leandro, ti ricordi il cantante che abbiamo conosciuto a Modena quest'inverno? Quello che mi hai costretto a salutare a fine concerto?»

«Certo che mi ricordo! Eh be'? Cosa ti ha scritto?»

«Gli auguri di compleanno e qualche altra cosa sulle Goleador, te lo inoltro adesso.»

Approcciai la discussione con la mancanza di dettagli

di chi non vuole dare nell'occhio, una superficialità di narrazione, la mia, che tradiva la paura di essere colta in flagranza di interesse.

«Che carino! Cavolo, comunque ne è passato di tempo, come ha trovato la tua mail?» domandò sospettosa.

«Non lo so, dovrei chiederglielo, ma non ho ancora risposto.»

«E cosa stai aspettando?»

«Di valutare se è il caso, prima di tutto. E poi magari di capire cosa rispondere.»

«Perché non dovrebbe essere il caso, scusa? È un messaggio di auguri, non una proposta di matrimonio, non ci vedo nulla di male. Sei preoccupata per Dario?»

«Ma no, è solo che non vorrei si facesse un'idea sbagliata di me, ecco tutto. Mi invita anche alla prossima data a Ferrara, ma tanto non ci posso andare, quindi il problema non si pone.»

«Perché, scusa?»

«Ho l'appello di Diritto commerciale l'ultima settimana di luglio, proprio il 28, il giorno del concerto, quindi da domani devo rinchiudermi in casa e buttare via la chiave.»

Facevo spesso questa cosa: esasperavo il mio senso di responsabilità sperando di trovare, nel giudizio degli altri, una clemenza che da sola non sapevo concedermi.

«Guarda, su altri esami ti avrei detto che sei la solita ansiosa, ma su commerciale ti do ragione, meglio che sfrutti bene gli ultimi giorni» rispose infrangendo ogni mia celata speranza.

«Sì, infatti non vado, glielo dirò. Ora ti saluto, devo scappare a prendere la metro. Comunque ti aggiorno sulla risposta finale.»

«Va bene, a dopo. Ah, dimenticavo: brava, sono molto fiera di te!»

Rimasi in silenzio qualche secondo, sorridendo alla cornetta: «Grazie, a dopo!».

Camminavo verso la metro e mi resi conto che un po' mi piaceva quell'attesa, immaginare che forse Leandro, tra un appuntamento e l'altro, avrebbe buttato un occhio, anche piccolo e di sfuggita, alla posta in entrata.

Mi piaceva pure pensare che condividessimo lo stesso senso di speranza nelle reciproche risposte.

Passeggiando per via Festa del Perdono, attraversai la strada lasciandomi l'ombra alle spalle, abbracciavo il lato del sole godendo di quei momenti sereni.

Nessuna angoscia a tormentare il mio pomeriggio, avevo il tempo dalla mia parte e la libertà di sfruttarlo.

La sera stessa avrei dovuto vedere Dario, un appuntamento che avevamo fissato prima che il mio compleanno facesse degenerare il tutto.

Se andare o meno era una cosa che avrei deciso più tardi, in quel momento non avevo voglia di pensarci.

Ero sicura che la mia cattiva disposizione nei suoi confronti non dipendesse direttamente dalla comparsa di Leandro, ma non potevo neanche negare che quel messaggio avesse risvegliato in me un entusiasmo sopito da troppo tempo.

Era arrivato il momento di formulare una risposta che ancora non sapevo quali possibilità avrebbe aperto.

Ciao Leandro,

ammetto che scriverlo mi stranisce almeno quanto leggere il tuo nome fra le mail, a proposito: dove hai trovato il mio indirizzo? Non che mi dispiaccia il fatto che tu lo abbia reperito, anzi, vorrei solo escludere la possibilità che sia scritto con l'indelebile nero sul muro di qualche stazione.

Comunque, grazie mille per gli auguri di compleanno, li ho letti mentre ripetevo il calcolo d'imposta quindi non ti nego siano stati una ventata di aria fresca.

Come stai? È passato molto tempo dall'ultima – e unica – volta in cui ci siamo visti, mi ha molto sorpreso che ti ricordassi della nostra conversazione.

Ti rispondo anche io con tre cose:

La prima è che mi sarebbe piaciuto moltissimo poter accettare il tuo invito ferrarese, ma ho un appello decisivo il 28 luglio e devo chiudermi in casa a studiare come se non avessi una vita, che difatti non ho.

Non ricordo se all'epoca ti ho detto che frequento Giurisprudenza, ma ne approfitto per farlo ora, almeno se un giorno io dovessi morire di noia sai a quale facoltà attribuire la colpa della mia prematura scomparsa.

La seconda è che l'unica vera e sola Goleador che merita un posto nell'olimpo delle caramelle è quella alla liquirizia, il fatto che tu non l'abbia neanche menzionata, oltre a farmi dubitare della tua capacità di giudizio, mi offende profondamente.

La terza è che ho ascoltato gli Smiths, a dire il vero era l'alba e non il tramonto, spero vada bene lo stesso. Mi è piaciuta soprattutto perché da te non me la sarei mai aspettata, me la immagino come un sofferto sforzo di allegrezza in un'esistenza, la tua, fatta di un malinconico orgoglio punk da difendere.

Per compensare mi sento di consigliarti i The Get Up Kids, una nuotata garantita nell'oceano della tristezza.

Ma a Milano non suonate mai?

Marta

Non ci pensai troppo a premere invio, non chiesi conferme al mio buon senso e non attesi il parere di Olivia.

Io, di chi ragiona troppo sulle cose, penso che si perda ciò che le rende irripetibili, la loro percentuale di assoluta e istintiva casualità.

Ormai, comunque, il messaggio era partito e le ore successive, ero certa, sarebbero state scandite dal mio spasmodico controllo della posta, dissimulato da operazioni fra le più disparate, tutte accomunate, guarda caso, dalla connessione Internet.

Nell'impazienza con cui attesi una sua risposta, non ritrovai più la stessa leggerezza con cui avevo inviato la mia.

Nonostante volessi convincermi che quell'episodio non mi avesse colpito più di altri, ciò che feci subito dopo fu molto più eloquente di qualsiasi esplicita ammissione di interesse nei confronti di Leandro.

Mossa dalla curiosità di poterlo rivedere, controllai quali altri appelli avessi a disposizione per l'esame che mi impediva di andare a Ferrara.

Lessi che l'unica alternativa possibile sarebbe stata il 15 settembre.

Se avessi scelto di posticipare e l'orale non fosse andato bene, non avrei avuto altre opzioni, l'esame sarebbe scalato a dicembre.

"Troppo rischioso" pensai. "Ho già due esami lunghissimi a gennaio, non posso pensare di dover aggiungere anche questo."

Ma cosa stavo facendo? Avevo davvero preso in considerazione l'ipotesi di posticipare un appuntamento così importante per un emerito sconosciuto? Qualcuno di cui conoscevo solo la voce e che avevo visto venti minuti nel buio di un locale un anno prima?

Di colpo mi sentii così ingenua, così precipitosa.

Seppur flebile, il suo richiamo esercitava su di me una forza cui non riuscivo a opporre resistenza.

Forse gli avanzi d'affetto che avevo imparato a farmi bastare negli anni mi avevano reso fertile alla gentilezza.

Il mio era un terreno che ormai da troppo tempo sarebbe stato pronto a coltivare un qualche tipo di felicità.

Non volevo stare in casa nel mio unico pomeriggio libero, così, per ingannare l'attesa, uscii a fare alcune commissioni.

Dico "commissioni" compiendo una scelta lessicale precisa.

Avrei potuto dire che andai a sbrigare qualche faccenda, che ne approfittai per sistemare alcune questioni, ma la verità è che questo termine soltanto mi rende da sempre lo sforzo più familiare.

Quando avevo sei o forse sette anni, infatti, aspettavo che arrivasse il fine settimana per dimostrare a tutti che nonostante la mia giovane età ero in grado di ricoprire ruoli di grande importanza.

Succedeva che subito dopo pranzo mamma si alzasse da tavola per chiedermi se volessi accompagnarla "a fare delle commissioni".

Nella mia mente, quel vocabolo sconosciuto, così difficile da scrivere e sillabare, doveva per forza riguardare qualcosa di importante.

Una missione, la nostra, che richiedeva una certa maturità: non era mica da tutti fare le commissioni.

Ricordo che una delle mete preferite era il negozio del signor Dino, una bottega di oggetti antichi, per lo più elettronici, di cui faticavo a capire l'utilizzo.

Mamma ha sempre amato la tecnologia, questa passione gliel'ha trasmessa il nonno Giovanni, che i computer alla fine non li ha mai visti, ma quanto gli sarebbero piaciuti.

Dal signor Dino portavamo di tutto: dai registratori più recenti, ma ormai troppo vecchi per chi, come mamma, non resiste al fascino del materiale di ultimissima generazione, a lettori VHS che avevano iniziato a familiarizzare con la polvere, fino ad antichi giradischi ereditati dal nonno.

Ogni tanto capitava che scendessi dalla macchina con mamma ed entrassimo insieme, altre volte, le più importanti, quando mi concedeva la fiducia riservata alle bambine grandi, mi diceva: «Io entro un attimo, tu rimani qui e controlla che vada tutto bene, custodisci la macchina con attenzione».

Io, annuendo, aspettavo solo che girasse le spalle, attraversasse la strada e *traaac*, mi spostavo subito sul sedile del guidatore.

Afferrato il volante irrigidito dal bloccasterzo, mi fingevo un pilota di Formula 1 facendo scorrere le mani avvinghiate prima a destra e poi a sinistra, anche se la distanza dai pedali mi costringeva a mosse più attinenti alla danza classica che all'automobilismo.

I passanti che mi vedevano attraverso il finestrino sorridevano divertiti, non gli era mai capitato di vedere una bambina della mia età affrontare una curva a gomito.

Proprio quando poi mi decidevo finalmente a capire a cosa servisse quel birillo fra i sedili, puntualmente d'improvviso sentivo le porte aprirsi col telecomando, un lampeggio di luci a darmi conferma del ritorno di mamma, così rotolavo di nuovo verso il sedile del passeggero.

Credo che lei sapesse quanto mi piaceva sentirmi grande per quei pochi minuti, per questo mi ci portava, a fare le commissioni intendo, non tanto perché apportassi un reale aiuto in termini di sorveglianza, ma perché aveva capito quanto fosse importante farmelo credere.

In quel giorno di inizio estate non c'era nessun signor Dino a cui portare vecchi lettori in disuso e non c'era neanche la Renault Laguna di mamma ad accompagnare la mia impazienza, ma decisi comunque di uscire, a piedi questa volta, per cercare di farmi trascorrere il tempo più velocemente.

Impiegai circa due ore per completare il piccolo giro di cose da fare: passai dalla farmacia, un salto a rilegare alcuni appunti, due sciocchezze prese al supermercato e poi di nuovo a casa.

Rientrata, andai subito in bagno a sciacquarmi la faccia, il caldo impietoso mi aveva resa paonazza.

Entrando in camera lo schermo del computer lasciato aperto sulla scrivania custodiva una notifica rossa che mi riempì d'entusiasmo.

Ciao Marta,
inizio subito col dirti che il tuo indirizzo mail non è inciso sulle pareti di nessuna stazione, almeno non che io sappia.
In realtà è stato molto semplice trovarlo.
Riguardando le foto di quella sera a Modena, un grande gesto di coraggio per chi, come me, conosce bene i limiti della sua fotogenia, ne ho vista anche una tua.
Eri abbracciata a una ragazza col caschetto, se non ricordo male era proprio l'amica che ti aveva accompagnata, anche se ora mi sfugge il suo nome.
Il tuo, invece, era scritto molto chiaro e pur non essendo un amante dei social network non è stato difficile risalire al tuo profilo, dove la mail era scritta nella biografia.
Spero non ti abbia infastidito, se così fosse mi trascino subito nello spam.
Se sto bene, mi chiedi.
Per quello che riesco a percepire da una vita passata all'interno di un furgone in giro per l'Italia, penso di sì.
Credo comunque abiti in me una malinconia antica, con cui

convivo da tempo, che mi impedisce di credere che si possa essere davvero felici, ma queste sono solo riflessioni angosciose di un noioso musicista rurale.

Tu, piuttosto, riesci a esser felice nelle pause tra un manuale e l'altro?

Per la cronaca, io mi sono laureato nel 2013 in Chimica.

Sì, hai capito bene, in Chimica, non fare domande.

Una possibile alternativa alla mia vita attuale, che ho sempre sperato di non dover scegliere.

Mi dispiace molto che tu non riesca a fare un salto a Ferrara, non c'è alcuna possibilità di far slittare questo esame un po' più avanti?

Forse non dovrei chiederlo, sono veramente una brutta persona, ma in cambio ti potrei promettere un concerto rovinoso e disperato con una manciata di Goleador finali, rigorosamente alla liquirizia.

Pensaci.

Se no possiamo attendere il turno di Milano, suoneremo anche lì, dopo l'estate.

L'ultima volta che abbiamo calpestato il suolo meneghino siamo finiti in un bar in centro costosissimo, roba da colletti inamidati e mocassini senza calze.

Abbiamo speso una cosa come cinquanta euro per quattro Spritz, con la stessa cifra in Umbria ci paghi da bere a venti persone.

Però mi sembra di aver capito che fosse la settimana della moda, solo il nome mi incute timore, per questo i prezzi erano così alti.

Come sempre abbiamo la capacità di trovarci nel posto sbagliato al momento sbagliato, ma sono sicuro ci sia una Milano "panc" tutta da scoprire che mi piacerebbe conoscere.

Tu, da autoctona, hai qualche consiglio da darmi?

Comunque, grazie per la condivisione musicale, ho passato un pomeriggio alla camera di commercio riascoltando tutto **Something to Write Home About**, *è stato un bel regalo.*

Cerco di ricambiarlo con un disco intenso e fuori moda, per rimanere in tema.

Sound City Burning, *degli Undeclinable.*

Fammi sapere che ne pensi.

Leandro

Quindi avrebbero suonato a Milano.
Finalmente avevo qualcosa da annotare nel calendario degli appuntamenti felici, un'attesa che mi avrebbe aiutato a tenere duro.

Il mio ultimo sforzo universitario della sessione estiva avrebbe conosciuto la sua ricompensa in qualcosa che superava ogni mia più ottimistica previsione.

Un concerto del mio gruppo preferito e una persona a cui poter ridare contorni precisi.

Un senso di euforia mi pervase senza che ne avessi un reale controllo, non avevo ancora accertato la data precisa e il locale dove si sarebbe tenuto, ma già sapevo che avrei fatto di tutto per non mancare.

Quelle sue poche righe erano state in grado di instillare in me una curiosità che sapevo avrei voluto, e dovuto, soddisfare.

Un unico pensiero a frenare l'entusiasmo: mi sarebbe toccato dirlo a Dario.

Tentai di convincermi dell'assoluta innocenza dell'evento.

Dopotutto si trattava di un concerto come un altro, lo avevo già fatto senza preoccuparmi di nulla; eppure io già lo sentivo, percepivo arrivare da lontano il peso della sincerità, un'ammissione di interesse che presto o tardi avrei dovuto confessare, prima di tutto a me stessa.

Decisi di rimandare il problema a più tardi, quella stessa sera gli avrei parlato del concerto e di Leandro, con l'assoluta tranquillità di chi non ha nulla da nascondere, o almeno così credevo.

Cercai su Internet il giorno esatto dell'evento per evitare di doverlo domandare nella mia futura mail, scoprendo così carte che era bene rimanessero coperte, almeno per qualche turno.

La data era fissata per il 23 settembre, l'equinozio d'autunno.

"La fine dell'estate" fantasticai, "quindi è l'ora di un nuovo inizio."

Prima di tutto dovevo accertarmi che Olivia ci fosse e po-

tesse accompagnarmi, sapevo che aveva in mente una settimana in Portogallo, se l'era lasciata apposta verso fine settembre, per non trovare la calca tipica delle vacanze estive.
«Ti prego, fa' che io abbia un'amica inconcludente che non fa davvero quello che dice» pregai sottovoce mentre cercavo il suo nome in rubrica.

L'idea di affrontare quella serata da sola era un'ipotesi da escludere categoricamente, non avrei mai avuto il coraggio di varcare i cancelli del locale senza qualcuno che sapesse sciogliere la mia agitazione e incoraggiare la mia timidezza.

Mi continuavo a ripetere che prima o poi avrei affrontato i miei blocchi psicologici, ma ogni volta non era mai quella giusta, e questa tanto meno.

Al sesto interminabile squillo, la voce di Olivia interruppe il mio flusso di pensieri:

«Pronto?»

«Olli, scusa sono io, hai impegni la sera del 23 settembre?»

6
Ricordati le medicine

Me ne stavo con i gomiti piantati sul tavolo, lo sguardo perso tra gli scarabocchi di un foglio torturato dalla mia stilografica blu, le gambe incrociate sulla sedia che babbo aveva comprato per salvaguardare la mia schiena.

Mai acquisto fu più fallimentare nel soddisfare le aspettative, a giudicare dai bonifici emessi negli anni al mio osteopata.

Non avevo ancora pensato a un'alternativa nel caso in cui Olivia non avesse potuto accompagnarmi al concerto.

Forse dopo tanto rimandare questa era l'occasione buona per dimostrare a me stessa di avere venticinque anni e di essere perfettamente in grado di fare le cose anche da sola?

Di cosa si trattava, dopotutto? Di andare a un concerto e scambiare due parole con un ragazzo gentile e educato con cui, per altro, avevo già rotto il ghiaccio.

Nulla di trascendentale dunque, un'occasione mondana, quella del concerto, a cui le persone mature partecipano anche per fare nuove conoscenze e vivere il piacere della socialità.

Ho davvero usato l'espressione "piacere della socialità"?

Ma quale piacere della socialità! Che cosa sto dicendo?

Ti prego, Olivia, non mi tirare questo scherzo, ti supplico, non mi lasciare sola in questo dramma relazionale, in questa catabasi infernale nei rapporti sociali.

Io te lo prometto, ti giuro che affronterò i miei limiti la

prossima volta, ma ti prego, dimmi che non sei in vacanza in Portogallo, a te manco ti piace il baccalà, ma che ci vai a fare in Portogallo?

Nel frattempo, dall'altro capo del telefono, la sua voce mi ricordò che avevo avviato una telefonata.

«Marta? Marta, mi senti? Ci sei?» chiese stranita.

«Sì, scusami, ci sono. Allora saresti libera?»

«Cioè, mi chiedi cosa farò fra tre mesi? Io non so neanche cosa mangio stasera a cena.»

«Ma comunque sarai a Milano, giusto?» mi affrettai a specificare.

«Certo, dove dovrei essere?» rispose con la tranquillità di chi non sa di aver appena scongiurato un dramma.

«Lo sapevo, lo sapevo che il baccalà ti faceva schifo! Ah, quanto ti voglio bene, non puoi capire!» mi trovai a gridare al telefono.

«Il baccalà? Ma cosa stai dicendo?» rincarò perplessa.

«Ascolta, io alle dieci dovrei vedere Dario, anche se dopo ieri sera proprio non ne ho voglia. Comunque, ti va se prima passo da te, così ti spiego tutto?»

«Va bene, sì, nessun problema, io oggi esco un po' prima dal lavoro, ti aspetto a casa.»

«Benissimo, a più tardi!» agganciai senza lasciarle il tempo di rispondere.

Dopo aver fatto una doccia veloce, indossai un paio di jeans chiari e una maglietta bianca, sganciai il giacchetto dall'appendiabiti del corridoio e infilai le scarpe senza neanche slacciarle.

Mi precipitai giù dalle scale del condominio e uscii dal cancello, pronta a percorrere a piedi il tragitto che mi separava da casa di Olivia.

Solo giunta a metà strada mi resi conto che non avevo messo il profumo, un dettaglio che non dimenticavo mai quando sapevo di dover vedere Dario.

Quindi, non solo mi ero vestita con le prime cose che avevo trovato, ma non avevo neanche alimentato le stupide fissazioni che da mesi faticavo a superare.

Ogni cosa gridava "cambiamento" e io non vedevo l'ora di tendere tutta me stessa ad ascoltarlo, quel grido.

Era una tiepida serata estiva, il sole tardava a tramontare, i suoi ultimi raggi stiracchiavano le ombre e sbrogliavano il gomitolo delle preoccupazioni.

Capitava che quando andavo a piedi in un posto, in uno qualsiasi, facevo sempre due cose, e le faccio tuttora: cammino senza pestare le righe e aspetto di incrociare un estraneo qualunque.

Appena mi passa accanto e ci sfioriamo i lati del corpo, trattengo il fiato per un istante e dopo tre passi gonfio i polmoni per sentirne il profumo.

Su quello mi piace creare delle storie che mi tengano compagnia durante il viaggio.

Quel giorno fu il turno di un omone anziano e arcigno che da lontano mi sembrava proprio uno di quelli che nei film fa per forza la parte del cattivo e a lui questa cosa non è che sia mai andata giù più di tanto.

Col tempo, infatti, è diventato ancora più cupo e malfidente e ha preso a centellinare gli sguardi che prima regalava senza riserve.

Passandogli accanto, sentii l'odore di una di quelle colonie saponate pungenti, che mettono quasi le mani avanti, come se gridassero al mondo l'assoluta importanza dell'occasione per cui sono state indossate.

Allora mi dissi che forse stava andando a un appuntamento galante con una signora minuta che aveva conosciuto qualche giorno prima su una panchina del corso.

Quando si erano incontrati, lei d'istinto gli aveva fatto un occhiolino un po' sexy e a lui era piaciuta così tanto quella strizzatina, ma così tanto, che alla fine l'aveva invitata a fare una passeggiata il martedì successivo.

Per onorare l'incontro, Carlo, così mi piaceva immaginare si chiamasse, si è messo il profumo, cinque spruzzate precise, si è aggiustato la giacca e si è detto allo specchio che se lei gli avesse fatto l'occhiolino un'altra volta lui se la sarebbe spupazzata tutta quanta.

Augurando buona fortuna al signor Carlo, arrivai a casa di Olivia.

Citofonai seguendo il rito che le risparmiava la fatica di chiedere "Chi è?", tre pigiate rapide e ravvicinate seguite da una più lunga e decisa.

Il cancello si aprì rispettando le tradizioni.

«Ohi, ciao! Vieni in bagno che sto finendo di prepararmi» disse aprendo la porta di casa.

«Dove vai?» chiesi curiosa.

«Ma niente, dopo raggiungo Matteo. Mi ha detto che oggi gli hanno offerto una posizione più alta e vuole festeggiare.»

«Ma non avevamo detto che Matteo avrebbe dovuto riguadagnarsi col tempo la tua fiducia? È resuscitato da soli due giorni, fallo penare un pochino!»

Matteo era il classico ragazzo piacente e di buona famiglia, nato con un quoziente intellettivo più alto della media ma senza la minima umiltà per poterlo gestire. Dotato della sensibilità di un termosifone, era riuscito a ferire Olivia in così tanti modi che le mani mi prudevano al solo sentirlo nominare.

Per una strana coincidenza astrale, entrambe non vedevamo di buon occhio i reciproci compagni: eravamo tanto brave a impartirci vicendevoli lezioni di vita amorosa, quanto lacunose, poi, nell'applicarle a nostra volta.

Olivia e Matteo si erano conosciuti alla festa di compleanno di una amica comune e da lì avevano intrapreso una frequentazione sporadica senza troppo impegno emotivo.

All'inizio erano entrambi sintonizzati sullo stesso canale: passare del tempo insieme quando si aveva voglia senza essere per forza una coppia, ma soprattutto eliminare l'incombenza di dover rendere conto all'altro di come si sceglieva di riempire il resto del tempo.

Tuttavia, col trascorrere dei mesi, questo accordo aveva perso il suo originario equilibrio.

Olivia aveva cercato di trincerarsi dietro una salda indifferenza, ma all'esame di un occhio amico come il mio, era diventato chiaro che il suo cuore avrebbe gradito un'inversione di rotta.

Seppur centellinate, le attenzioni che Matteo le aveva dedicato avevano alimentato in lei la speranza che le premesse approssimative con cui avevano inaugurato il loro rapporto fossero solo lo scudo prudente di chi ha paura di ferirsi e non un'arma pronta a essere azionata.

La verità è che ogni sua gentilezza era presto seguita da una smentita, ogni gesto carino nei confronti di Olivia nascondeva risvolti inaspettati.

Lui non aveva il desiderio di stare con lei, ma neanche la forza di rinunciare all'uomo che Olivia lo faceva sentire ogni giorno.

La teneva in scacco con piccole attenzioni saltuarie che la incoraggiavano a non arrendersi e così lei iniziò a adottare diverse strategie di approccio al problema.

In questo eravamo simili: entrambe determinate a racimolare attenzioni da chi non meritava l'attesa, una corsa contro il tempo dell'affetto che ci toglieva il fiato.

Eppure, altrettanto diverse: se io faticavo a nascondere la delusione e confessavo il mio amaro fallimento, lei teneva salde le redini del controllo, impediva al suo dispiacere di salire in superficie e compromettere l'immagine di inattaccabile serenità che voleva a tutti i costi mantenere.

In silenzio e di nascosto, solo ogni tanto, si concedeva qualche momento di riposo.

Attraverso queste sottili fessure a breve scadenza io riuscivo a intravedere le sue solitudini e comprendevo come anche lei desiderasse qualcosa di diverso.

Io credo che in fondo ce l'abbiamo tutti una sacca dei "se", una stanza della nostra mente in cui siamo vittime e carnefici di una punizione che abbiamo scelto di infliggerci, un luogo dove senza sosta continuiamo a tormentarci con le stesse domande: ma lui cosa farebbe se io, noi come saremmo se lui, chissà cosa direbbe se noi.

Olivia si era tutta incurvata verso quei "se", aveva lasciato che questi incrinassero la sua stessa ossatura, che incidessero sulla sua visione delle cose, sempre un po' obliqua, mai completamente a fuoco.

Ipotesi di cambiamenti mai realizzati, speranze mal riposte e continuamente infrante.
Nonostante gli sforzi vani, continuava a provarci.
Come quando hai la schiena che ti fa male in basso a sinistra, e allora per camminare appoggi tutto sulla destra, fino a che questo meccanismo di compensazione collassa e ti ritrovi ad avere un dolore diffuso e insopportabile.
Era capitato che un giorno, mentre passeggiavamo tornando verso casa, Olivia mi aveva detto che Matteo, da un po' di tempo, aveva preso l'abitudine di ignorarla durante il giorno e nelle occasioni pubbliche, ma di presentarsi a casa sua, la sera, per farle compagnia durante la notte.
Al tempo mi era sembrata l'ennesima stranezza di un ragazzo egoista, ma solo dopo ne compresi il triste meccanismo.
Se c'è una cosa che spaventa Olivia è avere il tempo di pensare di poter rimanere sola.
Non so dire cosa negli anni abbia alimentato questo suo timore, ma nella sua testa vive una voce che tenta di convincerla di meritarsi la solitudine.
Io sono profondamente convinta, invece, del fatto che lei sia una carezza per il cuore di chiunque ne conosca la bontà, ma farglielo capire è un'impresa che intraprendo ogni giorno e puntualmente fallisco.
Matteo, imponendo la propria presenza al calare della sera, la sollevava dal rischio di perdersi in una tormenta di pensieri.
Spegneva la luce su un timore che continuava a crescere nel buio, anestetizzava la paura di un dolore che Olivia non avrebbe potuto sopportare.
Si sdraiavano insieme e dormivano uno abbracciato all'altra, pur rimanendo soli.
Quando era ormai evidente che le cose non potessero più continuare nel solo segreto di quattro pareti, Olivia lo aveva allontanato con gli occhi severi delle decisioni definitive.
Girato l'angolo però, appoggiata al muro, li aveva socchiusi lasciando che si inumidissero della speranza di un ritorno.

Matteo era sparito per più di quattro mesi e da poco era tornato con qualche stitica promessa di ravvedimento a cui Olivia ha scelto di credere.
La risposta al perché di questa seconda possibilità la conosce chiunque abbia mai fatto, di un'altra persona, cosa amata e preziosa.
Infilandosi una gonna color vermiglio, la sua preferita, quella che indossava quando voleva essere notata, mi rispose: «Sì, è vero, lo avevamo detto. Ma lo sai che per lui è stato già difficile scusarsi, non voglio tirare troppo la corda, se decidi di dare una seconda possibilità poi devi avere il coraggio di farlo davvero».
Riuscì a zittirmi con la prontezza di chi quella risposta se l'era già data da sola, molto prima della mia domanda.
«Va bene, Olli, sicuramente tu sai meglio di chiunque altro cosa è più giusto per te ma, se posso darti un consiglio, cerca di darti valore, perché ce l'hai.»
Se fossi riuscita a dirle anche a me stessa, quelle parole, credendoci davvero, la mia vita avrebbe conosciuto risvolti inaspettati che invece sono rimasti insondati.
«Senti, piuttosto, mi vuoi dire cosa dobbiamo fare il 23 settembre?» domandò rapida cambiando argomento. «Conosco la tua mania di organizzare tutto in anticipo, ma addirittura tre mesi! Non ti eri mai spinta così oltre.»
«È importante che ti riservi la serata libera perché dovresti accompagnarmi al concerto di Leandro a Milano. Uso il condizionale solo per formalità, ma consideralo pure un obbligo derivante dal tuo alto grado: da grandi amicizie derivano grandi responsabilità.»
«Ma quando te l'ha chiesto? Io sono rimasta alla sua mail sbucata dal nulla.»
«Ieri me ne ha mandata un'altra, dopo che gli ho risposto. Abbiamo iniziato a scriverci. Ma così, in amicizia, eh? Nulla di che.»
Pronunciando quella frase mi figurai subito citata nei libri di grammatica latina come perfetta applicazione pratica della locuzione medievale: *excusatio non petita, accusatio manifesta.*

La sua definizione? Me la immagino così: "Espressione utilizzata per indicare chi si affanna a giustificare il proprio operato senza che sia richiesto. Questo atteggiamento può essere considerato un indizio del fatto che si abbia qualcosa da nascondere. Es. Marta, senza che le sia richiesto, definisce il rapporto con Leandro amichevole, svelando un probabile licenzioso interessamento".

«Ah, quindi adesso si dice così quando ci si piace? Ok, me lo segno!» urlò dalla camera, mentre sceglieva la camicetta da abbinare alla gonna.

«No, semplicemente dopo quasi un anno di risposte monosillabiche da parte di Dario, parlare con qualcuno che sa mettere in fila due frasi è una sensazione inebriante, non ne posso più fare a meno» risposi con sarcasmo mentre Olivia rientrava in bagno a truccarsi.

«Comunque dài, va bene per il 23, mi tengo libera.»

Poi aggiunse la stoccata finale: «Posso invitare anche Matteo?».

«Certo» risposi con l'entusiasmo che ora riservo solo al mio commercialista.

Ci spostammo in cucina per bere qualcosa.

L'ambiente era candido, immacolato.

Olivia cenava a casa raramente e all'ora di pranzo, quando riusciva a mangiare, lo faceva sulla scrivania dell'ufficio.

Attorno al tavolino di pietra che raramente aveva ospitato qualcuno, chiacchierammo un'altra mezz'ora prima che i nostri impegni ci presentassero il conto.

Facemmo un pezzo di strada insieme, poi lei proseguì dritta, io svoltai a sinistra per raggiungere l'enoteca in cui io e Dario c'eravamo dati appuntamento.

Per quanto improvvisa e inaspettata, cominciavo a familiarizzare con l'idea di non sentire più l'esigenza di confermare la mia presenza nella sua vita.

Prima temevo di essere per lui come quegli indumenti familiari che tieni nell'armadio: ti piacciono e li indossi anche volentieri, ma se, per dire, da un giorno all'altro te li togliessero da sotto il naso, tu neanche te ne accorgeresti.

La loro dipartita passerebbe del tutto inosservata fino a che forse, un giorno, rendendotene conto, accetteresti questa scomparsa col sorriso leggero di chi ormai ha imparato a farne a meno.

Io sentivo di dovergli costantemente ricordare la mia presenza, come fossi certa che il mio silenzio sarebbe scivolato sulla sua vita senza lasciare traccia.

Giunta a destinazione lo avevo intravisto seduto a un tavolino di ferro battuto appena superato l'ingresso.

Mi sforzai di salutarlo normalmente, senza lasciar trasparire i miei veri sentimenti.

Quella di posticipare la resa dei conti fu una scelta senz'altro egoista da parte mia, ma in quel momento il pensiero di dover trovare le parole giuste per spiegare il mio stato d'animo mi affaticava terribilmente.

Avevo altre priorità e in cima alla lista c'era quella di confondere le acque spacciando la mia presenza al concerto di Leandro come un'innocua serata fra amici all'insegna della musica.

Sapevo bene che le cose stavano diversamente, almeno questo era quello che mi suggeriva l'impaziente desiderio di rivederlo.

Dunque, senza troppi giri di parole, rompendo il silenzio che spesso riempiva le nostre serate insieme, iniziai a raccontargli del 23 settembre, della lettera di compleanno ricevuta da Leandro e del suo invito, con la serena consapevolezza che qualsiasi reazione avesse avuto, io l'avrei accettata senza alcun turbamento.

A oggi non so dire se Dario capì poco del mio racconto o se lo comprese a tal punto da rispondere con una difesa corazzata.

So solo che si mostrò molto comprensivo e disposto ad assecondare le mie richieste.

«Se ci tieni vai pure! È il tuo gruppo preferito, giusto? Per me nessun problema, ci mancherebbe.»

Abbassai lo sguardo per la paura che gli occhi potessero tradirmi, lui si fermò qualche secondo e poi aggiunse:

«Certo non mi convincerai a venire, piuttosto che ascoltare quella musica infernale faccio gli straordinari al lavoro!».

Lo disse solo perché si era accorto di aver scoperto il fianco, il suo ego non era pronto a quella virata gentile e il contrasto che viveva era sotto gli occhi di tutti.

«No, tranquillo, figurati, so che ti fa schifo, vado con Olivia e forse dopo ci raggiunge anche il suo ragazzo. Cioè ragazzo, compagno. Vabbè, insomma, quello che è.»

Avrei voluto aggiungere tante altre cose, avrei voluto dirgli che questa sua impermeabilità a ogni forma d'arte lo avrebbe reso triste, un giorno, e che la superficialità con cui condiva ogni momento della sua vita gli avrebbe lasciato una gran fame.

Per caso o per fortuna non ebbi il tempo di farlo perché sentii la suoneria del mio telefono provenire dal fondo della borsa.

«Rispondi, tranquilla» disse riempiendosi il calice.

Era Olivia.

Una chiamata a quell'ora, dopo esserci lasciate poco prima, non era sua abitudine, sospettai subito fosse successo qualcosa.

«Pronto, Olli? Tutto bene?»

«Ciao, no per niente. Puoi raggiungermi appena puoi? Sono in Conchetta.»

Dalla voce strozzata intuii che era successo qualcosa con Matteo, ma non persi tempo a chiedere spiegazioni e la tranquillizzai promettendo di partire immediatamente.

«Scusa, devo scappare, Olivia non si sente bene e mi ha chiesto di raggiungerla, ci sentiamo domani, va bene?»

«Ma aspetta, dove devi andare? Ti accompagno io, ho parcheggiato qui fuori.»

Un'accortezza che mi prese alla sprovvista.

«S-s-s-sì, va bene. Grazie» balbettai.

Per fortuna eravamo poco distanti dalla posizione che Olivia aveva condiviso un attimo prima e la musica alla radio ci risparmiò l'imbarazzo di dover trovare nuovi argomenti di discussione.

Sette minuti dopo mi lasciò all'angolo col Cox 18, storico spazio autogestito milanese in via Conchetta.

«Grazie del passaggio, ti chiamo domani» salutai frettolosa.

«Va bene, a domani!»

Trovai Olivia seduta su un panettone col viso illuminato dal telefono.

Quando mi vide, raccolse la borsa dal marciapiede, corse verso di me e mi abbracciò, convinta così di mascherare i segni di un pianto fin troppo evidente.

Ci incamminammo verso casa sua a piedi e nel tragitto mi raccontò l'accaduto.

Alla luce del fatto che Matteo era tornato vantando buone intenzioni, Olivia aveva sperato in una cena romantica.

Contro ogni previsione, si era invece ritrovata nel bar sotto lo studio del pentito a brindare con i suoi colleghi per l'avvenuta promozione.

Un destino che mi risparmiai di ricordarle quanto mi suonasse familiare.

Mi spiegò che, a far vacillare la convinzione del ravvedimento di Matteo, non era stata tanto la delusione per la serata di gruppo, quanto l'apparizione di tale Lavinia, da lui introdotta come nuova risorsa del loro studio legale.

Matteo, più grande di Olivia, aveva già superato l'esame d'avvocato e da due anni lavorava presso un prestigioso studio di Diritto del lavoro.

«Ovviamente non è che le ho detto chi ero, intendiamoci, mi sono finta un'amica di Matteo e ci ho fatto quattro chiacchiere, ma in totale serenità proprio. Tutto mi aspettavo tranne che mi dicesse di essere la sua fidanzata.»

«Prego?» le chiesi sgranando gli occhi.

«Te lo giuro! Cioè, non ha usato proprio il termine fidanzata però mi ha detto che si stanno frequentando da un paio di mesi, che non sa se possono definirsi una coppia perché lui ci va con i piedi di piombo, ma quella è la speranza di entrambi.»

«Di entrambi ne dubito» specificai. «Comunque, per capire, quando Matteo ti ha riscritto, la settimana scorsa, esattamente cosa ti ha detto? Perché il suo messaggio non me l'hai fatto leggere.»

«Ma niente, mi ha scritto che gli mancavo, che non capiva come mai fossi sparita dalla sua vita e che comunque ci teneva al nostro rapporto» rispose iniziando ad accorgersi che in quelle sue vaghe parole, studiate con la precisione di un cecchino, non c'era nulla che potesse essere interpretato come un inequivocabile intento amoroso.

Come al solito aveva agito da misero egoista, l'aveva richiamata a sé con l'astuzia di chi conosce il proprio ascendente, sperando che questo sarebbe bastato a farle accettare un nuovo compromesso.

La richiesta ufficiale era arrivata, sottile, a fine serata.

Aiutato da un bicchiere di troppo Matteo le aveva assicurato che la presenza di Lavinia non avrebbe costituito alcun intralcio per la loro relazione, tra loro infatti non c'era nulla di serio.

Con le giuste attenzioni lui e Olivia avrebbero potuto continuare a coltivare, e qui cito testualmente, l'"unicità di quel loro rapporto".

La ferita che aprì questa proposta fu anche più profonda di quella che lei aveva tentato di rimarginare accogliendolo di nuovo nella sua vita.

La abbracciai sull'uscio della porta risparmiandole il motivo del mio mancato stupore: la delusione, a volte, non conosce consolazione alcuna, richiede solo tempo per essere assorbita e memoria per essere prevenuta.

Mi incamminai verso la metro incupita dallo sconforto, ero certa che entrambe, seppur con declinazioni diverse, condividessimo grossi errori di valutazione.

Era evidente che stavamo investendo energie preziose negli obiettivi sbagliati, ma nessuna di noi aveva il coraggio di cambiare le cose.

Arrivata a casa, la prima cosa che feci fu quella di accendere il computer e rispondere a Leandro.

In quel momento sentivo che parlare con lui, raccogliendo i pensieri e dandogli forma, sarebbe stata la cura migliore per la mia afflizione.

Ciao Leandro,
curioso che la tua ultima mail si apra parlando proprio di malinconia e della sfiducia nel credere che si possa essere davvero felici.
Ci sono giorni in cui me lo domando anche io, e oggi è senz'altro uno di quelli.
Torno da una serata passata a consolare Olivia, così si chiama la mia amica col caschetto di cui ti ricordi.
Nell'ultimo anno ha investito tempo e sentimenti nella persona sbagliata, ha lottato contro l'evidenza credendo di poterla smascherare e ha scommesso in un lieto fine che non è mai arrivato.
Vedi, alla fine della serata me lo sono chiesto, mentre tornavo a casa mi sono proprio domandata se vale davvero la pena incaponirsi in questa ricerca di un accordo amoroso perfetto, senza esser nemmeno sicuri che esista.
Tu pensi che esista?
Io penso di sì, ma ogni tanto mi stanco.
Ti faccio un esempio: una volta a mia mamma diagnosticarono una malattia che avrebbe avuto per sempre, non una cosa grave, eh, una che si poteva gestire.
Le dissero: "Tu devi sempre prendere questa pastiglia, non te la dimenticare mai, una al giorno per tutti i giorni".
Mia mamma non ha mai avuto una buona memoria, per lo meno non a breve termine.
In pratica si ricorda i nomi di tutte le capitali europee, ma se va al supermercato stai pur certo che torna con qualsiasi cosa tranne ciò che le serve davvero.
Questo, capisci bene, la rende un'esperta viaggiatrice ma una pessima paziente.
Da quel giorno mio babbo, che al contrario suo la memoria ce l'ha proprio come dono, si prese l'impegno di scriverle tutti i giorni un biglietto che poi le lasciava sul tavolo prima di uscire.
Le scriveva a chiare lettere: "Ricordati le medicine!". Ogni tanto, per farla sorridere, sul foglietto, in fondo a destra, le annotava qualcosa tipo: "Ma senti un po', Tallin sta in Estonia o in Li-

tuania?", così, per farle dimenticare che si era dimenticata, se si era dimenticata, e ricordarle che pure a lui, certe cose, non c'era verso che gli entrassero in testa.

E allora io penso di sì, come ti dicevo, penso che valga la pena di farlo questo sforzo meticoloso, se quello che potresti trovare è qualcuno che sia in grado di travasare il suo amore in piccole attenzioni.

Forse mi sono persa a parlare di Olivia e di quello che spero possa trovare, senza rispondere alle tue domande.

L'esame purtroppo non posso posticiparlo, anche se non ti nascondo di averci provato, ho tentato di zittire ogni mio senso di responsabilità senza trovare opzioni a cui aggrapparmi.

Ti prometto che non mancherò a Milano, ho già segnato la data e pensato a un pomeriggio turistico a cui sottoporti, quindi portati scarpe comode.

Ho una gelateria da farti provare che sono sicura cancellerà ogni brutto ricordo legato a questa città.

A questo proposito, vista la recente diatriba sulle Goleador, vorrei capire subito chi ho di fronte, dunque ti chiedo: quali sono i tuoi gusti preferiti?

Diciamo i primi tre.

Non dare risposte affrettate, prenditi il tuo tempo.

Vado a letto, è molto tardi, mi sento di salutarti dicendo che quindici tracce sono un po' troppe anche per gli Undeclinable, ma li trovo comunque un perfetto punto di incontro fra un punk allegretto, un rock incazzato e un emo démodé, che poi è come ti immagino io.

Prima di addormentarmi credo ascolterò gli Explosions in the Sky, mi fanno immaginare cose belle.

Ti abbraccio,

M.

7
I laghi d'acqua piovana

Cara Marta,
mai più cara di quest'oggi.
Inizio confidandoti che mi è di gran conforto venire a conoscenza, seppure tramite questi biechi artifizi tecnologici, di persone lontane che ancora si cibano di romanticismi sopiti e sofismi d'amore proprio come il sottoscritto.
Vorrei tu notassi l'assoluto formalismo delle prime due frasi d'apertura: mi sto impegnando alla grande per fare bella impressione.
Te lo segnalo nel caso tu stessi leggendo questa mail in maniera distratta.
Si concentri, Marta, le parole sono importanti!
Ti confido che mi fa sentire meno solo sapere che a distanza di cinquecento chilometri c'è ancora qualcuno che si pone le mie stesse domande, magari nel tepore della propria camera, sei in camera? Oppure nel buio della notte, sei al buio? In effetti non ho alcuna coordinata che mi aiuti a collocarti nella mia immaginazione.
Eppure, cara Marta, mi tocca subito un passo indietro.
Non perché io lo voglia fare davvero, ma perché la vita mi ha insegnato che in questi casi è sempre bene proteggere l'interlocutore dai possibili mostri che si annidano dentro i nostri pensieri.
Siamo sicuri che aprendoti i meandri della mia testa tu non decida di scappare a gambe levate pensandomi matto? O meglio, sei davvero sicura di voler aprire questo vaso sconosciuto?
Io la vedo così: ci sono i soliti tre porcellini che sono i protago-

nisti della nostra fiaba, corrispondono alle tre mail che ci siamo scambiati fino ad ora.

Se i porcellini rimanessero da soli, indisturbati protagonisti del nostro racconto, il tutto finirebbe con la costruzione delle loro tre villette a schiera più o meno ecosostenibili e una fiaba per bambini che senz'altro li terrebbe al sicuro, ma farebbe davvero schifo.

Se però, decidendo di rischiare, a questa fiaba aggiungessimo anche il lupo – il tuo via libera alle mie confidenze mentali –, allora la vita dei porcellini diventerebbe forse un inferno, ma sicuramente un racconto avvincente.

Lascio a te questa decisione, se vogliamo nuotare nel mare delle confidenze io sono pronto a farlo, ma voglio prima assicurarmi che tu prenda il giusto fiato e che decida di stare sott'acqua con me.

Non so se leggendo questo mio messaggio delirante tu abbia perso il filo del discorso, ma se dovessi in poche righe sintetizzarne l'intero contenuto, ti direi: fragola, amarena e yogurt, senza panna.

Io torno a fare un po' di musica, o almeno ci provo, anche se non scriverò mai un pezzo immenso come Lilac Wine *nella versione di Jeff Buckley.*

Buonanotte,

L.

Lessi le parole di Leandro la mattina seguente.

L'orario riportato indicava che aveva risposto in piena notte, quando io stavo già dormendo da un pezzo.

Il sole filtrava di sbieco dalle fessure più alte della finestra: un passaggio di luce che testimoniava la mia solita pigrizia nel chiudere la tapparella.

Quella fu la mattina esatta in cui decisi che il mio momento preferito per leggere le sue parole, da quel giorno in poi, sarebbe stato proprio la mattina presto: sveglia da pochi secondi, gli occhi arricciati e i pensieri conserti, ancora sull'uscio del mondo reale.

Rotolarsi qualche minuto in quella nostra dimensione testuale sarebbe diventato il lusso delle giornate felici e la speranza di ogni futura buonanotte.

Rilessi più volte le sue parole e il messaggio a cui davano risposta.

Per un attimo pensai che forse avevo esagerato, mi ero esposta troppo e troppo in fretta verso qualcuno che pensavo di conoscere solo perché ne apprezzavo il valore artistico.

Mi venne il dubbio che quella sua risposta gentile, così contorta nello sviluppo ma altrettanto diretta nell'intenzione, non fosse altro che il suo cordiale tentativo di arginare la mia sfacciataggine.

Ormai, comunque, non potevo più ritrattare, qualunque fosse stato il suo pensiero in merito alla mia ultima mail, dovevo scegliere se percorrere la strada più esposta o battere in ritirata.

In fondo cosa avevo da perdere? Nella peggiore delle ipotesi la mia curiosità sarebbe stata messa a tacere dal suo silenzio.

Senza l'incombenza della presenza fisica, non ci sarebbe stato nessun linguaggio del corpo da dover gestire o vergogna da celare.

Iniziò così il mio travagliato rapporto con la distanza, i primi tempi costruito su fondamenta di riconoscenza, ma terminato poi con rifiniture di rancore.

Mi lavai la faccia e mi diressi in cucina per fare colazione, mi si prospettava una giornata tutta dedicata al Diritto commerciale e non potevo permettere che quell'incubo iniziasse senza sei Pan di Stelle mangiati due alla volta.

I Pan di Stelle mi rievocano sempre i pomeriggi della mia infanzia, passati con tata Giovanna.

Avevo sette anni quando mamma e papà mi dissero che da quel giorno sarebbe venuta lei a prenderci a scuola, io e mio fratello Andrea, alle quattro del pomeriggio, perché i loro turni di lavoro non avrebbero permesso altre soluzioni.

Giovanna era una ragazza paffuta e radiosa, "ti mette il buon umore solo a guardarla" diceva mia nonna, che ogni tanto la aiutava con le faccende domestiche.

Non passò molto tempo prima che io e Giovanna diventassimo grandi amiche, fedeli alleate di colazioni e merende.

Stringevamo le nostre alleanze un giorno alla volta, segreto dopo segreto.

Le indicazioni di mamma erano molto chiare: a merenda i bambini possono mangiare al massimo cinque biscotti, non di più, se hanno ancora fame aggiungono un frutto.

Dire a un bambino di fare merenda con un frutto è la più grande cattiveria che potrai mai obbligarlo a sentire e Giovanna lo sapeva bene.

Appena arrivati a casa, verso le quattro e mezzo, mio fratello accendeva i cartoni, lei tirava fuori il latte dal frigo e io iniziavo ad allenarmi per sfoggiare lo sguardo più supplichevole che riuscissi a simulare.

Sulle prime note della sigla di "Rossana" io avevo già finito la porzione di biscotti concessa. Mi piaceva mangiarli a due a due, inzuppandoli nel latte freddo, non prima di averli liberati dalle briciole superflue con due piccoli colpetti sul tavolo.

Certo, ero consapevole che mangiandoli in questo modo, a coppie dico, sarebbero durati meno, ma l'estasi che si sprigionava nel cavo orale quando, intrisi di latte freddo, li assaporavo tutti quanti era una goduria di cui non potevo fare a meno.

Meglio due bocconi da leone che cinque da pecora, dicevo io.

Quando poi toccava all'ultimo Pan di Stelle, vittima della mia discriminazione verso i numeri dispari, Giovanna mi guardava con la coda dell'occhio e, sporgendosi un poco a controllare che dalla porta di ingresso non facesse irruzione il generale mamma, mi allungava il sesto sottobanco senza mai guardarmi negli occhi.

La sua era un'ammissione di eterna appartenenza al mondo dei piccoli, pur dovendo mantenere il decoro dei grandi.

Aveva capito quanto fosse importante rispettare la regola della coppia e di nascosto mi dava il tempo di onorarla.

Ovviamente, bene inteso, quella concessione non era mai esistita e nessuno doveva dire il contrario alla mamma, ne sarebbe andato della sua autorevolezza.

Anche adesso, dopo tanti anni, le rare volte in cui mangio i Pan di Stelle, io a Giovanna ci penso sempre.

Non lascio mai che vincano i numeri dispari, se ne mangio uno poi ne prendo anche un altro, se ne rubo due ecco che diventano quattro, come a dirle che la sua devozione alla causa non è stata dimenticata e, ora che il mondo dei grandi ha arruolato anche me, in sua memoria, io non manco mai di disertare.

Finita la colazione decisi di scrivere subito a Leandro.

Non volendo dare l'impressione di averci pensato troppo, di essere in dubbio sulla mia risposta.

Ero intimamente certa di voler continuare a parlare con lui, e curiosa di spingermi fino a dove lui mi avrebbe concesso.

Caro Leandro,

inizio col dirti che il gelato alla fragola è una mancanza di rispetto verso i gusti alla crema che non so se potrò mai perdonarti.

Ho eliminato persone dalla mia vita per molto meno.

Cercherò tuttavia di esercitare il mio spirito giuridico dandoti possibilità di replica, vorrei capire come giustifichi questa tua sacrilega preferenza.

Sappi che non hai il diritto di rimanere in silenzio e che qualunque cosa dirai sarà certamente usata contro di te, alla prima occasione utile.

Per la questione del vaso dei pensieri, quello pieno di mostri che dici di custodire, credo di volerlo aprire.

Sono piuttosto certa che qui, da questo lato della barricata, troveranno degni colleghi con cui confrontarsi.

Mentre ti scrivo, sono seduta sulla sedia di legno che ho in cucina, ho appena bevuto un bicchiere di latte con sei biscotti e tra poco mi faccio un caffè.

Sto guardando fuori dalla grossa portafinestra che illumina il piccolo tavolo da pranzo di ciliegio, il mio preferito tra i tavoli della casa, e rimpiango l'azzurro del cielo di cui oggi non potrò godere.

Sul piano di marmo bianco e nero, vicino al lavandino, staziona sofferente una buccia di banana rinsecchita che non ho anco-

ra avuto voglia di buttare e un vasetto di yogurt che ho lasciato a metà per farle compagnia.

Questo per darti qualche coordinata spazio-temporale che ti aiuti a collocarmi nella tua immaginazione, anche a me piacerebbe sapere su che tavolo scrivi o sotto che cielo mi leggi.

La colonna sonora con cui preparerò la moka sarà Nothing but Time *degli Opus Orange: "non ho nient'altro che il tempo", cantano, esattamente quello che manca a me per preparare l'esame in modo decoroso.*

Ti abbraccio,

M.

All'ora di pranzo ricevetti un messaggio di Dario che mi chiedeva aggiornamenti sul caso di Olivia.

"Dopo ti spiego, ti raggiungo al lavoro verso l'ora di pranzo, ok?" risposi telegrafica.

"K" vidi comparire sullo schermo.

Davvero aveva scritto una kappa per dire "ok"? Avrei voluto chiedergli come pensava di occupare il prezioso tempo che aveva guadagnato omettendo la "o".

La verità è che tutto di lui iniziava a infastidirmi terribilmente.

Cominciavo a rendermi conto che il mio istinto lo stava allontanando, anche se provavo un certo imbarazzo ad ammettere che tutto fosse dipeso da qualche lettera scambiata con un estraneo.

Era una verità che dovevo iniziare ad accettare.

Raccogliendo un po' di buon senso, uscii di casa con l'intento di rispettare la parola data.

Mentre passeggiavo godendomi le strade di Milano deserte, che quando il sole di luglio è alto nel cielo sono pochi quelli che ne reggono lo sguardo, mi ricordai del preciso istante in cui, dieci mesi prima, avevo scoperto che Dario lavorava nell'agenzia di viaggi all'angolo di via Larga.

All'epoca pensai fosse una fortunata coincidenza.

Da quell'incrocio, infatti, ci passavo tutte le mattine per andare a lezione in facoltà e quella nostra vicinanza costretta, di riflesso, mi sembrò incarnare una sorta di buon augurio del caso.

Sei mesi dopo invece, quella stessa coincidenza mi sembrò il modo che aveva trovato il destino per pormi di fronte all'evidenza.

Dovevo trovare il coraggio di mettere un punto a ciò che non avrebbe avuto futuro.

Arrivata davanti alla porta a vetri, suonai il campanello.

Un avviso incollato con una ventosa ricordava al pubblico che l'attività sarebbe rimasta chiusa fino alle tre del pomeriggio.

Dario aprì facendomi cenno di chiudermi bene la porta alle spalle.

«Ehi» dissi sottovoce avanzando lentamente.

Persino il mio corpo aveva capito che, per arrivare dove dovevo arrivare, era bene partire con gentilezza.

«Ascolta, ho pensato fosse meglio venire a parlarti di persona.»

Questo fu l'incipit con cui decisi di aprire le danze.

«Parlarmi di persona a proposito di cosa?» rispose col tono di chi aveva intuito dove volessi arrivare.

«Di noi.»

«Ah.»

Slacciò il bottone sul collo della camicia, e lo stesso fece con quello dei polsini.

Quella ricerca di comodità mi fece intuire ci sarebbe voluto del tempo.

«Bene, allora ne approfitto anche io, è da qualche giorno che voglio dirti alcune cose.»

«Inizia tu allora» dissi temendo non fosse più necessaria alcuna confessione da parte mia.

Ero stata scoperta, sapeva tutto delle mail e delle confidenze fatte a Leandro, confidenze che con lui, invece, non avevano mai trovato spazio.

«In questi giorni ci siamo visti poco e boh, diciamo che ho avuto modo di riflettere» continuò con aria pacata e sommessa.

«E a quali conclusioni sei giunto?»
«Che sono stato un coglione» confessò. «Ho fatto un sacco di cazzate e non so neanche per quale motivo le ho fatte, Marta, tu mi piaci, è solo che non so dimostrarlo.»
Ascoltavo con occhi e orecchie sbarrate.
Non aveva scoperto proprio nulla, eravamo lì per raccontarci due verità inconciliabili.
«Ti ho sentita molto distante questa settimana. So che principalmente è colpa mia, ma volevo capire se per te è cambiato qualcosa.»
Rimasi in silenzio con le braccia conserte, la schiena sorretta dal muro.
Dietro la scrivania dell'ufficio, una pesante parete attrezzata ospitava centinaia di guide turistiche e opuscoli informativi su qualsiasi città ci si potesse immaginare. Tardai nel formulare la mia risposta.
Persi qualche secondo a ragionare su quanto fosse paradossale avere di fronte tutti quei continenti in formato tascabile, guardandoli dall'unico posto al mondo in cui proprio non volevo stare.
«So che non sono un mago del tempismo» continuò approfittando del mio silenzio, «me ne rendo conto, però... ecco, sì, insomma quello che volevo dirti è che mi dispiace se sono risultato superficiale, ma non è stato per mancanza di interesse. Dimmi la verità, questa settimana hai cercato di evitarmi?»
La sua domanda centrava perfettamente il punto.
Era da tempo che aspettavo il momento giusto per confessare a Dario tutto il malessere che mi portavo addosso.
La nostra relazione si era nutrita per mesi del mio senso di inadeguatezza e ora si trascinava pesante come l'aria stantia di una stanza non arieggiata da tempo.
Sollevandomi da ogni incombenza, mi stava offrendo la possibilità di chiudere un rapporto che non funzionava per così tante e valide ragioni che, pescandone una qualunque dal mazzo, sarebbe stata da sola più che sufficiente.
Eppure, l'unica cosa che riuscii a fare fu rispondere con

la tipica fumosità colpevole di chi vuole rimanere in superficie.

«No, o almeno non di proposito. Mi dispiace tu abbia avuto questa impressione» mentii pensando di non essere abbastanza lucida da mettere a repentaglio qualcosa che, seppur coi suoi difetti, avevo difeso per mesi.

Non ero sicura di averlo convinto, tenevo lo sguardo basso fingendo un dispiacere che in quel momento provavo solo per me stessa e per la mia incapacità di rendere giustizia all'evidenza.

Nonostante non mi fossi macchiata di alcun tradimento, sapevo che l'entusiasmo portato da Leandro nella mia vita io con Dario non l'avevo mai provato, neanche nei nostri momenti più felici, sempre che ce ne fossero stati.

Con gli occhi speranzosi di chi cerca risposte, mi guardò sorridendo e aggiunse: «Hai ragione, forse è solo stata una settimana un po' stressante, in questo periodo ci sono così tanti clienti che la sera arrivo distrutto e faccio strani pensieri. Però il discorso di prima rimane valido, vorrei che tra di noi le cose potessero cambiare».

«Non lo so, Dario, hai combattuto così tanto per la tua indipendenza che ora anche io mi sono abituata alla mia» risposi seguendo l'istinto.

«Quindi per te le cose potrebbero continuare così come sono?» chiese prendendomi le mani e portandosele al collo, incoraggiando un abbraccio che altrimenti non sarebbe nato.

«Per me le cose stanno come tu hai sempre voluto che stessero, in cinque minuti non si cambiano dieci mesi, Dario. Ora come ora non so cosa risponderti se non che dovevi pensarci prima.»

Ed ecco che ciò che fino a quel momento avevo atteso con viva speranza, una sua presa di coscienza circa il nostro rapporto, improvvisamente per me aveva perso di importanza.

Ero certa che, qualunque ravvedimento avesse potuto mettere in atto, non sarebbe stato comunque sufficiente a compensare quella siccità affettiva che aveva causato nei mesi precedenti.

In quei giorni pensavo anche di peggio, mi ero convinta che la causa del problema non risiedesse tanto nella sua pigrizia emotiva, quanto nella rispettiva visione del rapporto amoroso in senso lato.

Era ormai evidente che, quando si trattava di sentimenti, io e Dario non parlavamo la stessa lingua.

Insieme non eravamo felici perché, quando provavamo a disegnare il nostro futuro, tracciavamo orizzonti differenti e non c'era modo di conciliare i nostri punti di fuga.

Quel martedì di luglio la nostra conversazione non ci condusse da nessuna parte.

Infatti, uscendo da quella agenzia di viaggi lo salutai promettendo una riflessione che non avevo alcuna voglia di fare, e lui me l'accordò consapevole del peso dei suoi imperdonabili errori di valutazione.

Nonostante questo, la sera faticai a prendere sonno, mi teneva sveglia una strana irrequietezza di cui faticavo a mettere a fuoco l'origine.

Alle due passate spensi la luce per mettere alla prova la teoria con cui mamma mi aveva tormentato per anni: "Anche se non hai sonno, tu spegni comunque la luce e chiudi gli occhi, il fisico si riposa e prima o poi ti addormenti".

Una teoria inconfutabile nella sua disarmante banalità.

Proprio mentre esaudivo le speranze di mia madre, lo schermo del telefono illuminò la stanza, segnalandomi l'arrivo di una nuova mail.

L'indecisione sul da farsi durò pochi istanti.

Benché avessi decretato che la mattina fosse il momento perfetto per fare accomodare Leandro nella mia vita, non riuscii a resistere e decisi di leggere al buio le sue nuove parole.

Marta cara,
mi permetto d'invertire le prime due parole per fermare, appena in tempo, quella rischiosa tendenza alla ripetizione che si sta facendo largo nell'incipit delle nostre lettere: caro Leandro, cara Marta, caro Leandro, cara Marta. Eh no, eh! Ci stiamo banalizzando.

L'arte epistolare è in pericolo, dobbiamo cambiare qualcosa! Marta-cara e siamo coperti, almeno per un po'.

Lo faccio spesso anche nelle canzoni, sai? Quando non trovo la via giusta, prendo e intervengo su due sole note, ed ecco che con una piccola modifica ciò che prima non mi convinceva si trasforma così in una melodia meravigliosa.

Per chi suona è una sensazione bellissima.

Per spiegartela mi viene in mente, così per caso, l'enorme gioia che si prova quando si finisce un esame importante e, magari, si ha finalmente tempo per andare a vedere un concerto.

Ma era solo un esempio generico, senza riferimenti precisi.

Torniamo a noi.

Prima di tutto sappi che la fragola è una scelta coraggiosa, una scelta pura.

Voi e le vostre creme al sapore di qualsiasi cosa, cioccolato della Namibia, zabaione al Moscato d'Asti, nocciola del Piemonte preunitario, ecco, voi e le vostre creme gourmet avete perso lo spirito del gelato, avete barattato la semplicità con la modernità.

A me piace la fragola proprio perché non ha grandi pretese, è la stessa che adoravo da bambino, non ha subito alcuna evoluzione, ha ancora un sapore banale ma onesto e coerente con il passato.

Il gusto fragola poi, a ben vedere, è sempre fragola e basta, non ha subito aggiunte, non trovi mai scritto "fragola dei boschi sopravvissuti" o, che ne so, "fragola con rugiada caramellata", e questo perché la fragola, di quei manicaretti per turisti, non ne ha bisogno.

A lei non servono strategie di vendita perché, come ti dicevo, è una scelta pura per puri.

In compenso, per non litigare subito, sia l'amarena che lo yogurt sono opzioni che posso decidere di sacrificare in nome dei tuoi gusti imborghesiti, ma guai a chi critica l'onestà proletaria della fragola.

In questo momento sono le 2.30 del mattino e ti scrivo seduto sulla sedia di legno della mia scrivania. Non so di che qualità sia, ma sarei pronto a scommettere che rientra nella mia categoria preferita, quella dei legni sinceri e poco costosi.

Credo comunque che il tavolo di ciliegio che hai in cucina mi piacerebbe molto, io ne ho uno di noce in soggiorno, era di mio nonno.

Sarebbe bello un giorno sedercisi attorno per bere un vino insieme, tu quale stapperesti?
Il soffitto di casa mia è piuttosto basso, vivo in una mansarda, ma questo è in realtà un pregio perché l'altezza anomala di questo luogo è parte integrante della sua accoglienza.
È come se casa mia volesse mettere alla prova le persone particolarmente alte.
Qualora superassero il limite possono decidere se andarsene o adattarsi a lei: un'interessante sintesi di ogni relazione, per cui senza un po' di sacrificio non si va da nessuna parte.
Mi hai chiesto se valga la pena faticare per cercare qualcosa che non è detto alla fine si trovi.
Io, bluffando goffamente, ti ho messo in guardia su una mia possibile risposta, ma tu, giocatrice esperta, hai subodorato la mia paura e chiesto di vedere la mano. Dunque, così sia.
Prima però inserisco XO di Elliott Smith, non un singolo pezzo ma un intero disco.
Credo che per me funzioni un po' come per i laghi d'acqua piovana, bacini che devono la loro stessa esistenza alle cure di qualcuno.
Finché piove molto o fino a quando hanno chi ne alimenta la bellezza, resistono nell'eterna gara col mare, che invece degli altri non si cura affatto e da solo vive molto meglio.
Quando, al contrario, piove poco, questi laghi cercano di mantenere viva la speranza nelle precipitazioni dell'anno successivo, ma se, sfortunatamente, la siccità perdurasse, se non trovassero più chi alimenta il loro bacino, rischierebbero di scomparire perdendo la loro identità di lago, dovendosi arrendere alla solitaria supremazia del mare.
Ecco, io, ora come ora, mi sento un lago d'acqua piovana messo a dura prova dalla siccità.
Pensavo di aver conosciuto l'amore, di aver trovato una fonte inesauribile di salvezza, in grado di garantirmi una felice sopravvivenza.
Ma è stato un abbaglio.
Ho passato anni a credere di aver fregato il mare, ma non era vero, e lo schiaffo di questa disillusione ha bruciato per molto tempo.
Ora non ho più ferite da rimarginare ma sento di aver perso

speranza nell'arrivo della pioggia. Questo non significa che anche io non desideri la bellezza della complicità o che non rimanga ancora catturato dalla potenza di un amore che supera gli anni rendendo il tempo un eterno alleato, ma può essere che non abbia più le forze di poterli testare su di me.
 Non c'è acqua nel mio fondale e nessuna barca riesce a galleggiare.
 Probabilmente il buio di questa stanza rende tutto più tragico e malinconico, so essere anche più allegro, ma ho capito che mi è più semplice peccare di pessimismo che riconoscere di essere stato di nuovo un povero illuso.
 Ho notato che non mi hai detto quali sono i tuoi, di gusti preferiti.
 Ti abbraccio,

Leandro

8
L'attesa

Ogni anno, quando arrivavano le prime tiepide giornate di sole, appena lasciata alle spalle la Pasqua, mamma e papà preparavano cinque rapidi bagagli a mano e, a bordo della nostra Renault Laguna, si partiva tutti per una breve vacanza.

Si viaggiava alla volta di Soiano, un piccolo paesino di circa duemila abitanti, accoccolato sulla sponda occidentale del lago di Garda.

Percorrendo un centinaio di chilometri saremmo arrivati a ridosso del suo centro storico, dove ci aspettava un'adorabile casetta che affittavamo ogni anno da una vecchia amica di famiglia che noi fratelli eravamo – e siamo tuttora – soliti soprannominare "l'Anna Inglese".

La chiamiamo così, senza particolare originalità, perché è nata e vissuta per anni a Durham, una città nel Nordest dell'Inghilterra, vicina al confine con la Scozia e a poca distanza dal famoso Vallo di Adriano.

Per noi, con il suo buffo italiano arrotolato, è sempre stata una sorta di zia acquisita che ogni Natale si premurava di impacchettarci qualche libro in inglese per stimolare l'apprendimento di una lingua che noi, invece, approcciavamo con grande pigrizia.

Nella sua casa sul lago, comunque, ci passavamo una settimana all'anno e per noi quella gita significava una cosa soltanto: se il meteo lo avesse permesso, e se ci fossimo comportati bene, mamma e papà ci avrebbero portati a Gardaland.

Fatti i bagagli e decisa la disposizione sui sedili posteriori, ché nessuno mai voleva stare in mezzo e alla fine chi ci finiva ero sempre io, salivamo in macchina carichi di entusiasmo e fervida speranza, facendoci promettere che solo una pioggia violenta con almeno qualche tuono avrebbe potuto compromettere il nostro piano.

Ricordo bene l'attesa, la sera prima del giorno prescelto per il parco divertimenti: la preoccupazione e l'eccitazione mi tenevano sveglia e solo le rassicurazioni di mamma riuscivano a farmi addormentare.

«Questa sera il sole è tramontato in soli dodici minuti» diceva provando a tranquillizzarmi con evidenze scientifiche inventate su due piedi.

«E che significa?» rispondevo sgranando gli occhi nella penombra.

«Che sicuramente domani ci sarà il sole, no? Oggi è andato a dormire in fretta perché sa che domani deve alzarsi presto. Se fosse stata prevista pioggia, se la sarebbe presa con più calma non credi?»

Ogni volta era in grado di imbastire una storia diversa, ed era a tal punto convincente che, senza farmelo ripetere due volte, chiudevo gli occhi e aspettavo che il mattino le desse ragione.

Appoggiato sul centro del tavolo inglese dell'Ottocento, nella sala da pranzo dell'Anna Inglese, troneggiava un grosso quaderno con una spessa rilegatura in pelle scura.

Era un diario da compilare, lasciato dai proprietari, che negli anni aveva raccolto i pensieri e i saluti di chi, in quella casa, ci aveva dormito almeno una notte.

A me piaceva sfogliarlo e provare a vedere le stesse cose con gli occhi degli altri.

Così scoprivo che la tazza gialla col gatto, quella con cui la mattina bevevo il latte, al signor Luca ricorderà per sempre le lunghe colazioni in terrazzo con sua moglie Emma;

che Thomas, invece, non si sarebbe mai dimenticato del tappeto di corda della cucina, su cui il figlio piccolo era inciampato rompendosi il sopracciglio; oppure che Charlotte aveva paura delle api che volavano attorno alla lavanda nel vialetto d'ingresso e a volte per uscire dal cancello ci impiegava le ore perché aspettava se ne andassero, ma che quelle stesse api, invece, erano la gioia di Elena, che da quando si era trasferita dalla Toscana nel centro di Londra non le aveva viste più tanto.

Io ero troppo piccola per lasciare un messaggio che raccontasse cosa mi sarebbe mancato di quella casa una volta partita, ma ora che sono più grande, anche se non credo esista ancora il quaderno di pelle scura, io direi che ciò che per sempre mi ricorderà quel luogo è l'emozione dell'attesa.

Sapere che dopo un anno quel giorno era finalmente tornato, che avremmo fatto tutti insieme la giostra degli egizi, che mamma mi avrebbe dato il permesso di farmi truccare dalle ragazze vestite da principesse, anche se non era Carnevale e nemmeno il mio compleanno, che ci saremmo spaventati per gli spari dei pirati e saremmo venuti male un'altra volta nella foto sull'ottovolante mi riempiva di contentezza.

Quel pomeriggio di fine settembre, mentre guidavo verso il concerto di Leandro, guardando il tramonto che mi sembrò durare più di dodici minuti, mi parve di rivivere la trepidazione che provavo a Soiano, da piccola, quando contavo i minuti che mi separavano da quella assoluta felicità.

Avevamo continuato a scriverci ogni giorno, per tre mesi, lui facendo tardi la notte e io rallentando le partenze al mattino.

Solo una volta aveva mancato di rispettare questa cadenza e, per un ingiusto ma sincero riflesso, fu proprio il giorno in cui, dopo tanto rimandare, avevo deciso di chiudere una volta per tutte il mio rapporto con Dario.

Era passato più di un mese dal discorso che ci eravamo fatti nel suo ufficio, da quando insomma si era mostrato disposto a lavorare sul nostro rapporto.

Da quel giorno in poi avevamo tirato avanti per inerzia, io concentrata sull'ultimo esame della sessione, lui sul ricucire un rapporto che aveva fin troppi strappi.

A conti fatti nulla di quello che provò a fare per includermi nella sua vita sembrò fluire con armonia.

Provare a far funzionare le cose era uno sforzo che gli leggevi sul viso, una fatica che non sembrava portare risultati: più provava a essere il compagno presente e affettuoso che aveva promesso di diventare, e più il suo sguardo gridava il contrario.

Era vittima di un conflitto interiore che detestava ma non riusciva a risolvere: da una parte sapeva che se non avesse fatto nulla la nostra storia sarebbe definitivamente naufragata, dall'altra rinunciare alla sua indipendenza accettando di dover rendere conto a qualcuno gli era quanto mai insopportabile.

Per quasi due mesi avevamo sopportato questa scala di grigi, ogni ora passata insieme sembrava destinata a essere l'ultima, senza che nessuno però avesse il polso di battezzarla come tale.

Leandro, come dicevo, non aveva mai mancato alcuna risposta: senza lasciare che le parole diventassero vuoti automatismi, della nostra reciproca presenza avevamo fatto cosa preziosa e necessaria.

Ero stata io a scrivere per ultima una mattina di inizio settembre.

Mancavano tre settimane al giorno del suo concerto e, benché dai nostri scambi iniziali fosse chiaro che ci saremmo rivisti in quell'occasione, sentivo che il tempo trascorso da quei primi messaggi imponesse un rinnovo formale delle nostre reciproche volontà.

Caro Leandro,
ammetto che quest'ultimo periodo mi ha messa davvero a dura prova.
Più volte mi sono pentita di non averti ascoltato quando mi chiedevi di rimandare tutto e correre ad abbracciarti alla prima

occasione, ma ora che ho assolto ai miei doveri sento di avere la giusta libertà per potermi godere il nostro prossimo incontro.
 Non ti nascondo che durante i nostri scambi, nuotando fra le tue parole, più volte mi è capitato di pensare a come sarà rivederci.
 Nell'ultimo mese la tua presenza è entrata così impetuosa nel mio quotidiano, che ora mi sembra di non aver mai smesso di parlare con te da quell'inverno.
 Credi sia sciocco pensarlo?
 Se dovessi raccontare a qualcuno delle nostre lettere, di come abbiamo deciso di conoscerci mandando avanti le parole, per un curioso paradosso non riuscirei a trovare quelle giuste.
 Per descrivere tutto questo mi viene in mente il Voltone di Bologna, quello che trovi in Piazza Maggiore.
 Chiunque ci passi davanti lo mette alla prova.
 Anche chi già ne conosce la curiosa magia non può fare a meno di riviverne il fascino.
 Così le coppie giocano a posizionarsi agli angoli opposti e distanti del colonnato, sussurrando alla parete le cose più strane.
 È sempre bello vederli sorridere quando si accorgono del meccanismo. Nonostante la loro lontananza, percepiscono la voce dell'altro talmente vicina da credere di esser stati ingannati, così si girano di colpo stupiti, scoprendosi ancora lontani.
 A noi è successa la stessa cosa, mi sembra.
 Abbiamo abbattuto ogni distanza sussurrandoci per mesi la nostra vista, spesso ci è sembrato di essere l'uno accanto al cuore dell'altro, senza mai poterci sfiorare.
 Le parole hanno riempito gli spazi vuoti e l'immaginazione ci ha concesso di dar loro una forma temporanea.
 Comincio a sentire il bisogno di girarmi, di correre verso il tuo lato del colonnato e sentirti vicino anche nel corpo.
 Tra qualche settimana il tuo furgone imboccherà un'autostrada che in cinque caldissime ore, senza aria condizionata, ti condurrà qui nel temuto Nord, che scoprirai essere un luogo più ospitale di quel che ricordi.
 Sei ancora sicuro di volermi incontrare al tuo concerto?
 È passato del tempo da quando me lo hai chiesto e non vorrei

mai che fosse cambiato qualcosa, perché io, di abbracciarti, ne ho profondo desiderio.
Nella speranza che sia tutto confermato, ho chiesto a Olivia di accompagnarmi, così che tu possa dare un volto e un nome a quel caschetto cioccolato di cui hai ricordi confusi.
Dopo una lunga trincea dietro le parole è arrivato il momento di scoprire il fianco e affrontare la prima linea. Tu come ti difenderai?
In attesa di sapere se all'ingresso darai indicazione di non farmi entrare per nessuna ragione, cerco di salvare ciò che resta della mia reputazione con una delle mie canzoni preferite.
Love Is All, *The Tallest Man on Earth.*
Caro Kristian Matsson, ora è tutto nelle tue mani.
Ti abbraccio,

Marta

Il mattino seguente non mancai di rispettare quello che ormai era diventato un vero e proprio rituale di apertura di ogni mia giornata.

Appena sveglia, ancora avvolta da un lenzuolo stropicciato vittima di agitazioni notturne, come prima cosa avevo preso il telefono e avevo controllato la posta elettronica, dando per scontato che stesse custodendo nuove notizie.

Nessun nuovo messaggio.

Una prima stretta allo stomaco, finsi di non sentire.

Leandro, per la prima volta, non aveva risposto nei suoi soliti tempi.

Nella testa le parole di Olivia: "Marta, devi imparare a gestire meglio l'ansia" mi diceva sempre, "non puoi vivere tutto così, se no la tua vita diventa un inferno".

Dunque provai a raccontarmi che non c'era alcuna ragione di preoccuparsi, mi avrebbe senz'altro risposto nel pomeriggio o al più tardi la sera stessa.

Con questo palliativo, le prime ore della giornata trascorsero lente in un'atmosfera di simulata tranquillità.

Ciò che più di tutto mi turbava era sapere che, su tutte, quella era la risposta che attendevo con più impazienza perché avrebbe ufficializzato un incontro, il nostro, a cui ormai non ero più disposta a rinunciare.

Verso metà giornata, però, iniziarono a farsi spazio un nervosismo e un'agitazione che non avevo il coraggio di ammettere avessero ormai contagiato irrimediabilmente il mio umore.

Con un pessimo tempismo, neanche a farlo apposta, quello stesso pomeriggio Dario mi inviò una mail con allegati due biglietti per Ibiza.

Il corpo del messaggio recitava: "Abbiamo ancora un sacco di bellissime cose da fare insieme".

Fu sul termine "bellissime" che mi soffermai con più attenzione.

Ci sono due cose che io non sopporto, la prima è la ressa, in qualunque momento dell'anno ma soprattutto al mare d'estate, la seconda è concepire una vacanza chiudendomi nei locali di notte e dormendo di giorno.

Si può dire che Ibiza, pur a fine estate, sia esattamente come io mi immaginavo l'inferno, e son sicura di avergli espresso questo concetto diverse volte e in diversi modi.

Anche quando si sforzava di fare una cosa carina, riuscivo a cogliere l'inconfondibile traccia del suo egocentrismo: il suo era un animo impermeabile alle vite degli altri.

I suoi gusti, le sue abitudini, le sue necessità erano le uniche forze che condizionavano le sue decisioni, niente e nessuno veniva prima di lui.

Il suo messaggio ebbe un risvolto inaspettato, al posto di lusingarmi mi offrì una panoramica ancora più chiara dei miei sentimenti.

La delusione nel leggere il nome di Dario e non quello di Leandro fu così profonda e significativa da convincermi a scrivergli un messaggio per salutarci una volta per tutte.

Pur non avendo nessuna colpa, esclusione fatta per il suo individualismo, quel giorno Dario divenne il bersaglio perfetto della mia presa di coscienza.

Per quanto mi sentissi folle anche solo a pensarlo, avevo lasciato che le parole di Leandro entrassero nella mia vita cambiandone la prospettiva.

La passività con cui, fino a quel momento, avevo accettato che le persone, così come le cose, mi attraversassero lasciandomi riarsa stava venendo a patti con una nuova consapevolezza.

Leandro, per quanto presenza ancora incorporea, era riuscito a essere viva testimonianza di una possibilità concreta, quella di poter trovare qualcuno che fosse in grado di riempire uno spazio vuoto, il mio, amandolo e rispettandone la forma.

Convincersi di avere una scelta spesso è un passaggio liberatorio ma destabilizzante.

La possibilità di dare nuova speranza alla disillusione richiede lo sforzo di lasciarsi alle spalle una tranquilla mediocrità per abbracciare, forse, una spaventosa rivoluzione.

A prescindere dai risvolti che avrebbero potuto avere le parole di Leandro, dovevo abbandonare la strada vecchia per la nuova, fare un salto nel buio convincendomi che sentire dolore nell'atterraggio sarebbe stato comunque meglio di non sentire mai nulla per l'intero volo.

Diedi dunque appuntamento a Dario per la sera stessa.

Bevemmo una birra seduti alla luce artificiale di una panchina arrugginita, alle porte del piccolo parco recintato a pochi metri da casa mia.

Il silenzio rassegnato di entrambi mi sembrò la conversazione più matura che fossimo mai riusciti a sostenere fino a quel momento.

Quando iniziò a soffiare un vento caldo ma insistente, prendendo prima un lungo respiro, Dario mi confessò che la fine della nostra storia lui la stava aspettando.

Sapeva che sarebbe arrivata di lì a poco e per questo motivo aveva scelto di tentare un'ultima strada, quella di assicurarci un weekend insieme.

A lui sarebbe piaciuto, partire con me lo avrebbe fatto contento.

Anzi, guardandosi imbarazzato le punte delle scarpe, a bassa voce aggiunse "molto", lo avrebbe fatto molto contento.

Ma non aver ricevuto alcuna risposta da parte mia, aveva continuato, era stato un messaggio eloquente, così chiaro e inequivocabile che questa volta non poteva fingere di non aver udito.

Quella sera ci ascoltammo con una calma sincera, senza la rabbia di assegnarci le colpe o la presunzione di rifiutarle.

Che la nostra relazione dovesse annunciare la resa era chiaro a entrambi, stavamo solo prendendo il giusto tempo per familiarizzarci.

Lui non rinnegò nessuna delle sue mancanze, e continuando a fissare per terra mi confessò che, se fossi partita per la Spagna con lui, avrebbe colto l'occasione per fare ammenda, ma non trovando nel mio sguardo un alleato, si arrese alla realtà dei fatti.

Per quanto potessi credere alla sua buona volontà, sapevo che costringere qualcuno a soddisfare a ogni costo le nostre rivendicazioni amorose, instillandogli la convinzione di non soddisfare l'idea di amore che abbiamo sempre sperato per noi stessi, è una crudeltà che infligge chi manca di coraggio e si aggrappa a ciò che possiede per paura di non trovare altro.

Lo sapevo perché involontariamente era stato proprio lui a insegnarmelo.

Avevo cercato per così tanto tempo di essere come pensavo lui volesse, che alla fine avevo smesso di chiedermi chi invece io desiderassi accanto, dimenticando che la scelta migliore non sarebbe stata quella del niente a discapito del tutto, se quel tutto era la causa di una pena che mi adombrava da mesi.

Lo salutai confessandogli quello che realmente pensavo, cioè che nessuno dovrebbe investire il proprio tempo a cercare di rispecchiare le proiezioni degli altri e che, anche lui come me, avrebbe dovuto salvarsi da questo destino d'infelicità.

Ci salutammo a tarda notte, in sordina e senza abbracciarci.

Tornai a casa a piedi, mi presi il tempo di pensare respirando la pace delle strade di Milano a notte fonda, molte tapparelle erano rimaste aperte per disperdere il caldo imprigionato dalle costruzioni di cemento e, in lontananza, sentivo arrivare il suono di qualche televisore acceso.

I passi fluivano leggeri, sollevati del peso che mi portavo dietro da tempo.

Non c'era tristezza, solo la giusta malinconia che accompagna ogni cambiamento.

Appoggiate le chiavi nel cestino sulla cassettiera all'ingresso, tolsi le scarpe e andai in cucina a bere un bicchiere d'acqua.

L'orologio elettronico del forno a microonde mi rivelava che si erano fatte le tre.

Sentii il telefono vibrare nella tasca posteriore dei pantaloni.

Con un curioso tempismo, la risposta di Leandro arrivò proprio in quel momento.

Anche se nulla, fuorché il puro caso, poteva aver dettato quella strana coincidenza, ai miei occhi assunse un significato preciso, come se, ora che ogni mio ingorgo emotivo era stato rimosso, finalmente tutto potesse tornare a scorrere senza ostacoli.

Marta cara,
  prima di andare avanti confermando il mio invito su carta intestata, ceralacca e marchio di sangue del castello del conte Vlad, come da usanza qui in Umbria, ti volevo chiedere scusa per il mio gravissimo ritardo nella risposta odierna.
  Non sono solito procrastinare le cose che mi danno piacere: tendo infatti a dormire poco dopo il sorgere dell'alba, a viaggiare nei posti più lontani del mondo, a distrarmi ascoltando buona musica e a scrivere più lettere possibili a chi mi illumina la giornata ma, purtroppo, questa volta mi è toccato scontrarmi contro la gelida roccia della realtà.
  Ti spiego: quando mancano pochi giorni a una data, nella mia mente prende ad agitarsi una sorta di frenesia compulsiva che mi porta a stressare tutti i componenti della band costringendoli a sessioni estenuanti di prove.

La giornata di ieri l'ho quindi passata chiuso dentro una piccola struttura di cemento, pochi metri quadrati carichi di testosterone, rintronato da amplificatori la cui manopola del volume era regolata su "qualunque persona ti starà accanto durante la vecchiaia dovrà avere una voce molto alta", con altri tre folli che spero conoscerai a breve.

Così come son convinto che vorrò bene a Olivia, se non altro per averti convinta a parlare con me, sono piuttosto sicuro che tu piacerai a loro e, cosa forse più importante, loro piaceranno a te.

Passo quindi rapidamente all'invito ufficiale: non sia mai che non ricevendolo sia tu, all'ultimo, a dare buca.

Te lo metto anche in forma stampabile così quando arrivi al concerto lo consegni direttamente all'uomo della sicurezza più grosso che vedi: quello con la cicatrice che va da guancia a guancia, con il fucile da caccia e il fumo negli occhi, non ti puoi sbagliare. Davvero, non sto scherzando, questo è l'unico modo per entrare ai nostri concerti, non presentarti in cassa accrediti come tutte le persone normali, stampa il foglio e lanciati in questa grandissima avventura!

In data 23 settembre presso il locale notturno ...., con estrema felicità, grande curiosità e assoluta convinzione, il sottoscritto LEANDRO (compilo per te) è lieto di invitare MARTA, in qualità di persona più attesa dell'anno, al concerto più rumoroso, sudato e urlato a cui Lei abbia mai partecipato.

Confidando che questo invito formale sia cosa gradita, che il meteo sia con noi clemente e permetta l'esecuzione del concerto, che tale evento non Le sia di disturbo ma anzi motivo di gaudio,
Le invio i miei più cordiali saluti,
In fede,

Leandro

(Immaginatela come una firma digitale, sai che con le cose moderne faccio fatica.)
Et voilà.
Questo è a posto.
Ora però, per concludere, ti passo in consegna la meravigliosa Used Cars *del Boss.*

Se possibile ascoltala pensando che tra non molto ci vedremo, finalmente riuscirò a dare un suono a tutte le parole che ho letto così voracemente in questi mesi.

Ancora un po' di pazienza e inizierà quello strano processo mentale in cui le note della tua voce, dapprima sconosciute, entreranno nella mia testa e lì rimarranno per sempre, rendendo ogni altra lettera ancora più bella, perché ancora più tua.
Notte Marta,
non vedo l'ora.

L.

Queste sue ultime parole, io continuavo a ripeterle nella mente cercando di renderle antidoto per una paura e un'agitazione che fin dal primo chilometro di provinciale non avevano smesso di tormentarmi.

Mentre mi domandavo cosa mi fosse saltato in mente per decidere di andare a un concerto in anticipo di più di un'ora, su invito di una persona che non conoscevo e che per altro sarebbe stata circondata da un entourage di perfetti estranei, al contempo stavo anche vivendo quel guazzabuglio di emozioni che ci strizza e spupazza le budella nei primi tempi amorosi.

Quelli della conoscenza imbarazzata, della premura di voler sembrare tranquilli quando dentro c'è come un vortice, ma che dico un vortice, un vulcano di sensazioni che fino a quel momento, me lo chiedo sempre, ma dov'è che sono state?

Così parcheggiai la macchina nel cortile sterrato e polveroso di fronte ai cancelli, mi guardai di sfuggita nello specchietto retrovisore.

Mi ero truccata, ma poco, vestita carina, ma non troppo, profumata ma senza esagerare, così, se gli fossi piaciuta com'ero, non avrei più vissuto la paura di deludere il ricordo del primo incontro.

Finalmente mi sentivo non tanto nel posto giusto, ma nei panni giusti, i miei, che mi erano mancati terribilmente.

Ricordo che scendendo dalla macchina pensai: "Eccomi, Leandro: ho una maglietta grigia, un po' lasca sul collo, stressata da mani nervose che non sanno dove stare, ho dei pantaloncini neri, troppo corti se proprio devo dirla tutta, ma li ho tagliati da sola ricavandoli da un vecchio paio di jeans e ho sbagliato le misure. Ho i capelli sciolti e l'anello che mamma che mi ha regalato un'estate dopo essersi accorta che col caldo le si gonfiavano le mani e iniziava a darle fastidio, ho anche un discreto quantitativo di paura, un'altalenante concitazione e l'assoluta certezza di volerti abbracciare".

9
E luce fu

Percorrendo il viale sterrato che collegava il parcheggio all'ingresso, chiamai Olivia per cercare di capire quali fossero i suoi programmi.
Ero impaziente di sapere a che ora sarebbe arrivata a tamponare il mio imbarazzo.
Per quel retaggio di timidezza che mi porto dietro fin dall'infanzia, infatti, l'idea di dover entrare nel locale da sola mi spaventava oltremisura.
La mia agitazione toccò il culmine quando Olivia, rispondendo sul finire del ventesimo squillo, farfugliò proprio quello che non volevo sentirmi dire.
«Ehi, sono ancora in ufficio» sussurrò a bassa voce, «abbiamo fatto tardi, stiamo chiudendo un deal importante, non posso andarmene. Cerco di raggiungerti più tardi ma non credo di farcela. Tu intanto entra, se arrivo ti chiamo!»
«Come sarebbe a dire che non credi di farcela?»
«Eh, non so a che ora finiamo, non è neanche escluso che mi facciano finire a casa, quindi c'è la possibilità che io faccia nottata sulla scrivania.»
«No, ti prego, stai scherzando vero? Io da sola non entro.»
«No, purtroppo no, anzi adesso ti devo anche salutare perché mi stanno guardando male. Mi dispiace tantissimo tesoro! Comunque ce la puoi fare, respironi profondi e

coraggio! Se hai bisogno mi scrivi, io cerco di tenere sotto controllo il telefono.»
«No, Olli, io torno a casa. Non esiste. Olli? Olli, ci sei? Pronto?»
Aveva riagganciato.
Ero ufficialmente sola.
Avevo di fronte due alternative: inventarmi una scusa con Leandro per poter girare i tacchi e tornare a casa, oppure affrontare le mie stupide paure.
Mi venne in mente mia mamma e tutte le volte in cui negli anni aveva provato a spingermi benevolmente tra le braccia delle difficoltà.
"Ci devi provare, amore mio" mi diceva. "Non puoi pensare che ci sarà sempre qualcuno al tuo fianco, in ogni cosa che farai. Buttati, non succede niente."
È difficile spiegare quanto quel suo niente rappresentasse il mio tutto.
Quante volte avevo ordinato la cena in albergo per non andare al ristorante da sola, quanti film avevo rinunciato a vedere al cinema per fuggire gli sguardi indagatori, o quanti concerti io mi era persa, negli anni, per non stazionare in piedi senza qualcuno con cui riempire le attese.
Fatico a classificare questa paura, a spiegare bene di cosa si nutra.
Credo che il punto sia il giudizio del resto del mondo, temo che gli altri possano reputarmi triste, una persona sola, senza amici, oppure antipatica e scontrosa, qualcuno che si è meritato quell'abbandono.
Eppure quando sono io a incontrarle, le persone che fanno tutte queste cose da sole, le guardo e mi sembrano così affascinanti.
Molto spesso le invidio, penso che anche io vorrei scrollarmi di dosso questi preconcetti, come polvere spazzata via dai vestiti con due colpi energici sulle maniche.
Vorrei concentrarmi su ciò che mi piacerebbe fare davvero, e quando sono sola, fingere di avere qualcuno con cui condividerlo.

"Quel qualcuno devo imparare a fare in modo che coincida con me stessa" pensai.

Dovevo almeno provarci.

Così, con le parole di mamma bene in testa, feci un respiro profondo e mi avvicinai alla minacciosa figura addetta al controllo ingressi.

Ora, io posso capire che il loro ruolo sia quello di mantenere l'ordine e che non è certo auspicabile che il loro aspetto ricordi quello di un ermellino delle nevi, però la furia omicida presente nello sguardo di ogni esemplare della categoria potrebbe forse, e dico forse, essere un tantino eccessiva.

Dopotutto devono solo imprimere un timbro sul polso, non capisco perché adempiano questa mansione con la delicatezza di un rinoceronte imbufalito e lo sguardo di una lince all'ora di pranzo.

Procedevo a testa bassa consumando fra le mani le bretelle di un piccolo zaino di finta pelle nera dentro cui, all'ultimo, avevo accartocciato una felpa d'emergenza e infilato il modulo che Leandro mi aveva detto di compilare.

Ancora non sapevo se mi sarebbe servito davvero o se avessi ingenuamente abboccato a uno scherzo ben riuscito.

«Allora, signorina, deve entrare?» mi chiese l'uomo all'ingresso con preannunciato sguardo felino.

Mi voltai, in coda non c'era ancora nessuno e attorno a noi gironzolava solo qualche tecnico preso a trasportare l'ultima attrezzatura rimasta sui furgoni.

Non comprendevo il motivo del suo nervosismo.

"Se parte già con questo umore frizzante" pensai, "a fine serata lo ritroverò a gridare il monologo del Sergente maggiore Hartman in faccia a qualche malcapitato che prova a inserirsi fra lui e la sua pazienza."

«Sì, penso di essere segnata su qualche lista, mi chiamo Marta.»

Non riuscii a decifrare il silenzio che seguì la mia dichiarazione, così decisi di mettere le mani avanti per prevenire quel momento imbarazzante in cui non trovano il tuo nome da nessuna parte e iniziano a guardarti come una potenziale truffatrice infiltrata e spilorcia.

«Comunque non c'è problema, compro un biglietto nel caso in cui il nome non comparisse da nessuna parte» aggiunsi.

«Qui ho una Marta ma senza cognome, il che è un po' strano. Vedo però che hanno lasciato una nota, è specificato di chiederle un modulo di partecipazione. In tutta franchezza non so cosa voglia dire, non mi è mai successo.»

«Credo si tratti di questo» dissi estraendo dallo zaino il foglio stampato la sera prima e piegato frettolosamente in quattro.

Superato quel primo picco di adrenalina e accertato che Leandro non si fosse dimenticato del mio arrivo, non riuscii a nascondere un sorriso divertito e sorpreso immaginandomelo intento a scrivere di proprio pugno quella nota sibillina accanto al mio nome.

Confidare nella mia promessa di portare il modulo ufficioso era stata una scelta coraggiosa.

Superato lo scoglio controlli, ottenni finalmente l'accesso all'area concerti.

Era un labirinto di strade alberate che, attraverso percorsi diversi, conduceva sempre all'unico palco centrale.

Il palco era stato montato a pochi metri da un piccolo bacino artificiale, ed era circondato dal buio e dalla quiete di un bosco di latifoglie che chissà quante volte avrebbe voluto chiedere di abbassare il volume, tentando invano di schiacciare un pisolino.

Avvicinandomi al bancone del bar, la musica in lontananza si fece sempre più distinta: riconobbi alcune note sfocate e poi ecco, anche una voce, la sua.

Trasportata dal vento e accarezzata dalle chiome degli alberi, mi attraversò come fa il sole sulla superficie delle foglie: quel suono erano i raggi e il loro passaggio il mio respiro liberatorio.

Il gruppo stava ultimando le prove del suono, "uno, due, tre, prova" sentii rimbombare nell'aria, poi un microfono troppo vicino al suo altoparlante interruppe il segnale con un fischio stridente.

Sentivo la salivazione diminuire a ogni passo, sebbene soffiasse il tipico vento caldo delle sere d'estate, le mie mani erano fredde gelate, le estremità delle dita rese bluastre dai nodi di un'ansia irrazionale.

Mi sforzavo di mantenere un aspetto tranquillo, quando in realtà, sottopelle, divampava il desiderio di vederlo sbucare d'improvviso da qualche cespuglio, di sentirlo chiamare il mio nome da lontano, di avvertire una sua mano sfiorarmi la spalla.

Negli ultimi mesi avevo immaginato così tante volte quel nostro secondo incontro, che speravo d'essermi allenata alle emozioni, come se aver vissuto la proiezione di quel momento fosse in grado di stemperare il timore del suo concreto avverarsi.

Eppure, quando lo intravidi muoversi sul palco cercando di raccapezzarsi tra cavi e amplificatori, dovetti prendere atto del cortocircuito che aveva interrotto le comunicazioni tra questa mia presunta consapevolezza e la capacità di metterla in pratica.

Me ne stavo in piedi, ferma immobile, impalata come i lampioni ai bordi dello sterrato, mi domandavo quale fosse la cosa giusta da fare, se salutarlo correndo il rischio di distrarlo, o aspettare in un angolo accettando la possibilità di sembrare un'intrusa sconosciuta agli occhi di tutti i presenti.

Per fortuna fu lo stesso Leandro a sciogliere ogni dubbio.

Accortosi della mia presenza, mi sorrise da lontano, facendomi cenno di aspettare solo qualche minuto, giusto il tempo di finire il soundcheck.

Ecco la prima occasione in cui testare lo slancio di indipendenza inaugurato all'ingresso.

Per iniziare a prendere la mano, decisi di mettere in atto la tecnica più efficace quando ci si sente a disagio: fingersi impegnati e assorti in un'inesistente conversazione telefonica.

Tra un finto annuire e l'altro, mentre recitavo la mia accesa conversazione, lanciavo qualche timido sguardo sul palco cercando di non dare troppo nell'occhio.

Volevo osservarlo senza essere osservata, carpire qualcosa di un mondo, il suo, che per mesi avevo potuto solo immaginare.

Ricordo che una delle prime cose che gli avevo chiesto nelle nostre lettere, superata la conoscenza iniziale, era cosa vedesse la mattina appena sveglio, quale fosse l'immagine che ogni giorno accompagnava il suo ritorno dal sonno.

Io, infatti, che qualcuno mi piace lo capisco da quanto tempo spendo a immaginarmi ciò che lo circonda.

Di quella persona inizia a interessarmi tutto: su cosa affaccia la finestra della cucina, cosa vede quando aspetta che salga il caffè, se lo aspetta davvero o si distrae giusto il tempo di farlo straboccare dalla caffettiera, quale odore abita tra le pareti del suo salotto, se i piatti si lavano per forza dopo cena o se va bene farlo anche domattina.

Ogni informazione, anche quella più irrilevante, mi aiuta a ricreare un contesto che diventa il luogo in cui vorrei abitare e chi lo popola, le persone di cui mi vorrei circondare.

Ciò che tiene in vita l'immaginazione, però, sono i ricordi: odori, suoni e percezioni sopravvissuti nella memoria esperienziale.

Sono loro a nutrire queste mie fantasticherie intrecciandole con la realtà, mi offrono un rifugio sicuro dove attendere il giorno in cui ne nasceranno di nuovi.

Guardare Leandro, anche solo da lontano, mi confermò che lo scorrere del tempo non aveva affatto scolorito il ritratto che di lui avevo gelosamente conservato dopo il nostro primo e unico incontro.

Il rapido saluto dell'inverno prima era bastato ad ancorare particolari che fino a quel momento non ero stata in grado di dire se fossero stati solo il frutto della mia fantasia o se effettivamente gli fossero davvero appartenuti.

Ecco il suo strano modo di articolare le parole, con un sorriso timido e appena accennato, come per addolcirle, e il gesto nervoso di spostarsi i capelli da una parte all'altra, continuamente, a conferma del fatto che anni di concerti non avevano guarito affatto la sua claudicante capacità di gestire l'imbarazzo.

Per ingannare l'attesa raggiunsi il bancone del bar accanto al palco e ordinai una birra.

Anche se ero da sola, non potevo certo tradire l'antica usanza della birra preconcerto, così ordinai una bionda media convinta che un goccio di alcol sarebbe stato un buon alleato per allentare la tensione.

Ritirato il bicchiere dalle mani del barman lo appoggiai sul bancone, feci per prendere il portafoglio, ma il mio gesto fu subito respinto.

«Il primo arrivato non paga, è una tradizione!»

«Ah, grazie allora! In effetti sì, sono un po' in anticipo» risposi sollevando il bicchiere con un sorriso cordiale appena accennato.

«Sei una grande fan della band o solo una persona molto puntuale?» mi chiese mentre finiva di preparare la linea composta da qualche lime acerbo e molte arance tagliate a mezzaluna.

«Nessuna delle due in realtà, o meglio, mi piace molto il gruppo ma sono arrivata prima per salutare il cantante, siamo vecchi amici» risposi mentendo.

Non mi andava di definire ad alta voce un rapporto che io stessa, ancora, non ero riuscita a inquadrare.

«A te piacciono?» domandai più che altro per tenermi occupata fino all'arrivo di Leandro.

«Sì, molto! Ho visto anche un paio di loro live l'anno scorso, quando non ero di turno al bancone, sono proprio bravi! Immagino che allora non sia la prima volta che li vedi.»

«No, infatti» risposi guardando per terra. «Lavori qui da tanto?»

«Ho iniziato nel 2011, mi ricordo che quell'estate suonarono i Verdena. Che band, cazzo! In Italia sono rimasti veramente pochi a fare rock come Dio comanda, per questo mi son messo di turno stasera. Sono occasioni rare che vanno sfruttate.»

«Sì, sono d'accordo, è un genere decisamente bistrattato» dissi nascondendomi dentro al bicchiere: se avesse saputo quante volte da ragazzina, ascoltando *Wherever You Will Go* dei The Calling, mi ero sentita un'adolescente ribelle e incompresa, figlia del rock and roll!

«Non deve essere male comunque fare il tuo lavoro, fatichi ma ti ascolti anche un sacco di concerti belli, mi sembra un valido compromesso!» commentai accantonando il ricordo di Alex Band.

«In effetti lo è! Cioè, il più delle volte da qui non vedo niente, però sento benissimo, quindi non mi lamento», e asciugando alcuni bicchieri appena lavati aggiunse: «Tu invece? Cosa fai nella vita?».

Proprio quando temevo che la conversazione si stesse addentrando in dettagli sempre più privati che non ero certa di voler condividere con un perfetto sconosciuto, ecco una mano picchiettare delicatamente la mia spalla.

Le prove erano finite.

Mi girai sforzandomi di contenere l'emozione, lo feci con una certa lentezza, sperando che quei pochi secondi mi bastassero a prendere una decisione rapida. Stavo vivendo i primi secondi del secondo incontro, quelli in cui non sai mai cosa fare, se dare due baci rischiando di essere troppo espansiva, o, come più probabilmente si dovrebbe fare tra persone che si sono viste un'unica volta e un anno prima, tendere una mano amica assumendo il rischio, però, di risultare troppo formale se non addirittura frigida.

Troppo tardi, la forza dell'entusiasmo mi aveva inconsciamente spinta verso di lui e senza volerlo stavo già sfiorando la sua guancia con due baci schioccanti.

«Ciao!» dissi accompagnando quel nostro piacevole incastro.

«Scusa se ti ho fatto aspettare ma eravamo in ritardo sulla tabella di marcia, come sempre. Sono felice di vederti» rispose legandosi i capelli, un gesto che qualche tempo più tardi mi confessò era il suo modo di arginare l'imbarazzo. «Vieni con me, ti presento gli altri» aggiunse.

Salutai il ragazzo delle birre e seguii Leandro nel backstage organizzato appena dietro il palco.

Ricordo che quei pochi passi furono scanditi da un progressivo intorpidimento dei muscoli, l'agitazione li rendeva friabili, mi sembrava che le ginocchia, insieme alla voce, tremassero all'unisono.

La presentazione degli amici, ancor più se sono di vecchia data, è un momento che ho sempre vissuto con grande apprensione, forse per l'importanza che attribuisco al giudizio e al parere di quelli che, nel corso degli anni, ho scelto essere i miei.

C'è stato un momento nella mia vita, ma credo ci sia in quella di tutti, in cui ho deciso di oppormi allo spinto fatalismo per il quale gli amici sono quelli che capitano, e con questi dobbiamo imparare a convivere.

Niente di più sbagliato, dico io.

Quando il tempo libero inizia a diminuire e si fa sempre più prezioso, è sacrosanto che l'amicizia diventi una scelta puntuale e ponderata, non un carico di abitudini che tocca portarsi sulla schiena.

Gli amici che facevano parte della mia vita, a quel tempo, sono quelli di oggi, ma non per forza gli stessi di sempre.

Sono quelli che mi hanno voluto bene gratuitamente, che mi hanno riservato uno sguardo critico prezioso, condividendo un punto di vista sulle cose che mi ha spesso salvato da ottuse convinzioni.

Sono state presenze costanti e non distratti viaggiatori, compagni fedeli che hanno deciso di scegliere e accettato di essere scelti.

Il parere di un amico, di questo genere di amico intendo, assume un peso specifico importante, è un'impressione che verrà ascoltata e presa in considerazione perché si è conquistata un rispetto doveroso.

Quel giorno io stavo per conoscere i suoi più cari, quelli con cui otto anni prima aveva deciso di condividere la parte più importante della sua vita: la musica, grazie alla quale, in fondo, ci eravamo conosciuti.

Erano di fatto parte integrante di una felicità, la nostra.
Palleggiando lo sguardo tra tutti i volti nuovi e sconosciuti che mi si pararono davanti, riconobbi quello amico di Riccardo.
Poter vantare anche un piccolo contatto con quel mondo nuovo, ridimensionò in parte la mia agitazione.
Stavo affrontando fin da subito un passaggio che ero abituata a dovermi conquistare non senza fatica, dimostrando di esserne all'altezza, quasi fosse un premio che non era detto meritassi.
La spontaneità e l'entusiasmo con cui invece Leandro mi fece entrare in quell'angolo prezioso della sua realtà aggiunse particolari a un nuovo modo di conoscersi, quello che grazie a lui stavo voracemente cercando di imparare anche io.
«Lei è Marta, salutatela in modo carino, non fate i soliti grezzi!» gridò Leandro rivolgendosi al gruppo, appena aperto il tendone che divideva l'area comune da quella riservata agli artisti.
«Ciao piacere, Marta, scusate l'intrusione» dichiarai mettendo le mani avanti.
«Siamo tutti d'accordo sul fatto che sia arrivato il momento dello Spritz? Quanti col Campari?» continuò lasciando che io finissi da sola il giro di presentazioni.
«Tu, Marta, come lo vuoi?» domandò.
«Io veramente ho già preso una birra e sono qui in macchina, quindi berrei solo un analcolico, magari chiedo se hanno un Crodino al bancone» risposi sbattendo loro in faccia il mio spirito da grintosa settantenne.
«Se tu pensi che ti consentiremo di stazionare in quest'area con un misero Crodino, ti stai sbagliando di grosso. Quindi dicevamo, Aperol o Campari?»
«Aperol, ma poco per favore!» mi arresi.
Leandro era l'unico a cui potevo concedere questa vittoria.
«A che ora iniziate?» aggiunsi.
«Credo verso le dieci e mezzo, c'è tempo, anzi, tra poco mangiamo qualcosa, rimani qui con noi?»
«Certo, grazie! Volentieri.»

«C'è anche la tua amica col caschetto marrone?»
«Olivia intendi! Sì, sarebbe dovuta venire, ma mi ha chiamato poco fa dicendo che ha avuto un imprevisto, forse ci raggiunge più tardi, se riesce.»
«Nessun problema, quando vuole è nostra ospite.»

Mi mancava molto non averla accanto perché in cuor mio sapevo che, se ci fosse stata, avremmo ricordato questa serata per gli anni a venire.

Lei e Leandro avrebbero stretto subito alleanza, confermando il fatto che l'affetto gode di una sua speciale forma di proprietà transitiva per cui: se per me O. è cosa preziosa, così come lo è L., allora, pur senza conoscersi, è matematico che anche O. e L. si vedranno a vicenda con gli stessi occhi d'amorevolezza con cui io li guardo ogni giorno.

Chissà che in futuro non ci sarebbero state altre occasioni, fantasticai.

Il tempo che seguì trascorse con la velocità dei momenti felici, che prima di rendertene davvero conto son già finiti.

Io e Leandro li avevamo consumati a guardarci di nascosto, intervenendo sempre in discussioni comuni, come se quella di parlare da soli fosse un'intimità che dovevamo conquistarci piano piano.

Avevamo già bruciato molte tappe con le nostre mail e ci piaceva l'idea di costringere i fatti a pagare i debiti arretrati.

Lentamente anche il mio imbarazzo iniziò a scemare, ciascuno dei suoi amici contribuiva, con una domanda o una gentilezza, a cancellare la paura di esser di troppo che mi legava i gesti e frenava le parole.

Cenammo tutti insieme nel backstage, seduti a un grosso tavolo di legno che occupava il centro di un gazebo allestito a ristorante.

Non ricordo bene cosa ci fosse nelle vasche riscaldate del buffet ma con certezza posso dire che non mangiai quasi nulla: nonostante l'atmosfera fosse ormai quasi familiare, la vicinanza di Leandro e la sua effettiva presenza, in carne e ossa, mi inibiva ogni appetito.

Quando l'inizio del concerto si fece più vicino, la sala da pranzo cominciò a svuotarsi un poco per volta.

Rimasi sola a chiacchierare con alcune ragazze che avevo appena conosciuto, erano le rispettive fidanzate di vari membri della ciurma, anche se l'agitazione non mi rese facile memorizzarne i nomi.

«Io credo che ora andrò a cercarmi un posto da cui vedere il concerto» mi congedai. «Ci vediamo dopo, ok?»

Annuirono con gentilezza.

Mi guardai intorno sperando di incrociare Leandro, avrei voluto salutarlo prima che salisse sul palco.

Da lontano lo vidi camminare nervosamente avanti e indietro lungo uno stretto corridoio al lato dell'impalcatura.

Solo in seguito scoprii che quello altro non era che uno dei suoi storici rituali: prima di ogni concerto si isolava in religioso silenzio per incanalare le emozioni e garantirsi la giusta concentrazione.

Nessuno poteva disturbare quegli attimi preziosi, la sua era un'abitudine condivisa e rispettata da tutti.

Vedendomi arrivare mi venne incontro e mi indicò un punto preciso, vicino all'entrata sinistra del palco, dove gli sarebbe piaciuto mi fossi fermata a godermi la performance.

«Così, mentre suono, so che sei lì» disse, «come in questi mesi in cui non ti ho mai vista, ma ho sempre saputo che c'eri.»

Gli sorrisi e lo lasciai finire gli ultimi esercizi per scaldare la voce.

In quel momento non avevo davvero compreso quanta importanza avesse avuto per lui condividere con me quei minuti finali, e neanche me lo disse mai apertamente, fu solo molto tempo dopo che ne riuscii a cogliere la portata.

Si spensero le luci, l'inconfondibile riff di apertura generò uno scroscio di applausi e di urla concitate che inaugurarono l'inizio del concerto.

Dopo qualche minuto eccolo salire, un'ombra ancora indistinta, una prima parola e poi la luce.

Nascosta dietro le robuste impalcature di metallo, a pochi metri da lui, cantavo tutto sottovoce per la paura infondata che potesse sentirmi.

Delle due ore successive ricordo solo un estraniamento completo, ascoltavo le parole di quelle canzoni e volevo sapere tutto della loro origine e di come fosse fatto il buio che le aveva partorite.

Tutti potevano vedere che con la gamba destra tenevo un poco il tempo, quello che invece tenevo nascosto era l'infantile imbarazzo che provavo nel voler sapere a tutti i costi a chi fossero dedicate quelle canzoni, quali solitudini avessero arredato negli anni e se ce ne fosse una che nell'ultimo periodo lo avesse fatto pensare a me.

Forse glielo avrei chiesto più tardi, quando saremmo rimasti soli.

Persi per qualche minuto i contatti con la realtà, smarrita in queste domande silenziose, tanto che servirono gli applausi e le urla assordanti per farmi tornare presente al concerto.

Mi destai lanciando rapide occhiate, a destra e sinistra, quasi ad accertare che il mio sguardo non avesse tradito in parte quei miei intimi pensieri.

Fu proprio quando ripresi a cantare parole che ormai conoscevo a memoria, che lo vidi avvicinarsi al mio lato del palco.

La tracolla spostata sulla schiena e il cavo del microfono arrotolato sul polso.

Le luci erano basse e soffuse, non capivo dove guardasse perché i suoi lunghi capelli neri coprivano il volto quasi per intero.

Fu con l'inizio della canzone successiva e grazie al lampo di luci abbaglianti che mi accorsi del suo sorriso ma soprattutto del suo sguardo che, abbandonando la direzione della folla, si era girato a cercarmi, trovandomi pronta a ricambiarlo.

La complicità istantanea con cui potemmo risponderci in quel momento era qualcosa cui non eravamo mai stati abituati.

Avevamo comunicato per mesi in differita, col tempo che masticava e digeriva le emozioni, non c'era mai stata sincronia nei passi della nostra conoscenza, sempre prima uno e poi l'altro, abituati al ritardo che le distanze ti insegnano ad accettare.

Furono solo pochi secondi ma bastarono a mostrarci una nuova condizione, una simultanea felicità il cui valore mi sembrò subito inestimabile.

Poi un cambio di direzione, le braccia spalancate, un salto sulla folla.

Ad accoglierlo, una platea di mani pronte a sorreggere chi con loro aveva condiviso note e parole di una sofferenza privata che in forme diverse era anche la loro.

Il concerto si concluse nella luce e negli applausi scroscianti.

Solo quando tutto tacque, mi mossi dalla mia postazione, volevo incontrarlo per poterlo finalmente abbracciare, una libertà d'azione che fino a quel momento non mi ero concessa per stupida vergogna, ma che ora ero impaziente di recuperare.

Aspettai almeno mezz'ora seduta sulla panca dell'area ristoro dove prima avevamo cenato tutti insieme, attendevo impaziente di vederlo comparire da un momento all'altro, ma vidi arrivare tutti tranne lui.

Pensai che si fosse trattenuto a parlare con uno dei tanti amici che quella sera erano venuti a vederlo e decisi di ingannare l'attesa prendendo un analcolico: il mio senso di responsabilità alla guida era comunque più forte dell'istinto di scolarmi due bicchieri di gin tonic e placare una volta per tutte la mia irrequietezza.

«Ah, sei ancora qui!» sentii domandare da dietro il bancone.

«Già, bevo l'ultima cosa e poi vado.»

Di tutto avevo voglia, tranne che di intavolare un'altra conversazione col barista che, per quanto gentile e disponibile, non era proprio la mira della mia serata.

«Ti è piaciuto?» continuò.

«Cosa, scusa?»

«Come cosa? Il concerto!»
«Ah sì, scusa, non avevo sentito. Molto! Ma loro sono sempre una garanzia» risposi fingendo di averli seguiti in lungo e in largo, per anni, nei loro spettacoli.

La conversazione proseguì a lungo anche se non ricordo di cosa parlammo, la mia mente era altrove e la mia gamba accavallata traballava a un ritmo sempre più incalzante.

Cominciavo a essere nervosa e preoccupata, era ormai passata più di un'ora e non avevo ancora visto nessuno.

Iniziai a pensare che forse avevo vissuto l'idea di quella serata in modo diverso, che avevo male interpretato le intenzioni di Leandro e forse, addirittura, che quel nostro incontro di sguardi sul palco fosse stato il frutto di un ingannevole gioco di luci, più che di una sua ragionata intenzione.

Ogni minuto trascorso pesava come ore di attesa, avrei voluto sfogare tutta quell'agitazione, ma cercavo di mantenere sempre un sorriso vivace e smagliante.

Lo facevo per impedire che trapelasse qualsiasi mia preoccupazione.

La parte più ingenua di me sperava che, da qualche angolo nascosto, senza che io potessi vederlo, Leandro in realtà mi stesse fissando e non volevo dargli l'impressione di pendere da quella sua epifania.

Una punta di orgoglio mi dava la forza di reggere il gioco, serena e spensierata come nulla fosse.

Finalmente lo vidi sbucare dall'angolo del gazebo, stava chiacchierando con un ragazzo che non conoscevo, un musicista probabilmente. Vedendomi da lontano mi venne incontro sorridendo, con la serenità di chi non si è dato cura dell'ora trascorsa nel mentre.

Se da una parte la sua comparsa mi liberò dal timore di non vederlo più, dall'altra ribollivo di rabbia perché a quattro ore dal nostro tanto atteso incontro avevo già incassato il primo schiaffo morale.

Per lui, quella sera, stare con me non era stata affatto una priorità.

Mi venne incontro e si fermò a chiacchierare, trovandomi in compagnia degli altri membri della band che, vedendomi sola, nel frattempo mi avevano raggiunta.

Restammo a parlare per qualche minuto, io, lui e loro.

Per tutto il tempo finsi una tranquillità che, se fossi riuscita a registrare, mi sarebbe valsa l'Oscar come miglior attrice non protagonista.

Con la coda dell'occhio continuavo a studiare il viso di Leandro per capire quali fossero le sue intenzioni.

Non so cosa mi aspettassi, forse speravo che mi chiedesse di andare a fare due passi, che mi domandasse di prenderci qualcosa da bere o che mi prendesse in disparte per ritagliarci un po' di quel tempo la cui mancanza tanto avevamo lamentato nelle nostre mail.

Nulla di tutto questo mi diede la soddisfazione di avverarsi.

Anzi, si può dire che quasi non mi rivolse parola, mimetizzandosi nei discorsi degli altri.

Quando furono le tre di notte e anche la band iniziò a sgretolarsi recuperando zaini e attrezzatura da portare in furgone per tornare in hotel, capii che dovevo arrendermi al fallimento di quell'incontro.

Ciò che avevo sognato accadesse non aveva preso forma, la mia speranza aveva fatto un buco nell'acqua grosso almeno quanto quello che sentivo allo stomaco.

Decisi di affrontare a viso aperto la sconfitta e, indossando la maschera della contentezza per gli ultimi saluti, ringraziai tutti per la bellissima serata.

Feci un giro di baci sulle guance lasciando Leandro per ultimo, uno scarto temporale in cui il mio inconscio decise di dare un'ultima possibilità al miracolo.

Inutile dire che non accadde nulla.

Mi avviai ripercorrendo al contrario lo sterrato fino al parcheggio.

Ero divorata dalla rabbia e dalla delusione, in quei pochi metri che mi separavano dalla macchina mi ripromisi che non avrei mai più risposto a una sua mail.

Niente più messaggi, niente più canzoni, non volevo più sapere nulla di lui.

Il suo lungo e ragionato corteggiamento, il reciproco desiderio, più volte espresso, di azzerare quelle distanze che tanto avevano castrato i nostri sentimenti fecero risuonare la sua indifferenza come il boato di un tuono durante un temporale estivo.

Non trovavo ragioni che giustificassero il suo comportamento.

Dove era finita la persona con cui avevo parlato giorno e notte negli ultimi mesi, quella a cui avevo confidato i miei stati d'animo, con cui avevo condiviso sentimenti che mi sembrava fossero stati ampiamente ricambiati?

A peggiorare la situazione contribuirono due fattori: il primo, mi ero resa conto che le sue mancate attenzioni mi avevano ferita più di quanto avessi potuto prevedere; il secondo, non conoscevo la strada del ritorno e non potevo usare il navigatore sul telefono perché mi era rimasto l'1 per cento di batteria.

«Giuro che se riesco ad arrivare a casa e questo domani si azzarda a scrivermi» dissi ad alta voce cercando le chiavi della macchina nello zaino, «io giuro che lo mando a cagare.»

Tirando fuori le chiavi mi cadde il telefono in quel malefico interstizio che separa il sedile dal freno a mano, il triangolo delle Bermuda di ogni abitacolo automobilistico.

Qualunque cosa precipiti in quella voragine non viene più ritrovata se non anni dopo, quando ti decidi a pulire la macchina perché gli interni hanno cambiato colore a causa della polvere che impunita li riveste.

Mentre infilavo le dita in quella fessura demoniaca, il telefono iniziò a squillare.

«Ma chi cazzo è che mi chiama alle tre di notte?» imprecai ad alta voce nella foga di quella ricerca infruttuosa. «Già sono senza batteria, adesso vedrai che mi si spegne, ma chi me l'ha fatto fare di venire, ma perché sono così cretina? Se non riesci più a tornare a casa te lo meriti guarda!» continuò a inveire la Marta responsabile contro quella ben più allocca, alimentando conversazioni tra le varie personalità che mi porto dietro fin dall'infanzia.

Riuscii a estrarre il telefono dalla trappola in cui era finito, guardai lo schermo, lo stomaco si strinse in una morsa di tensione.

«Pronto?»

«Sono io, dove sei?»

10
Il vaso di Rubin

Io, che settembre è il mese perfetto per passeggiare fra le vie di Milano, lo decisi quell'esatto pomeriggio, quando uscendo per andare a casa di Olivia assecondai il mio desiderio di arrivarci a piedi.

Aspettando che scattasse il verde ai semafori, mi incantavo a guardare l'asfalto abbracciare gli ultimi raggi di sole.

Il tempo scorreva lento.

Arrivato stanco a fine giornata, anche lui sembrava stiracchiarsi, come le ombre dei palazzi che, altissime e snelle, puntavano l'orizzonte.

Indossavo un abito fresco di cotone a righe bianche e rosse, lo avevo scelto tentando di ingannare la fine dell'estate, ma ogni raffica di vento mi dimostrava quanto avessi sottovalutato la rivalità delle stagioni.

Da un paio di settimane Olivia si era trasferita in un nuovo appartamento, non troppo distante da quello che aveva prima, per questo motivo la strada per arrivarci mi suonava comunque familiare.

Per arrivare da lei, infatti, percorrevo sempre lo stesso marciapiede su cui da anni correvano crepe profonde, ci era cresciuta l'erba e le radici degli alberi avevano reso il manto ondulato e irregolare.

Superato il secondo incrocio, mi lasciavo la farmacia sulla sinistra, giravo nella strada principale e mi fermavo al semaforo più lungo di tutta la città.

È sempre rosso, è uno di quelli micidiali che uno ci passa e dice: la volta che lo becco verde, guarda, mando una lettera di ringraziamento al Comune.

E infatti anche quel giorno non si era smentito, ma non me n'ero curata più di tanto.

Usavo le attese per riposare lo sguardo e concentrarmi sui pensieri e sui ricordi, e quelli della sera passata emergevano irruenti.

Erano ancora così freschi che a ripensarci friccicavo tutta quanta.

Ogni volta che mi fermavo in attesa del verde, mi allenavo a tenerli vivi e agitati, perché chissà quando ne avrei avuti a disposizione di nuovi.

La paura che il tempo ne potesse sfocare i contorni mi portava a ripercorrerli di continuo nella mente, erano così tanti e accatastati che avevo bisogno di fare chiarezza, e forse raccontarli a Olivia mi avrebbe aiutato a riordinarli.

Per tutta la vita, lottando contro la mia natura, mi sono sforzata di essere una persona razionale, di interpretare ogni accadimento usando i codici della casualità, senza credere che la predestinazione avesse alcun tipo di ruolo nella vita di noi tutti.

Eppure la sera precedente, quando il mio telefono con solo l'un per cento di batteria era riuscito a ricevere e sostenere quella chiamata, avevo cominciato a pensare che alcune cose sono destinate a succedere più di altre, come avessero un'invisibile tifoseria alle spalle, che parteggia per un loro sicuro avverarsi.

Quando risposi e sentii la sua voce, non ebbi bisogno di chiedere chi fosse.

«Sono io, dove sei?», queste le prime parole che sentii pronunciare dall'altro capo del filo.

Fissavo il volante con il telefono poggiato all'orecchio, consapevole che tutta la rabbia che avevo accumulato nell'ultima ora, al suono di quella domanda, si era subito rannicchiata in un flebile: «Nel parcheggio».

Lo avevo pronunciato con una leggera e quasi impercettibile acredine che, confermando quanta poca applicazione pratica abbiano le minacce amorose, era stata già sufficiente a placare quella sete di vendetta che avevo furiosamente invocato poco prima.

Non avevo resistito neanche due minuti, alla prima occasione avevo subito infranto la regola base del manuale su come conquistare un uomo: farsi desiderare.

L'ipotesi di farlo cuocere nel suo brodo di indifferenza, inventandomi di essere già alla guida e non poter parlare, non mi era balenata neanche per l'anticamera del cervello.

Il pensiero di un finale diverso rispetto alla mattanza che quella strana conclusione aveva fatto di ogni mia aspettativa sulla serata mi spinse a non perdere tempo e rispondere senza troppe remore a quel suo tentativo di comunicazione.

«Sono ancora nel parcheggio e mi si sta per spegnere il telefono, non so come tornerò a casa senza navigatore» mugugnai affranta.

«Non tornare, raggiungimi qui, per favore» disse senza condire troppo la conversazione.

Esitai solo qualche istante.

«Ma qui dove, scusa?» risposi convinta che sul più bello mi si sarebbe spento il telefono, seppellendo una volta per tutte ogni residua speranza.

Qualsiasi posto, strada, numero civico o palazzina mi avesse indicato, ero sicura non sarei riuscita a trovarli, perché la sfiga aveva deciso di mettermi contro la tecnologia e il mio senso dell'orientamento non figurava esattamente tra i superpoteri di cui potevo avvalermi per ribaltare le sorti della vicenda, anzi.

«Sei ferma al parcheggio del locale?» incalzò.

«Sì» confermai.

«Allora alla rotonda che hai di fronte tieni la destra e poi costeggia la strada, vedrai sbucare l'insegna rossa del mio hotel, c'è solo questo in zona quindi non ti puoi sbagliare. Ti as...»

Non riuscì a completare la frase.

Il mio cellulare si spense lasciando alle sue sintetiche indicazioni le sorti di quella notte.

Accesi la macchina e feci due giri della suddetta rotonda, per accertarmi che quella che avevo individuato come destra, lo fosse davvero.

Ancora oggi, per capire quale sia la destra e quale la sinistra, penso alla lavagna delle elementari e ai due cartelli incollati dalla maestra sui due lati opposti, uno rosso e uno blu, monito per le memorie più pigre.

«Ok, quindi ora esco qui, tengo la destra e aspetto che appaia l'insegna rossa» bofonchiavo tra me e me. «Per favore, insegna rossa, palesati, dammi 'na mano perché se no non se ne esce, fammi 'sto piacere.»

Con la macchina condotta a passo d'uomo e gli abbaglianti accesi per non perdermi l'unico indizio che avevo a disposizione, scandagliai tutto il fianco destro della strada sperando in un miracolo.

Dopo trecento metri di edifici spenti e delusione, vidi comparire un puntino rosso lontano, o forse era marrone? Ecco la mia miopia che, troppo a lungo trascurata, veniva a chiedere il conto.

Come la croce sulla cresta della montagna conclusa la ferrata, o il rifugio alla fine di una lunga escursione, intravedere quelle tre stelle al neon tremolante fu per me motivo di gioia e sollievo.

Non solo avrei potuto parlare con Leandro facendomi spiegare le ragioni del suo ambiguo comportamento, ma avrei anche potuto assistere a quell'apologia usufruendo del suo caricatore: quale raro e meraviglioso allineamento to astrale.

Illuminai il suo viso con i fari della mia Golf grigia.

Mi stava aspettando in piedi all'uscita dell'hotel.

Mi fece cenno col dito di parcheggiare sulla sua sinistra, obbedii e scesi dalla macchina.

Ci guardammo in silenzio per qualche secondo, sorridendo entrambi con celato imbarazzo.

Secondo me la memoria è un muscolo involontario.

Lo dico perché, a me, una cosa che capita spesso di fare è di memorizzare particolari irrilevanti, attimi o dettagli nati senza i giusti requisiti di importanza per sconfiggere il tempo, eppure eccoli lì che trionfano nella mia involontaria selezione della realtà.

Dell'asilo, ad esempio, ricordo ben poco, ma uno dei momenti che ho chiari e limpidi di fronte agli occhi non è certo più speciale di altri.

Era un giorno qualunque e la maestra mi mandò a far firmare un registro nella classe dei Rosa.

Bussai alla porta e mentre mi avvicinavo alla cattedra notai una grossa borsa verde appoggiata sulla sedia accanto alla maestra.

Non era una borsa più bella delle altre, non aveva un colore sgargiante o una dimensione fuori dal comune, eppure me la ricordo benissimo, potrei descriverla come se l'avessi ora qui davanti.

Aveva quattro cerniere, due molto piccole, direi che ci sarebbe entrato poco più che una caramella, i manici erano rigidi e di un verde molto più scuro, usurato: pelle consumata negli anni da mani autorevoli e salde.

Tra i pochi istanti sopravvissuti di quel periodo remoto, chissà come mai, la mia memoria ha deciso di salvare la borsa verde della maestra dei Rosa.

Così, seguendo la stessa assoluta imprevedibilità, tra le immagini puntuali che conservo di quella notte, c'è l'espressione di Leandro nei pochi secondi di silenzio che anticiparono le nostre parole.

Il suo era un sorriso imperfetto, con i denti bianchi ma disordinati, c'era, in quell'espressione, una serenità accomodante.

Ogni piega del viso rivelava una resa incondizionata al progetto di felicità che avevamo immaginato insieme.

«Ti va di salire? Non è un velato invito sessuale, sia chiaro. Non voglio stare in strada solo per evitare lo sguardo dell'uomo alla reception. Mi sta fissando preoccupato, credo sospetti che spaccio droga nel suo androne.»

Un classico di Leandro, squarciare il velo di distanza tra le cose e le persone, elargendo battute che incoraggino ciò che nessuno trova il coraggio di cominciare a raccontarsi.

«Sì, certo» risposi. «Non vorrei mai essere una mira collaterale delle sue investigazioni, lo vedo bello sospettoso» aggiunsi assecondando la sua teoria.

Salendo in ascensore ragionai qualche secondo su come dire tutto quello che volevo dire.

Ero indecisa se lasciare che il suo comportamento successivo ricucisse lo strappo generato dalla strana conclusione di quella serata o se cercare di indagare le ragioni della sua inaspettata distanza.

Non aveva ancora trovato la chiave magnetica nel portafoglio che io decisi di andare dritta al punto, abbandonando fin da subito la strada dell'omertà.

«È successo qualcosa stasera? Dopo il concerto sei sparito, non mi hai quasi più rivolto parola. Non ho capito se sei stato solo impegnato oppure se, non so, qualcosa non è andato come speravi, ecco.»

Questo fu il mio goffo tentativo per capire se ai suoi occhi l'attesa non era valsa l'incontro, se le sue aspettative nei miei confronti erano state deluse e questo lo avesse portato a battere la ritirata.

«Curioso che tu mi faccia questa domanda perché io invece mi sono chiesto se ti sei accorta della mia assenza» rispose aprendo la porta della stanza.

Nel frattempo mi ero seduta su un angolo del letto, la stanza era illuminata da un lampadario a luce bianca, una scelta opinabile a meno che l'intento dell'arredatore non fosse quello di rendere la camera accogliente come la sala d'attesa di una centrale di polizia.

Sulle pareti c'era una carta da parati a righe bianche e verdi, ingiallita sui bordi dal tempo e dagli umori degli ospiti che negli anni si erano dati il cambio tra quelle mura.

«Non sto capendo cosa vuoi dirmi, sono stata al bar ad aspettarti per più di un'ora alla fine del concerto, ma non sei mai arrivato.»

«Ad aspettarmi?» chiese confuso.

«Sì, certo, ad aspettarti, non sono venuta a cercarti perché immaginavo tu avessi molte persone da salutare. Ho supposto che finito il tuo giro saresti venuto da me.»

«Io, ecco io pensavo che, cioè ho visto che ridevi e scherzavi con il barista, ho immaginato che...» farfugliò guardando per terra «cioè non avevo capito che mi stessi aspettando, ho frainteso, io non sono venuto perché vi ho visti molto, come dire, affiatati diciamo.»

«Ma chi, scusa?» chiesi esterrefatta.

«Tu e quello che lavorava al bar. Sei stata con lui tutto il tempo.»

Trattenni un impulso di risata nervosa.

«Il barista?? Ma chi lo conosce quello! Cioè, è un ragazzo simpatico per carità, ma non so neanche come si chiama. Mi ha solo tenuto compagnia perché ero da sola e non sapevo cosa fare mentre aspettavo invano che tu mi raggiungessi. Ma tu davvero hai pensato che...?» Lo stupore mi impedì di finire la frase.

«Eh, mi sa che a 'sto giro ho vinto il torneo dell'imbecille, vè?» rispose sorridendo.

«Mi sa di sì» dissi con un accenno di disappunto sperando che enfatizzare il mio dispiacere bastasse a recuperare un po' di quelle attenzioni che avevo sperato di ricevere qualche ora prima.

«Scusa, ho proprio frainteso, ti ho vista lì con lui e mi son partite mille paranoie. Ho dedotto che alla fine fossi venuta solo per sentire il concerto, non tanto per vedere me. Mi sono rabbuiato e ho fatto di tutto per evitarti perché non volevo notassi la mia delusione.»

«E come mai allora poi mi hai chiamata?» domandai girando il coltello nella piaga, giusto per nuotare un altro po' nel mare della ragione.

«Perché mi sembrava tutto assurdo, non poteva concludersi così una serata che aspettavamo da mesi, o almeno io posso assicurarti che l'aspettavo da tempo.»

Mentre mi parlava era seduto su una sedia nera accanto

al mobile della televisione, faceva perno con i piedi e girava nervosamente la seduta prima a destra e poi a sinistra, sperando che questo dondolio annacquasse la tensione.

Notai che indossava vestiti diversi da quelli che aveva quando ci eravamo salutati, e mi domandai dove avesse trovato il tempo di cambiarsi.

Si era messo una maglietta bianca e dei pantaloncini neri sopra il ginocchio.

La sua barba era corta ma non troppo, e sebbene i capelli lunghi si fossero arruffati col continuo ondeggiare da una spalla all'altra, il profumo di bucato che sprigionavano quei suoi nuovi vestiti tradiva l'impressione di finta trascuratezza che si sforzava di evocare.

Non sapevo cosa aspettarmi da quella notte e non ero neanche certa di cosa desideravo accadesse, lo guardavo torturarsi l'elastico al polso e tamburellare la caviglia destra sul ginocchio sinistro, e viceversa, gesti semplici e comuni che la distanza aveva reso, per me, spettacolo prezioso e caro.

Ci dimenticammo presto di ogni incomprensione, e in pochi minuti ci trovammo stesi sul letto sopra le lenzuola, io su di un fianco e lui sull'altro, a raccontarci tutto quello che non avevamo mai avuto occasione di dirci.

Era buio fuori e dentro la stanza, eppure non avevo mai visto con così grande chiarezza.

Il suo viso era illuminato dalla luce blu di una grande insegna pubblicitaria che troneggiava abbagliante proprio di fronte all'hotel.

Parlammo così tanto e di così tante cose che ne ho ricordi confusi.

Non c'era mai una fine del discorso, un punto e a capo, sentivo che sdraiati su quel fianco eravamo un continuo e inarrestabile fluire, affamati e curiosi dei nostri reciproci racconti.

Lo ascoltavo attenta, mi arrampicavo tra le sue parole, me le attorcigliavo tutte quante addosso, come gioielli preziosi che da tempo bramavo di indossare.

Ce ne stavamo così, nella penombra, con il fiato sospeso e i sorrisi accennati.

Non c'era altro posto dove avrei voluto essere in quel momento, sapevo ancora poco di Leandro, eppure la convinzione di voler abitare la sua vita, in me, era già salda e radicata.

Era una cosa che aveva a che fare con la pelle, con l'odore, con gli occhi e la bocca, con le mani e le sue braccia tutte, con le persone che avevamo immaginato essere, e quelle che ora, di fronte a noi, erano vere e reali.

Quasi senza rendercene conto, mentre parlavamo, ci sfioravamo nel buio.

C'era sempre, senza che fosse calcolato, un punto di contatto garantito, prima un polpastrello, poi una spalla, l'intreccio delle nostre gambe o la punta del naso.

I nostri corpi erano i conduttori dei nostri racconti, le parole correvano veloci in quel frenetico circuito emotivo, eravamo attratti da forze fisiche ineluttabili mai sperimentate prima.

Desideravo che mi baciasse ma al contempo sapevo che se lo avesse fatto i miei giorni seguenti sarebbero stati soffocati dalla sua mancanza.

Non sapevo scegliere tra l'ardore che permeava il presente e la paura che anticipava il futuro.

Sentivo le sue dita scorrere tra i miei capelli, con movimenti continui e sicuri, lasciavo che l'indice seguisse preciso il profilo del mio orecchio sinistro e scendesse piano sul collo per poi ricominciare quella danza risalendo la guancia.

Avrei voluto che quella notte potesse durare quanto il tempo che avevamo passato a leggere le nostre vite tra una riga e l'altra, c'erano così tante domande che avrei voluto fare, così tante risposte che avrei voluto ancora dare, che quelle poche ore erano un angolo troppo angusto per contenere tutte quelle speranze.

«Domani ripartirete?» chiesi conoscendo già la risposta.

Questo investimento ingiustificato sull'avverarsi di un colpo di scena è qualcosa che faccio spesso, pongo domande retoriche su cose che so già come andranno a finire, ma ci provo comunque e sempre con la stessa dose di aspettative.

Mi dico: "Magari cambia qualcosa", anche se poi non cambia niente, ma a discapito di ogni statistica io la ricerco sempre, un'inaspettata inversione di rotta che converta la mia rassegnazione in stupore.

«Sì, purtroppo ripartiamo presto» rispose confermando ogni mia previsione. «Dobbiamo essere a Firenze nel primo pomeriggio per le prove.»

«Certo, immagino» dissi sforzando un sorriso maturo.

La verità è che io, con le separazioni, non ho mai davvero imparato a convivere.

L'idea di dovermi separare da lui senza alcuna certezza circa il nostro futuro, proprio ora che dopo esserci persi ci eravamo ritrovati, era già capace di aprirmi una voragine al centro esatto del petto.

Non era ancora il momento di pretendere certezze e questo mi destabilizzava sopra ogni cosa.

Tutto fluttuava nella nebbia dell'incertezza tranne una semplice constatazione: la sua persona era già, per me, cosa necessaria e irrinunciabile.

Non potevo più accettare che tutto ciò che ci aveva riguardato potesse essere confinato a qualche lettera e a poche ore, che non ci sarebbe stato concesso nessun tempo, nessun luogo, oltre a quelli di cui già avevamo goduto.

Che anche lui temesse l'arrivo dell'alba lo capii dalle malinconiche pause di silenzio che cominciarono a insinuarsi tra una carezza e l'altra.

Entrambi sapevamo che di lì a poco il canto dell'allodola sarebbe giunto a spezzare il nostro tentativo di felicità.

La mia fronte sentiva il calore delle sue labbra, senza neanche accorgercene ci eravamo avvicinati a tal punto da condividere i sospiri.

Tenevo il mento saldo, puntato verso il basso, sapevo che, se lo avessi alzato e le nostre bocche si fossero incontrate, non ci sarebbe stato più ritorno, avrei abbracciato la gioia più grande firmando anche la più logorante delle maledizioni, ché, se poi le nostre strade si fossero separate, quel vuoto io proprio non lo so come l'avrei colmato.

Quando era successo tutto quanto? Come ero passata dall'essere una ragazza libera e spensierata, alle prese con un semplice corteggiamento amoroso, a questo stato di dipendenza assoluta e viscerale dalla sua presenza nella mia vita?

Me ne vergognavo intimamente, speravo di riuscire a mascherarla dietro qualche risposta ambigua e misteriosa, che creasse almeno a parole quel velo di incertezza che ci rende desiderabili in amore.

Ma per il mio cuore, di incertezza, proprio non ve n'era affatto.

Sospirai per cercare di esorcizzare la paura, lui se ne accorse e mi prese il viso fra le mani, accompagnandolo verso l'alto, fino a che i nostri profili non combaciarono alla perfezione.

Sdraiati su quel letto, in quella stanza, mi piace pensare che eravamo come il vaso di Rubin, due profili distinti che per una strana illusione ottica sono però anche i margini di un'unica e indivisibile figura centrale.

Ce lo stava dicendo anche Edgar, proprio chiaro e tondo, che eravamo sì due cose, ma poi, per fortuna e per forza, anche una sola.

Ebbi giusto il tempo di inumidirmi le labbra stanche da ore di ininterrotto articolare, prima di essere travolta da un bacio che non avrei più dimenticato.

Lo sentii rimbalzare dalle labbra alla schiena, dalla schiena al bacino travolgendo ogni terminazione nervosa, fino a che non provai un completo senso di estraniazione.

Non avevo quasi più controllo del mio corpo, che poi era diventato il suo, e speravo che anche lui, come me, pensasse che da quell'intreccio non ci sarebbe voluto uscire mai più.

Non so spiegare perché, quella notte, questo bacio fu l'unico rischio che fummo disposti a correre, ma forse la ragione, sebbene tacita, era chiara a entrambi: le cose belle e sconvolgenti e amate hanno bisogno di essere processate un poco per volta, non tutte insieme, poiché vantano un peso specifico prezioso e rischi poi di non saperla mica gestire tutta, quella contentezza.

Alle prime luci dell'alba, scoperti e travolti da una realtà fatta di impegni e scadenze con cui fare i conti, mi accompagnò alla macchina in silenzio.

Tenevamo la tristezza conserta, provando comunque a salutarci fingendo di non avere un macigno sul cuore.

Nessuno parlò di domani, di rivederci, di risentirci, nessuno si azzardò a formulare teorie o a predire scenari possibili a quella che per ora ci sembrava una di quelle foto a cui serve tempo per svilupparsi: all'inizio è opaca e confusa perché i colori stanno ancora capendo come reagire, sconvolti dall'ingrediente chimico che li ha scombussolati tutti quanti.

«Non mi hai più detto se alla fine ti è piaciuto il concerto» mi disse agganciandomi un braccio prima che io salissi in macchina e le nostre strade si dividessero chissà per quanto tempo.

«Dovresti chiederlo al barista, lui ha ascoltato il mio commento tecnico molto volentieri» risposi sorridendo e simulando un risentimento non del tutto svanito.

Mi cinse entrambi i fianchi tirandomi di colpo verso di lui e mi baciò prima ancora che potessi dimostrarmi capace di mantenere il punto.

«Puoi dire al barista» mi sussurrò all'orecchio «che lo ringrazio molto per averti fatto compagnia mentre io rischiavo di rovinare tutto, ma che da adesso, se tu sei d'accordo, me ne occuperei io di raccogliere i tuoi commenti tecnici, anche dovessi ascoltare la telecronaca di una partita a briscola.»

Sorrisi colorandomi in viso e fuggendo il suo sguardo, osservai le punte delle nostre scarpe alternarsi bianche e nere, come i tasti di un pianoforte.

«Sei d'accordo?» incalzò.

«Sono d'accordo.»

11
Superpoteri

Arrivata sotto casa di Olivia, citofonai.
Il nuovo androne aveva ampie colonne di marmo che circoscrivevano un cortile interno curato nei minimi dettagli dall'anziana custode.
«Deve incontrare qualcuno?» chiese lei con sospetto, pronta a difendere il suo regno a spada tratta.
«Buongiorno, signora, salgo al secondo piano, sono un'amica di Olivia, si è trasferita qui da poco.»
«Ah, sicuro! La ragazza del secondo piano! Tanto cara! L'altro giorno mi ha dato una mano a spostare i vasi con le piante grasse! Prego mi segua, le faccio strada.»
Mi accompagnò di fronte alle porte dell'ascensore e mi spiegò il percorso con così tanta cura che non ebbi il coraggio di dirle che in realtà io in quel palazzo c'ero già stata, una volta, senza averla però incrociata.
«Voglio sapere tutto» disse Olivia accogliendomi sull'uscio.
Tempo di un rapido bacio sulla guancia ed eravamo già in cucina a chiacchierare della serata appena trascorsa.
Sedute con le gambe alzate sul tavolo, sfruttavamo le comodità che il pingue patrimonio della proprietaria di casa ci aveva messo a disposizione, bevendo l'unica cosa scadente che fosse mai entrata dalla porta d'ingresso: il vino bianco da tre euro che avevo comprato poco prima al supermercato sotto casa.

Olivia era finita ad abitare nel pieno centro di Milano perché l'attuale proprietaria di casa, un'anziana signora di nome Amelia, era stata una cliente del suo studio legale, e la sua causa era stata vinta dopo cinque anni di dura battaglia.

Olivia, che all'epoca era ancora praticante, aveva seguito solo gli ultimi sviluppi di quella sequela di udienze, ma lo aveva fatto con così tanto impegno e dedizione che Amelia si era affezionata a lei moltissimo, e quando aveva saputo che stava cercando una casa più grande in affitto le aveva offerto la reggia dove ci trovavamo quel pomeriggio.

Duecento metri quadri a due passi dal Duomo, in cambio di un canone modesto e della cura della foresta amazzonica che la signora Amelia aveva deciso di piantare sul terrazzo.

Le raccontò che quella era una casa che aveva comprato per suo figlio prima che lui si trasferisse a Berlino, e ora, diceva lei, senza nessuno che ogni tanto la vivesse e aprisse le tapparelle, temeva che prima o poi i ladri ci sarebbero entrati trafugandone i tesori.

Per quanto Olivia non avesse certo il pollice verde, l'idea di pagare un affitto irrisorio per una casa con tre bagni e un tavolo da dodici persone in salotto, in cambio di un'alzata di tapparelle e di una potatura ogni tanto, le sembrò uno sforzo che francamente non vedeva l'ora di sobbarcarsi.

Ecco spiegato come mai, in quel tardo pomeriggio di settembre, stessimo bevendo del vino bianco da quattro soldi su un tavolo decorato con un mosaico di maioliche siciliane dipinte a mano.

«Be', ma quindi? Come siete rimasti?» mi chiese accendendosi la sesta sigaretta da quando ero arrivata.

Se c'è qualcosa che preoccupa Olivia io lo capisco sempre da quante sigarette fuma.

Quando è serena, nei giorni normali dico, ne accende al massimo quattro, anche se il più delle volte, a essere onesti, ne accende due.

È raro che arrivi a quattro.

Diciamo che se ne accende una media di tre al giorno, ma ogni tanto capita pure che non ne fumi nessuna.

Quando invece le cose prendono una piega mica tanto bella, se ci sono pensieri e fatiche, la vedo che spegne e accende, senza farci troppo caso, ma sempre col sorriso perché a lei non è mai andata a genio l'idea che qualcuno potesse leggerle la malinconia nelle pieghe del viso.

Le è sempre piaciuto di più capire che essere capita, come se consolare il prossimo fosse una medicina anche per la sua, di tristezza, e trovando le parole più giuste per cucire le ferite degli altri, questa gentilezza, a fine giornata, curasse un po' anche le sue.

Quel pomeriggio, però, nelle mie parole non c'era alcun dolore da arginare, aveva ascoltato il racconto della mia notte appena trascorsa con Leandro mostrando la genuina felicità che si prova a veder star bene qualcuno a cui si vuol bene.

Quindi dovevo trovare strade alternative per scoprire che cosa le avesse fatto già accendere tutte quelle sigarette.

Presi tempo continuando a commentare i fatti miei, nella speranza che questi potessero traghettarmi sulla sponda dei suoi.

«Non siamo rimasti in alcun modo, Olli» risposi giocherellando col posacenere sul tavolo, «per lo meno nessuno ha ancora sollevato la questione, credo che entrambi aspetteremo di capire come andranno le cose.»

«Ma guarda che non stiamo parlando di una malattia» disse animata, «le cose andranno come voi vorrete farle andare. Tu come vorresti che andassero?» chiese poi sciogliendosi il piccolo chignon che ora, da quando le erano cresciuti un po' i capelli, riusciva a raccogliersi in cima alla testa.

«Non lo so. Posso dirti che io una persona così non l'ho mai incontrata, di questo sono piuttosto certa. Sono stata completamente catturata da qualcuno che fino a tre mesi fa era solo uno sconosciuto con cui avevo parlato cinque minuti alla fine di un concerto» dissi gesticolando più del dovuto. «Sono felice, ma inizio ad avere paura, sento che mi sta sfuggendo il controllo della situazione e sinceramente non so quanto questo sia un bene.»

Lasciai che fosse il silenzio a decidere se avessi o meno

ragione e le confessai quello che in realtà era stato il mio pensiero fisso da che avevo salutato Leandro, quella stessa mattina.

«Fosse per me, partirei oggi stesso per Firenze o dove si trova lui adesso, ecco come vorrei fare andare le cose. Però poi va a finire sempre che sbaglio qualcosa, sono troppo impulsiva e non voglio rischiare di forzare la mano, devo prima capire che cosa prova lui, che cosa pensa di noi.»

«Bene, mi sembra già un buon punto di partenza. Almeno una di noi sa quello che vuole» disse Olivia finendo il sorso di vino bianco che si era appena versata.

La rassegnazione con cui pronunciò l'ultima frase mi fece capire che quello era il ponte che stavo aspettando, era sicuramente successo qualcosa che l'aveva incupita ma di cui non mi aveva ancora parlato.

«In che senso?» chiesi prendendola alla larga, lasciando fosse lei a decidere se aprire o meno l'argomento.

«Ieri mi è arrivato un messaggio da Federico» rispose sbrigativa.

Tutto mi aspettavo, meno che quella notizia.

Federico era il fantasma che perseguitava la vita amorosa di Olivia.

Si erano conosciuti il primo anno di università, lui frequentava il corso di Lettere moderne le cui lezioni, all'epoca, si svolgevano nella stessa sede di Giurisprudenza.

Per questo motivo capitava si incrociassero spesso nei corridoi e, dopo un corteggiamento spietato e paziente, Federico era riuscito a strapparle un appuntamento.

Tra loro due nacque subito un'intesa travolgente e per loro, pur conoscendosi da poco, stare insieme divenne naturale e necessario, come qualcosa cui si è abituati da sempre.

La loro complicità era innegabile, avevano le stesse passioni, condividevano gli stessi interessi, amavano l'uno i gusti dell'altra e reciprocamente ne comprendevano i limiti.

Tutto sembrava giocare dalla loro parte, tranne l'unica cosa su cui non si detiene un reale potere: il tempo.

Dopo qualche anno Federico aveva iniziato a sentire il

prurito tipico della giovinezza, quello che ti tormenta di notte con dubbi e interrogativi cui non sai dare risposta, che subdolo ti convince di essere intrappolato in un destino immobile, quando invece i vent'anni, per definizione, reclamano la possibilità di essere mutevoli.

Così i suoi abbracci si fecero sempre più rari, iniziò a essere scontroso e spesso infastidito recriminando a Olivia colpe che non aveva, conseguenza diretta del suo bisogno di risposte rimasto insoddisfatto.

Anche lei, di riflesso, si allontanò gradualmente.

Io penso lo fece per difendersi da un dolore che sarebbe stato insopportabile da gestire tutto in una volta.

Non riconosceva più la persona di cui si era innamorata e questa nuova presenza era per lei motivo di malumore.

Erano insofferenti insieme, ma spaventati da soli.

Ci misero parecchio tempo per decidere di salutarsi, e questo in parte logorò il loro ultimo periodo insieme.

Sentivano il bisogno di cambiare aria, di cambiare strada e inaugurare nuovi progetti individuali, che non contemplavano necessariamente la presenza dell'altro.

In questa separazione c'era stato un groviglio di malinconia e presa di coscienza, lasciarsi il loro amore alle spalle non è stata una scelta facile, ma al contempo sapevano entrambi fosse l'unica che potessero prendere.

Forse un giorno si sarebbero rincontrati, però in quel momento avevano bisogno di separarsi, questo fu quello che le disse Federico prima di scomparire dalla circolazione.

Per anni non si erano più visti né sentiti, coerenti con le loro scelte e consolati dall'entusiasmo di scoprire cosa avrebbero riservato loro gli anni più belli della vita di tutti.

Poi, come un vecchio orologio che inizia a perdere colpi, che rimane indietro di due minuti al giorno ogni giorno, Federico era riapparso a tempi alterni, epifanie sporadiche senza uno scopo preciso se non quello di portare scompiglio nella vita di Olivia.

Per quanto le loro strade si fossero separate per volontà comune, era rimasto come un filo, sottile ma resistente, che avevano scelto di non tagliare e di lasciare che si srotolasse nel tempo, affinché il primo tra loro che si fosse sentito Arianna avrebbe saputo come uscire dal labirinto per tornare tra le braccia dell'amato.

La verità è che nessuno aveva mai avuto il coraggio di ammettere questa reciproca dipendenza.

Federico era apparso ogni tanto, seminando chiamate e messaggi che non avevano mai portato da nessuna parte, Olivia li aveva incassati fingendo indifferenza, ma io avevo assistito ogni volta alla sua speranza scolorire in delusione.

Anche gli uomini che aveva frequentato dopo di lui, per quanto ce ne fossero stati di seri e innamorati, mi avevano sempre dato l'impressione di essere stati scelte passeggere, compagni momentanei che riempivano a loro modo l'attesa. Tra questi anche Matteo.

Per questo motivo sapere che Federico era ricomparso mi preoccupava molto, sapevo che c'erano tutte le premesse per un nuovo nulla di fatto che si sarebbe rubato un altro pezzo della spensieratezza di Olivia.

«Cosa ti ha scritto?» domandai per capire subito come regolarmi.

«Che gli è stata offerta una supplenza di un anno per sostituire un'insegnante in maternità. Sarà la sua prima classe e ha detto che gli sembrava una cosa importante, da condividere con una persona importante.»

Sospirò. «Insegnare è sempre stato il suo sogno, sono contenta che alla fine ci sia riuscito.»

«Io non sapevo neanche che si fosse laureato, fai te. Cosa hai risposto?»

«Non ho risposto.»

«Ma hai intenzione di farlo?» continuai.

«Massì, certo, più tardi gli risponderò qualcosa. Tanto poi ripiomberà nel classico silenzio stampa, lo sai, sempre il suo solito circo!»

Lo disse ridendo, ma mentre mi rispondeva si era alzata dalla sedia e aveva iniziato a rassettare il tavolo.

Era una cosa che faceva spesso quando era nervosa.

Anche se non era necessario, anche se non c'era nulla che fosse davvero in disordine, lei iniziava a spostare e ammucchiare tutto ciò che le si trovava davanti.

La prendo sempre in giro, le dico che aver lavorato dieci anni come cameriera in tutte le caffetterie di Milano ha allenato il suo cervello a reagire allo stress con il riordino compulsivo.

Riconsegnare le cose al loro posto originario, per lei, è un modo di riordinare anche il caos che le abita i pensieri.

«Ma tu pensi che questa volta abbia intenzioni diverse?» domandai sapendo che, anche se lo avesse pensato, non lo avrebbe mai ammesso.

«Ma che intenzioni diverse, di intenzioni non ne ha proprio. Lo sai che ogni tanto deve fare queste uscite teatrali, è nella sua natura. Ma non significano nulla.»

«Questo lo scopriremo quando gli risponderai.»

«Non c'è niente da scoprire, Marta.»

Per quanto volessi bene a Federico, che aveva solo avuto la colpa di aver incontrato Olivia nell'età sbagliata, non digerivo molto questo suo modo di fare.

Le sue apparizioni erano state sempre fumose e ballerine, i suoi intenti poco chiari così come i sentimenti che aveva conservato per Olivia nel corso degli anni.

Avrebbe fatto bene a raccogliere le idee una volta per tutte, capire in quale direzione andare e affrontare le conseguenze di petto.

Invece dondolava tra passato e presente, come se il cuore gli suggerisse un sentiero, ma le gambe ne seguissero un altro.

E questa sua indecisione perenne era un pendolo che sfiorava la vita di Olivia a tempi alterni, un piccolo tocco, leggero ma costante, che le impediva di andare avanti pur senza chiederle di rimanere.

Dietro la smorfia forzata che Olivia indossava quando voleva dimostrare di essere ormai impermeabile alle apparizioni di Federico, si annidavano multipli strati di malinconia.

D'un tratto s'era fatta triste come quando si è tristi senza volerlo far vedere.

Le si erano induriti i tratti, lo sguardo aveva preso a nascondersi tra i suoi piedi prima, e verso la finestra dopo, mai sostenuto e dritto, sempre rapido e sfuggente, al riparo da una completa disfatta emotiva.

La guardavo torturarsi il ciondolo che portava al collo, era il quarzo rosa che le avevo regalato per un compleanno, sperando che gli antichi egizi avessero ragione nel credere fosse una pietra nata per proteggere gli animi puri dalle ferite amorose.

Circa seimila anni dopo avrei proprio voluto dire loro che si sono sempre sbagliati, che le pietre sono solo pietre e che non esiste amuleto in grado di cambiare le cose.

Quell'articolarsi nervoso di mani intorno alla sua catenina mi fece tornare in mente quando da piccola mi interrogavo sui superpoteri.

Mi ricordo di una volta, ero in macchina col mio babbo ed ero ancora molto piccola, gli chiesi se lui che ormai era vecchio – ché per una bambina, si sa, a quarant'anni sei un highlander –, se lui, che di vita ne aveva vissuta parecchia, avesse mai scoperto di possedere un superpotere.

Glielo chiesi solo per dargli la possibilità di smentirmi, perché io invece già lo sapevo che non tutti erano fortunati come me, che a sette anni già lo avevo scoperto, il mio.

«Sai, papà» gli dicevo, «se chiudo gli occhi, io riesco a vedere quello che vedono gli altri, il loro punto di vista, dico, faccio tutto nella mente, mi metto al loro posto e so vedere con i loro occhi proprio quello che i loro occhi stanno guardando.»

«È un bellissimo potere» mi rispose papà. «È molto importante, sai, riuscire a mettersi nei panni degli altri, perché, anche se si guarda insieme e magari anche nella stessa direzione, non è matematico che tutti si veda per forza la stessa cosa.»

Quel giorno non è che capii molto cosa intendesse dire papà.

Io, col senno di poi, credo gli stessi solo dicendo, a mio modo, che avevo una fervida immaginazione e mi riusciva facile metterla in pratica.

Però quel pomeriggio, con Olivia, mi sarebbe piaciuto averlo per davvero quel potere che diceva papà, di entrare negli occhi degli altri.

Avrei voluto vedere attraverso i suoi per capire come mai lei non vedesse ciò che a me, invece, sembrava così chiaro.

Mi sarei messa subito di fronte a uno specchio cercando di trovare l'errore nel suo riflesso, quella falla che non le permetteva di vedere la persona meravigliosa che invece io vedevo benissimo, tutti i giorni, accanto a me.

Io credo che, in quell'immagine riflessa, lei continuasse a vedere una donna che era stata amata una volta e una soltanto, tanti anni prima, prima che il tempo le dimostrasse l'irripetibilità di quella circostanza.

Per darsi ragione, sceglieva di proposito uomini che nella loro insipida trasparenza non avrebbero fatto altro che confermare la maledizione a cui pensava di essere condannata: temporeggiare nel presente aspettando un ritorno del passato.

Soffriva del fatto che non la amassero, senza chiedersi se per lei quel loro sentimento avrebbe avuto un vero valore o non sarebbe stato altro che un riempitivo momentaneo per evitare di perdersi nella solitudine dell'attesa.

Quel pomeriggio, che poi alla fine era diventato sera, mi promise che avrebbe scritto a Federico cercando di rispondere una volta per tutte alle domande che gli impedivano di farsi avanti in modo convinto, se mai ce ne fossero state.

Per cena, con l'intento di distrarla un po', le chiesi di cucinarmi gli gnocchi al pomodoro: prepararli freschi, negli anni, era diventato il suo cavallo di battaglia.

Quando glieli chiedo brontola sempre, dice che non ha tempo e che se prendiamo una pizza facciamo prima.

Però poi, ogni tanto, torna prima dal lavoro e si mette a lessare le patate, ci mischia la farina, aggiunge un po' di sale e prepara le porzioni.

Quando le sembra che sia pronto, prende una forchetta e ne infilza un paio, ci soffia sopra, me li passa e fingendosi tranquilla dice: «Senti se van bene».

Allora succede che li prendo, li assaggio e, quando poi le dico che sono buonissimi, io, al sorriso che le viene fuori, vorrei proprio farci una foto.

Questo perché Olivia, a ben vedere, non ha mai saputo cucinare.

Quando andavamo al liceo mi chiamava per sapere se il sale nell'acqua dovesse metterlo prima o dopo che bollisse e poi non contenta, dopo aver messo giù il telefono, mi richiamava per sapere se il coperchio della pentola fosse essenziale per una buona cottura della pasta, visto che lei, ne era certa, di quell'unica pentola in suo possesso il coperchio non lo aveva mai avuto.

Con queste premesse si capisce bene come mai, negli anni, abbia preferito allenare il pollice nella conferma della consegna a domicilio piuttosto che gli avambracci nella stesura della pasta col matterello, ma nonostante tutto qualche asso nella manica aveva deciso di nasconderlo.

Uno di questi – due in totale – sono proprio gli gnocchi.

Olivia, come previsto, maledisse ogni sillaba di quella mia richiesta, ma in realtà sono sicura fu contenta di dimostrarmi che ormai era cresciuta e aveva capito che il sale andava messo quando l'acqua arrivava a bollore e che i coperchi aveva ragione il diavolo a non metterli affatto, sopra le pentole, perché tanto non servivano a un tubo, ma soprattutto che alla fine, a prescindere da sale e coperchi, se si impegnava, le cose le uscivano bene e lei voleva darmene prova.

Dopo cena ci salutammo con un lungo abbraccio, silenzioso ma eloquente, attraverso cui sperai che i nostri corpi potessero seguire il principio dei vasi comunicanti: se all'interno di due o più contenitori che comunicano tra loro è presente una certa dose di felicità, la mia, in presenza di gravità questa raggiunge lo stesso livello in entrambi, dando vita a un'unica superficie equipotenziale, la nostra. O almeno questa è l'interpretazione che mi piace dargli.

Tornai a casa in taxi, un lusso che mi concedevo raramente.

Ne ho presi così pochi, nella mia vita, che ancora se ci salgo mi capita di provare imbarazzo.

Ho paura che mi si legga in faccia che sono un'imbrogliona, che di solito mi muovo con la metropolitana e non so bene come ci si comporti, che quasi avrei la tentazione di chiedere all'autista se mi posso sedere davanti con lui, così, per fargli compagnia.

Nei pochi minuti di quel viaggio verso casa, stringevo il telefono fra le mani, speravo che la casella di posta potesse contenere qualche risposta in grado di sedare, almeno in parte, la rivolta di domande che teneva in ostaggio la mia mente.

Avevo resistito alla tentazione di controllare fino a quel momento perché non volevo prestare il fianco a distrazioni.

Olivia si meritava ogni mia possibile attenzione ed ero sicura che se avessi sbirciato un nuovo messaggio di posta non avrei resistito all'impulso di aprirlo e rispondere immediatamente.

Eppure, quando finalmente ebbi l'occasione di dare concretezza alle mie speranze, tentennai.

Guardavo scorrere fuori dal finestrino una Milano deserta e rilassata, volevo godermi quegli ultimi istanti di piacevole incertezza.

Una volta mi è capitato di dirmi, tra me e me, che, se con le attese non ci avevo mai stretto una vera amicizia, era perché la loro natura mi ricordava il paradosso di Schrödinger.

Nella loro dimensione sospesa, infatti, le attese possono celare grandi felicità come profonde tristezze, tutte possibilmente vere nello stesso momento e a me questa incertezza non è che sia mai andata molto a genio.

Con il tempo però ho cambiato idea, ho pensato che invece un po' mi piace abitare nella scatola del gatto, dove le cose ancora fluttuano in potenza, sgravate dal peso dell'atto.

Mi dico che se per una volta andassero come me le sono immaginate, le cose della mia vita intendo, sarebbe proprio bello, anzi bellissimo.

Perché quando poi scopri che tutto è andato storto, se tutto è andato storto, non è che puoi più tornare indietro, non puoi più riprovare quella sensazione di pancia leggera e animo spensierato: l'attesa di conoscere come andranno le cose è un momento prezioso e irripetibile, che forse solo col tempo si impara davvero ad apprezzare.

Varcato il cancello d'ingresso mi ero seduta in giardino sulla panchina che il condominio aveva da poco sistemato vicino alle rose.

Soffiava un vento tiepido di fine estate, i grilli scandivano il ritmo del silenzio e il profilo del prato brillava argentato del riflesso di una luna crescente.

Chiusi gli occhi e presi un bel respiro, quella notte aveva l'odore di terra appena annaffiata e di aghi di pino, tornai per un attimo con la mente alla serata passata, un'onda di calore mi pervase la schiena.

In quel momento pensai che, se anche aprendo la posta non avessi visto alcun messaggio da parte di Leandro, comunque quello sarebbe stato un momento felice che difficilmente avrei dimenticato.

Poi mi decisi, inserii il codice di sblocco e mangiata dall'ansia aspettai che la pagina si aggiornasse.

Un nuovo messaggio.

Cara Marta,
lo so, avrei potuto scriverti qualcosa sul telefono, avrei potuto dimostrare tempestività, brillantezza emotiva, magari anche un po' d'abilità tecnologica, lo so, eppure ho aspettato: non volevo rompere il fragile schema che ci ha fatti incontrare.

Ieri sera ti ho guardata entrare dentro quella tua vecchia Volkswagen grigio metropoli, ti ho ascoltata girare le chiavi, mettere in moto, far manovra e lanciarti verso quelle buie strade di cemento che poi, dopo poco, t'hanno portata lontano, in un luogo che ancora non conosco e dunque fatico a immaginare, ma dove sono comunque sicuro che preferirei essere ora.

È stato faticoso vedere la distanza abbattersi sul nostro timido tentativo di superarla, una risacca violenta che si è trascinata via il tuo viso.

Poi, come non fosse già abbastanza duro saperti andare via, ho dovuto fare i conti con le scadenze della realtà: mi sono rim-

bombate nelle orecchie sveglie di un cellulare che avevo completamente rimosso dalla mente, chiamate di un tour manager che si accertava fossi pronto a partire per città lontane, quando l'unica cosa che ero certo, invece, d'esser pronto a fare era rimanere accanto a te.

E poi furgoni, autostrade, autogrill, caffè con cioccolatini in offerta, cessi sporchi e chilometri d'asfalto, occhi pesanti, lontananza e malinconia.

Sì, malinconia.

Mi domando, si può già provare?

Dopo una notte, una sola, si può già vivere una separazione in modo così complesso e doloroso?

Aiutami a capire, Marta cara, ché sono senza sonno e senza forze.

Mi sembra tutto così bello e fugace che fatico a crederlo possibile.

Sono io? Siamo noi? C'è un noi? E se non c'è ancora, pensi ci potrà essere?

Ho pensato molto a cosa scriverti oggi, ho pensato principalmente al fatto che se il mondo fosse giusto tu saresti qua e avresti deciso, come ho follemente deciso io, che dovremmo stare insieme per un quantitativo di tempo che va da "appena ho un minuto" a "il più possibile", indipendentemente dai luoghi di nascita, dalle nostre vite complesse, dagli esami, dal futuro.

Mi piacerebbe molto se venissi qui a trovarmi quando il tour sarà finito, anche solo pochi giorni, per esempio dal 5 al 7 ottobre, con il treno delle 17.00.

Vorrei far conoscere, a quel tuo viso affettuoso che spero presto di rivedere, i luoghi che mi hanno tenuto compagnia in questi mesi dove le parole hanno cercato di accorciare le distanze. È già tutto pronto, devi solo volerlo.

Pensi che verrai? Io lo spero tanto.

L.

12
Guazzabugli di sogno

La mattina del 24 agosto del 2000 avevo dieci anni e molta paura.

Rannicchiata sul cocuzzolo di uno scoglio dell'isola d'Elba, fissavo l'acqua quattro metri più in basso sperando di trovare, fra le onde del mare, il coraggio di tuffarmi.

Ho sempre avuto poca confidenza con le altezze, questo è sicuro.

Non ci eravamo mai affrontate in modo diretto, tra di noi vigeva un tacito accordo per cui si fingeva di non vedersi, ci si evitava con elegante diffidenza.

Quel giorno, però, il mio orgoglio di unica rappresentante del partito femminucce, in una compagine di abbonati alle Bull Boys, strinse un patto di non belligeranza con la mia paura: non è che la volesse sfidare a viso aperto, però iniziò a parteggiare per le onde, cercando di convincere il tremolio delle mie ginocchia a prendersi una pausa e lasciare che queste potessero distendersi coraggiose e lanciarsi nel vuoto.

Chi, tra i miei amici, aveva già dimostrato il proprio valore con qualche spanciata sopportata in eroico silenzio, provava a scollarmi le piante dei piedi da quel pezzo di roccia, ma nessuna parola di incoraggiamento sembrava sortire alcun effetto.

Le vertigini erano incontrollabili.

Continuando a tenere lo sguardo fisso sulla superficie del mare, vagliavo ogni possibile rischio: una distanza mal calcolata che mi avrebbe fatto scontrare sulla roccia, un impatto troppo violento, magari con le piante dei piedi, che avrebbe potuto inficiare le mie caviglie, una paura così grande da sopportare, per il cuore, che si sarebbe potuto stranire, reagendo in modi inaspettati.

Ogni variabile presa in considerazione aggiungeva un sassolino al piatto della ritirata.

Nella mia visione delle cose, la soddisfazione di poter dire di avercela fatta da sola non era minimamente in grado di scongiurare la mia tentazione di resa incondizionata.

Mi riusciva difficile credere che lanciarmi da quella roccia fosse cosa sicura e divertente, così come sentivo gridare dai più coraggiosi che erano già planati.

Quindi, con grande attenzione e movimenti contratti, tornai indietro, scesi da quello scoglio nemico pronta a convivere, da quell'estate in avanti, con l'onta della sconfitta.

Non ero riuscita a saltare, la mia innata vocazione per la prudenza aveva ostacolato quel tuffo nel vuoto lasciandomi addosso un'amara avversione per tutto ciò che fonda la sua attrattiva nell'accettazione del rischio.

La mattina del 5 ottobre del 2015, invece, di anni ne avevo venticinque, ma la paura era rimasta identica.

Mentre fissavo il biglietto del treno che facevo scorrere, liscio, tra indice e medio, mi sentivo di nuovo rannicchiata su quello scoglio, indecisa se lanciarmi o meno, senza però vedere, questa volta, se alla fine del salto ci sarebbe stato il mare.

Forse era quello il riscatto che stavo aspettando, dopo quindici anni potevo prendermi una personale rivincita, accettare l'invito di Leandro senza riflettere troppo su quale atterraggio avrebbe fatto più male o quale danno avrei provocato alle pareti del cuore in caso di disfatta.

Solo una bella spinta convinta.

Quella volta non ci sarebbe stato ingresso favorevole in grado di attutire la caduta se qualcosa avesse tradito le aspettative.

Il mio, in quel momento, era un atto di fede: partire e passare tre giorni pieni insieme a Leandro accettando la possibilità che potesse diventare il più bel tempo della mia vita così come un completo disastro, oppure scegliere di non andare affatto e aspettare di avere più elementi a disposizione per scongiurare una possibile fregatura.

Leandro mi stava chiedendo di tuffarmi a scatola chiusa, bendata e senza salvagenti o fischietti per chiamare aiuto.

Io, tradendo l'istinto che aveva guidato tutte le mie scelte fino a quel giorno, non vedevo l'ora di lanciarmi.

Anche se cercavo di analizzare criticamente la situazione, da quando avevo letto la sua ultima mail io non avevo mai dubitato, neanche per un solo istante, che avrei fatto di tutto per raggiungerlo.

Volevo che quei giorni di ottobre arrivassero quanto prima, desideravo passare con lui più tempo possibile e non chiedevo altro che perdermi nelle promesse di abbracci che avevano smussato gli angoli appuntiti dei giorni trascorsi lontani.

All'epoca vivevo ancora con i miei genitori.

Mentre infilavo un paio di mutande e una maglietta pulita nello zaino che avevo deciso di portare come unico bagaglio, pensavo a come giustificare, più a mamma che a papà, la mia assenza per le notti successive.

Mamma è sempre stata una donna poliedrica: dal nonno ha ereditato una buona dose di praticità, dalla nonna una riserva d'amore per i figli che dire quanto sia grande proprio non ci si riesce, e da entrambi, credo io, il suo essere ansiosa e apprensiva.

Lei non ce la fa mica a non agitarsi, quando si fa tardi e noi figli, magari, non siamo ancora rientrati, è tutta un andare avanti e indietro e presagire i più funesti avvenimenti.

Papà pure ci vuole un gran bene, ma riesce a controllare meglio le sue preoccupazioni, che tanto ad agitarsi, pensa lui, c'è già la mamma.

Questo perché il babbo, alla nostra età, non aveva il permesso di fare quasi nulla che non fosse studiare, lavorare e aiutare la nonna a sbrigare qualche commissione.

Il nonno, infatti, uomo leale e austero che all'educazione militare sentiva di dovere tutto, non gli concedeva di perdere tempo in altre futili occupazioni.

Babbo ha ereditato dalla nonna un animo puro e gentile, ha sempre rispettato le regole imposte e rimandato a giorni futuri la propria razione di spensieratezza.

Per questo quando è diventato medico, e poi anche papà, si è ripromesso che i figli li avrebbe lasciati liberi di correre alcuni rischi, diciamo almeno una parte di quelli che mia madre non riusciva ad accettare.

Così noi fratelli, ogni tanto, abbiamo pensato che dire solo al babbo la verità sui nostri movimenti ci avrebbe concesso qualche scappatoia.

«Stasera vado a ballare con Olivia» gli confessavo. «Però non dirlo alla mamma, perché a lei ho detto che andiamo al cinema e che poi dormiamo a casa sua, se no si preoccupa.»

Lui mi faceva l'occhiolino, mi diceva: «Va bene però state attente, mandami un messaggio quando siete a casa e se bevi più del dovuto lascia lì la macchina e chiamami, vi vengo a prendere io, anche se è tardi».

E non lo diceva così per dire, perché quante volte in pigiama, nel cuore della notte, per venire a prenderci è uscito davvero.

Così facendo mamma dormiva tranquilla, graziata da un genetico sonno pesante, papà un po' meno, ma avevano trovato un certo equilibrio e questo compromesso sembrava funzionare.

Quel giorno, prima di prendere il treno, mandai un messaggio alla mamma dicendole che sarei andata a trovare una mia vecchia amica che dopo il liceo era andata a vivere con la nonna nella campagna umbra.

A babbo, invece, scrissi: "Sto partendo, raggiungo un ragazzo con cui sto cercando di capire come stanno le cose, staremo insieme qualche giorno e poi vedremo, ti lascio il suo numero ma non usarlo, è solo per le emergenze. Non dirlo alla mamma se no si preoccupa".

Mancavano poche ore alla partenza, nel riflesso dello

specchio cercavo risposte su cosa indossare, cosa avrebbe preferito Leandro tra i pantaloni neri strappati che per i troppi lavaggi s'erano fatti grigi e il vestito lungo verde bottiglia, stretto in vita, che era rimasto il mio preferito anche se negli ultimi tempi non lo riempivo più come una volta?

Quell'anno lavavo i pantaloni una volta al giorno, sperando si stringessero e potessero calzarmi giusti, senza esubero di tessuto, e anche in quella circostanza mi ero premurata di metterli in lavatrice per poi asciugarli con il phon, l'unica tecnica adottabile se li si vuole indossare subito non beneficiando di un'asciugatrice.

Ero visibilmente dimagrita, avevo un colorito grigiastro con cui chi abita in città ha imparato a convivere, e il lato interno del pollice destro impietosamente bersagliato dal mio nervosismo, che a furia di grattare via le pellicine mi si era formato il callo.

Ero molto agitata, lo ricordo bene, non sapevo cosa aspettarmi, di lui avevo solo il ricordo di una sera di fine estate e un numero indefinito di parole cucite insieme dal filo del desiderio.

Ben poca cosa, forse, per buttarsi a capofitto.

Presi lo zaino, le cuffie, una felpa in caso di aria condizionata e scesi di corsa a prendere il pullman per la Stazione Centrale.

Vivevo una strana sensazione: da una parte non vedevo l'ora di arrivare a Perugia e dare forma ai miei desideri, dall'altra mi sforzavo di ignorare un timore latente che aveva tutta l'aria di un "te l'avevo detto" pronunciato da chi ti vuol bene, come a dire che non poteva esser tutto così bello, c'era per forza da qualche parte un'incrinatura.

Successe una cosa strana: seduta sul sedile del pullman, pensai che mi sarei voluta ricordare per sempre di quel preciso momento, di quell'eccitazione che poi non sai mai come spiegare.

Volevo che il mio cervello registrasse quell'istante e lo custodisse chiaro nello scrigno dei ricordi preziosi.

Così è successo, in effetti, che, se di questa storia alcuni passaggi si sono offuscati nel tempo, di quel viaggio sul pullman io non ho mai faticato a ripercorrere ogni singolo istante.

Siccome costava meno, optai per un regionale veloce anche se di veloce ebbe solo la capacità di farmi pentire di non aver preso la macchina.

Il viaggio durò sei lunghissime ore che passai quasi per intero a immaginare come avremmo trascorso quei pochi giorni insieme.

Ero curiosa di scoprire dettagli su cui non avevo mai riflettuto davvero, volevo fare indigestione di immagini e particolari irrilevanti come conoscere l'odore della sua casa, scoprire cosa fosse solito mangiare per colazione o che posizione preferisse quando andava dormire.

Nel tentativo di allentare una tensione che sentivo crescere a ogni chilometro, avevo deciso di mandargli un messaggio, quasi per assicurarmi che fosse tutto vero.

"Ti ricordi che arrivo tra un'ora? Mi vieni a prendere, oppure mi fingo turista spaesata e chiedo un taxi?"

Erano ormai passate le dieci di sera, fuori dal finestrino del mio sedile 12B non si vedeva più nulla, il buio della campagna umbra scorreva severo e silenzioso, disturbato solo dal suono delle rotaie.

"Ho pulito tutta la casa, pure i pavimenti, ho scoperto che quello del salotto è arancione, chi l'avrebbe detto, mi sono fatto la barba e pettinato, tutto con un'ora di anticipo, sono un uomo da sposare. Ti aspetto in stazione. L." rispose quando mancava circa un'ora al mio arrivo.

Lessi e sorrisi, me lo ero immaginato arrovellarsi se per pulire i pavimenti andasse bene l'ammorbidente della lavatrice o se poi dovesse usarlo in ogni caso.

Il capotreno fischiò l'arrivo a destinazione alle undici e dieci, e nonostante non avessi cenato la fame era una sensazione che quel giorno avevo dimenticato.

La stazione era buia e deserta, come normale che fosse a tarda sera, solo qualche viaggiatore schivo e diffidente, appisolato con la guancia sulle braccia, le braccia intorno allo zaino, e lo zaino sulle ginocchia.

Che Perugia sia una città arroccata su una collina, fai presto a scoprirlo perché il vento incessante te lo ricorda non appena ci metti piede.
Presi un bel respiro, salii le scale d'uscita, un ultimo rapido controllo ai capelli nel riflesso della bacheca partenze e raggiunsi il colonnato d'ingresso, avvicinandomi al parcheggio dove possono sostare le macchine.
Guardai prima a destra, poi a sinistra e non vidi nessuno, forse aveva qualche minuto di ritardo.
Tolsi lo zaino e lo appoggiai per terra, fra le gambe, mi accesi una sigaretta e aspettai di vederlo arrivare da un momento all'altro.
Nell'attesa mi si erano avvicinate le più losche figure e avevo cominciato a sospettare che qualcosa non andasse quando l'orologio segnò le undici e mezzo, e il ritardo di Leandro, che mi aveva detto di essere pronto già un'ora prima, aveva superato i venti minuti.
Così composi il numero di Olivia sperando potesse tenermi compagnia, ma non feci in tempo a cliccare l'avvio di chiamata che sentii l'eco di un motore rombare in lontananza.
Finalmente era lui, lo vidi imboccare la rotonda alla guida di una Punto blu sgarrupata e fermarsi con i finestrini abbassati, a pochi metri dalla mia panchina.
Afferrai lo zaino e gli corsi incontro sorridendo: avendo temuto il peggio, il solo fatto di averlo visto comparire aveva di colpo cancellato ogni minuto d'apprensione.
«Scusami davvero, ho un ritardo clamoroso, ma non puoi capire cosa è successo» disse slacciandosi la cintura di sicurezza per aprirmi lo sportello del passeggero dall'interno.
«Cosa?» chiesi entrando in macchina.
Cercai di assumere un tono leggero e scanzonato, ma il mio sguardo allarmato tradì ogni mio tentativo di elusione.
«È un po' imbarazzante da dire ma mi sono trovato Greta sotto casa, non la vedevo né sentivo da quasi un anno, non so cosa le sia preso...» rispose tenendo lo sguardo fisso sul volante.
«Greta?» domandai senza sapere di chi stesse parlando.

«Ah sì, scusa, è la mia ex.»

Ricordo che la mia prima reazione fu di ingenuo stupore, senza particolare astio o gelosia, ero solo stupita dalla bizzarra coincidenza: la ex fidanzata che non vedeva né sentiva da mesi decide di ricomparire, puntuale come un orologio svizzero, proprio il giorno del mio arrivo.

Sul momento mi sembrò un'assurdità perfettamente coerente col resto della mia vita, quindi divertita, piuttosto che preoccupata, chiesi:

«E come mai è passata? Aveva finito le uova?»

Leandro sorrise riallacciandosi la cintura prima di ripartire.

«No, purtroppo non era per quello, ha iniziato a fare strani discorsi su di noi, sul fatto che questo tempo passato separati le è servito a capire i suoi errori, e tutta un'altra sequela di riflessioni deliranti e fuori contesto» mi rispose mascherando un certo disagio.

«E tu?» incalzai incuriosita.

«Io niente, non vedevo l'ora che se ne andasse, le ho detto che ero in ritardo, che stavo andando in stazione e che doveva tornare a casa.»

La sua risposta mi parve sincera, e non spesi troppo tempo ad analizzarne eventuali dietrologie.

Ero così felice e sopraffatta dall'emozione di essere finalmente insieme a lui, che decisi di cambiare subito argomento, quasi a voler scacciare ogni possibile ombra.

Non chiesi nulla: da quanto tempo si fossero lasciati, quanto tempo erano stati assieme, niente di niente.

Ci eravamo appena rivisti e l'ultima cosa che volevo era inquinare quel nostro momento.

«Dove andiamo?» domandai guardando il suo profilo illuminato dal semaforo rosso.

«Ti va un bicchiere di vino? Ti porto in un'enoteca molto buona, è di un caro amico. Oppure hai fame? Se vuoi cerchiamo una pizzeria aperta, è un po' tardi ma secondo me qualcosa ancora si trova» disse inanellando più domande che risposte.

«Un bicchiere di vino andrà benissimo» risposi io, «ho mangiato un panino sul treno quindi non ho molta fame.»

Mentii ma, complici l'imbarazzo e l'agitazione, solo l'idea di ingerire qualcosa mi dava la nausea.

Quando arrivammo davanti all'enoteca la serranda era abbassata, rimanevano solo pochi centimetri da terra e fu proprio attraverso quello spiraglio che Leandro, accovacciandosi, si mise a chiamare l'amico a gran voce, incurante del rimbombo che un gesto del genere poteva avere nel pieno centro storico della città.

Il frastuono si rivelò piuttosto efficace perché nel giro di pochi secondi eravamo gli unici ospiti di un'enoteca ormai chiusa, con i bicchieri appesi per lo stelo e le sedie ribaltate sui tavoli.

Un silenzio d'onore, quello, che aspettava solo d'esser riempito.

«Non so tu, ma io di vini non ci capisco niente, non bevo mai. Forse preferisco il rosso ma si conclude qui la mia cultura enologica.»

Mettere le mani avanti mi sembrò la scelta migliore per evitare di dover scegliere qualcosa da un menu che contava almeno sessanta bottiglie diverse.

«Nemmeno io sono un grande esperto, ma nelle occasioni importanti scelgo sempre l'Amarone.»

«Quindi questa è un'occasione importante?» chiesi lasciando spazio a un'indomabile punta di vanità che gioiva nel sentirsi ripetere quanto aveva già compreso.

«Tutto ciò che ti riguarda per me è importante.»

Questa sua dolcezza, immediata e diretta, senza minuti o schermi di distanza per attutire il reciproco imbarazzo, mi sembrò coraggiosa e pura, come un pungolo di sincerità indomabile, che gli era uscita di bocca senza poter fare nulla per arrestarla.

«Amarone dici? Ma è corposo o leggero?» domandai completamente a caso, solo per darmi il tempo di placare il rossore che sentivo avermi infiammato il viso.

«Be', no, è piuttosto incazzato per la precisione. Lo prendo sempre perché una volta mi hanno spiegato che è un vino nato da un errore e mi è sempre sembrata una storia affascinante.»

«Cioè?»

«In pratica mi pare che tutto fosse partito da questo cantiniere della Valpolicella, ora non ricordo come si chiamasse, che per anni aveva prodotto un passito molto dolce e molto amato, il Recioto. Un giorno però se ne dimenticò in cantina una botte, che fece appassire più del dovuto, così questa divenne irrimediabilmente secca e un po' troppo amara per il gusto dell'epoca. Il cantiniere, ragionando su come fare ammenda all'errore commesso, non buttò via nulla di quel che era nato, anzi, lasciò che quel vino invecchiasse senza disturbarlo, convinto che questa sua perseveranza un giorno lo avrebbe premiato. E in realtà fu proprio quello che accadde perché, qualche anno dopo, quel Recioto un po' troppo amaro, Amarone appunto, divenne uno dei vini più apprezzati al mondo.»

«È una bella storia in effetti.»

«Sì. Mi piace l'idea di brindare con qualcosa che ha dovuto superare molte avversità prima di potersi godere il frutto di quelle fatiche. Ovviamente ogni parallelismo con storie o persone è puramente casuale.»

Come era bello sentirlo parlare, pensavo, come ero stata fortunata ad averlo trovato, assorbivo ogni sua sillaba e sceglievo con cautela le mie, attenta a non turbare il fragile equilibrio di quella magica serata.

Le due ore successive trascorsero con la velocità incontrollata dei momenti preziosi, che anche a volerlo si fa fatica a dire per filo e per segno come si siano svolti, tanta è la contentezza che li dimora.

Seduti uno di fronte all'altra, ai lati di un antico tavolo sulla superficie del quale era inciso l'inconfondibile passaggio di mani agitate, non lasciammo spazio all'incertezza.

Eravamo a tal punto digiuni di sguardi, di carezze, del suono delle nostre voci, che quasi faticavamo a credere che non fossero solo nella nostra testa.

Da quando era arrivato a prendermi in stazione, non c'era stato nulla di più di una mano sfiorata per sbaglio avvicinando un bicchiere.

Ogni volta che ci rincontravamo, era come se i nostri corpi si dovessero abituare di nuovo alla reciproca presenza.

È come quando si va su, in alto, in montagna, che se sali troppo in fretta ti gira la testa e non ti senti bene, così noi, come novelli scalatori, dovevamo prendere confidenza con la vetta di quella felicità un poco per volta, con pazienza, che tutto insieme poteva esser pericoloso.

A notte fonda avevamo deciso di tornare verso casa.

Varcata la soglia d'ingresso passai i primi dieci minuti in silenzio, con la fronte puntata al soffitto.

Giravo e rigiravo, scrutavo gli angoli e scandagliavo le mensole, l'immaginazione che fino a quel giorno lo aveva elaborato finalmente si allineava alla realtà.

«Tutto ok?» chiese mentre lo sentivo armeggiare con la tastiera del computer in cerca, suppongo, di un po' di buona musica da ascoltare insieme, non sentendomi più parlare da troppo tempo.

«Sì sì, scusa, mi son persa a guardare casa, è molto particolare» dissi.

«Particolare come quando si dice simpatico per non dire brutto o particolare bello?»

«Particolare bello, molto.»

«Grazie, anche se in realtà ho solo accatastato cose che mi piacevano, e alla fine mi è andata di culo che stessero più o meno bene insieme» rispose mettendosi le mani nelle tasche dei pantaloni per arginare l'imbarazzo. «Questo pianoforte è l'ultimo arrivato.»

«Sai suonare il piano? Non lo sapevo!» esclamai ammirata, pronta a fare come tutti quelli che nella vita hanno sempre e solo saputo suonare la *Primavera* di Vivaldi col flauto, quello di plastica che ci obbligavano a strimpellare alle elementari.

«No, in realtà no, infatti per ora lo uso principalmente come ripiano.»

Alla mia domanda sul perché lo avesse comprato, pur non sapendolo suonare, mi raccontò la storia di Pierluigi.

Questo era il nome del vecchio proprietario, quello che

glielo aveva venduto: il nonno Pierluigi, per gli amici Gigi, che dopo sessant'anni di onorato servizio aveva deciso di sbarazzarsene.

Gli disse che quando era giovane, lui, con la musica di quel pianoforte, ci aveva conquistato un sacco di belle donne.

Le invitava a casa, le faceva sedere sulla poltrona di velluto blu accanto alla finestra, offriva loro un bicchierino di rum, ma non perché avesse brutte intenzioni, specificava, ma solo perché "un goccino di spirito risveglia l'animo assopito", poi offriva loro il suo intrattenimento.

Suonava sempre la stessa raccolta, *Pezzi fantastici* di Robert Schumann: «Ne andavano tutte matte» ridacchiava.

Quello che eseguiva più spesso era *Di sera* e riscuoteva sempre un certo successo, ma il brano che a Gigi veniva meglio di tutti, e che suonava solo alla sua preferita, Angela la figlia del farmacista, era *Guazzabugli di sogno*.

Lei andava a trovarlo ogni domenica, intorno alle quattro del pomeriggio, si sedeva in poltrona, ascoltava il brano, e se ne andava via, promettendo che, se la settimana successiva lui gliel'avesse suonata di nuovo così bene, lei gli avrebbe dato un bacio.

Gigi, suona che ti risuona, alla fine Angela se l'è baciata tutta quanta e sono andati avanti a baciarsi per quarantacinque anni, fino a che lei un giorno era stanca, si è addormentata sulla poltrona di velluto blu, e non si è più svegliata.

Per questo Gigi vendeva il pianoforte: «Ora i baci di Angela non li posso più avere, quindi che me ne faccio?».

Questa fu la storia che mi raccontò Leandro, di quando si portò a casa quello strumento, anche se era scordato, perché sperava che un giorno anche lui, con la promessa di un bacio, avrebbe imparato a suonarlo per bene.

«Pensi di poter venire qui, ogni domenica, intorno alle quattro del pomeriggio?» mi chiese alla fine di quella storia, che non ero poi così sicura fosse proprio tutta vera.

«Non sarà facile, ma ci posso provare» risposi avvicinandomi a lui.

I nostri corpi cercavano impacciati il modo di incastrarsi, uno sull'altro, con l'altro, attraverso l'altro.

«Ti dispiace però se saltiamo la parte in cui ti suono lo stesso brano per mille domeniche, prima di ottenere un bacio?» domandò avvicinando le sue labbra alle mie, con un sorriso appena accennato.

«Ma allora poi cosa ti prometto per farti imparare a suonare?» risposi abbassando lo sguardo verso la sua mano, che salendo improvvisa mi aveva accarezzato la guancia.

«Che rimarrai con me per i prossimi quarantacinque anni, come ha fatto Angela.»

«Guarda che quarantacinque sono tanti.»

«Non sarà facile, ma ci posso provare.»

13
Più o meno

Quando aprii gli occhi, la mattina seguente, era ancora molto presto.

La luce dell'alba cominciava a filtrare impaziente dall'abbaino che avevamo dimenticato socchiuso.

In camera regnava il silenzio chiassoso delle case immerse nella natura, dove fuori dalla finestra si svolge sempre qualche feroce duello amoroso fra gli esemplari di uccelli maschi più vanitosi della zona.

A me, se c'è un canto fra tutti che proprio mette di buon umore, è quello della tortora dal collare o tortora orientale.

Per anni ho pensato fosse l'upupa a fare quel suono così ritmato e ripetuto, ma che mi sbagliavo l'ho scoperto solo quando è morta mia nonna.

Nella sua drammatica assenza ho sentito il bisogno di capirlo bene, da chi provenisse quel verso a me così caro.

Il canto della tortora dal collare, infatti, è stata la sveglia di ogni estate passata con nonna nella sua casa al mare, al Lido degli Scacchi.

Mamma e babbo infatti, consumati i loro giorni di ferie, ci salvavano dall'arsura cittadina d'agosto spedendoci dalle nonne: i miei fratelli in montagna con quella paterna, io al mare con quella materna.

Anche se all'inizio facevo qualche pianto nel vederli andare via, io con nonna, nella sua casa al Lido degli Scacchi, mi divertivo da pazzi.

Se facevo almeno due pagine di compiti delle vacanze al giorno, una se capitava quella difficile del tema, lei mi garantiva che il pomeriggio avrei potuto provare tutte le sue scarpe, anche quelle col tacco.

Le mie preferite erano un paio di zeppe di sughero che avevano una fascia bianca sul collo del piede, sulla quale erano incastonate tre gemme verde smeraldo.

Dovevano essere preziosissime, pensavo.

Quando finivo le mie sfilate, rimettevo tutto nella scarpiera e scendevo di corsa in cortile, dove mi aspettava, sul retro, una bicicletta rosa col cestino bianco.

Era un mezzo potentissimo che sfrecciando senza rotelle dichiarava con fierezza a tutto il vicinato che io, con il mondo dei piccoli, non avevo più niente a che fare.

Con la bici di nonna andavo alla scoperta di tutto il quartiere, che poi erano solo poche case, perché io mica lo avevo capito che dove abitavamo era un complesso residenziale recintato.

Per me, quelli erano tutti pomeriggi di eccitanti escursioni.

Quando arrivava la notte, poi, dormivo sempre nel letto matrimoniale con lei, ché il nonno già se n'era andato da tempo.

Io, rannicchiata alla sua destra, provavo a non farle sentire la mancanza di quel suo grande amore perduto e lei mi proteggeva dalle pericolosissime falene che riuscivano a superare la zanzariera logorata dal tempo, era questo il nostro patto.

Quando mi svegliavo, la mattina, lei era già in cucina a prepararmi la colazione, ma prima di raggiungerla aspettavo sempre qualche minuto, fissavo immobile la finestra, ascoltavo la tortora orientale esercitarsi nel suo solfeggio mattutino e poi schizzavo veloce a mangiare il mio pane burro e zucchero.

Quello, per me, era il suono delle vacanze più belle, l'annuncio puntuale che un'altra giornata di incredibili avventure a casa di nonna stava per avere inizio.

A Milano invece, la tortora dal collare orientale non si vede tanto spesso, forse perché anche lei, come me, preferisce l'aria di mare al grigio delle autostrade.

Così, quando mi capita di essere altrove e sentirla cantare, io sono felice come quando sapevo che, non appena avessi infilzato le ciabatte e fatto la pipì, in cucina ci sarebbe stato il sorriso di nonna a darmi il buongiorno.

Anche quella mattina, a Perugia, come facevo nel letto matrimoniale della casa al mare del Lido degli Scacchi, rimasi immobile qualche secondo immergendomi nei suoni che riempivano le chiome degli alberi, e con quel sottofondo lasciai svegliare i ricordi della notte precedente, per poi girare il viso e guardarmi accanto.

Il cuscino di Leandro era caduto ai piedi del letto e lui, con la guancia appoggiata al materasso, dormiva indisturbato.

Era una sensazione strana quella che provavo mentre fissavo le sue spalle sollevarsi un poco a ogni respiro.

Riusciva a incarnare, nello stesso tempo, la persona che conoscevo da meno tempo e anche quella che mi sembrava avermi meglio compresa.

Era un estraneo amorevole e caro, il più intimo sconosciuto accanto a cui mi ero mai svegliata felice al mattino.

Continuai a guardarlo dormire, scoprendo ciò che del suo viso il buio dei nostri ultimi incontri mi aveva impedito di notare.

Mi venne in mente una cosa che a me ha sempre affascinato molto: come si dichiarano il loro amore i cavallucci marini.

Tra tutti i pesci, loro sono certamente quelli più all'antica, perché quando capita che hanno la fortuna di incontrarsi, e di piacersi, rimangono fedeli l'uno all'altro finché oceano non li separi.

Il corteggiamento ha inizio con una parata nuziale: la femmina che si avvicina al maschio, io mi immagino in un modo un po' sexy, con la codina elegante diciamo, e il maschio che, quando la vede così bella, gonfia il marsupio tutto quanto, accendendosi di colori vivaci e brillanti, quelli delle occasioni speciali.

Così imbellettato, ammiccando emozionato aggiungo io, comincia a muoversi avanti e indietro di fronte alla sua amata per mettersi in mostra.

Insieme iniziano a girare lentamente uno intorno all'altra, intrecciando le loro code come nei più sensuali tanghi argentini.

E non contenti fanno piroette, acrobazie, si agitano sul fondo marino incapaci di contenere il loro entusiasmo.

Dopo questo affannoso amarsi, si acquietano, lasciando che la notte porti loro un po' di riposo fino al sopraggiungere dell'alba.

Quando poi si fa giorno, al sorgere del sole, i cavallucci decidono di rincontrarsi in una danza, la danza nuziale, che serve a entrambi per confermare il loro amore, per ribadire ancora una volta la serietà del loro voto.

L'arancione del loro corpo da sbiadito si fa brillante, come se quella promessa li facesse un poco arrossire per l'imbarazzo, mentre il mare continua a cullarli in un abbraccio che galleggia nel tempo.

Così mi sentivo quella mattina accanto a Leandro, preparata ad affrontare l'alba per ribadire la mia promessa. Quella appena trascorsa era stata una notte, una danza, che ci aveva mescolati insieme, aveva a tal punto amalgamato i nostri corpi e i nostri sentimenti da cancellare ogni dubbio residuo circa la scelta di stare insieme.

«Buongiorno» disse con gli occhi ancora chiusi.

«Buongiorno. È presto, se hai sonno dormi un altro po'» risposi sentendomi in colpa d'averlo svegliato.

«Non ho sonno, sto solo pensando con gli occhi chiusi, ora mi alzo» mugugnò sforzandosi di mostrarsi reattivo.

«Se mi dici dove trovo il caffè ne preparo cinque o sei litri, mi pare di capire che ti serviranno.»

«Nel frigorifero, primo scomparto dall'alto. Sarebbe un sogno, grazie.»

«Ok, vado» risposi raggiungendo la sponda del letto per alzarmi.

«Aspetta ancora un minuto, vieni qui» disse scoprendosi dal lenzuolo.

Mi guardò sorridendo e, facendo perno sugli avambracci, si tirò un po' su, raccogliendo il cuscino e mettendoselo dietro la schiena.

In quella camera da letto con il soffitto di legno si respirava il dolce imbarazzo della mattina seguente, della quiete dopo la tempesta, ma lo si faceva con naturalezza, senza voler per forza riempire i silenzi che facevano capolino tra un discorso e l'altro.

Come cavallucci marini, stavamo eseguendo la nostra danza nuziale, stavamo cercando le giuste movenze per confermarci a vicenda quella che fino al giorno prima era stata solo un'ipotesi di felicità.

«Vieni qui» mi chiamò alzando la spalla, facendomi cenno col capo di incastrarmi subito fra le sue braccia.

Rimanemmo avvinghiati per qualche minuto, il mio orecchio sul suo petto registrava un battito accelerato almeno quanto il mio.

Forse quel salto nel vuoto, dopotutto, aveva riservato il più dolce degli atterraggi.

«Vado a fare il caffè prima che ti riaddormenti» sussurrai sorridendo.

Lasciò la presa e io sgusciai fuori dal letto precipitandomi in bagno a lavarmi e truccarmi. Non riuscire più a mostrarmi appena sveglia era parte dell'eredità di insicurezze che il rapporto con Dario mi aveva lasciato. In passato era successo di rimanere a casa sua a dormire e la mattina seguente, ogni tanto, anzi forse dovrei dire spesso, ecco, mi capitava molto spesso di mettere la sveglia prima di quando sapevo fosse impostata la sua, di alzarmi, andare in bagno, lavarmi, truccarmi quel poco necessario a far sembrare tutto frutto di una benevolenza genetica, e poi rimettermi a letto come se nulla fosse mai accaduto.

Al suono della sua, di sveglia, mi stiracchiavo recitando la parte di una ragazza a cui la vita ha naturalmente donato un viso senza la minima discromia e una pelle al profumo di papavero soave.

Se per caso capitava che non riuscivo a mettere in scena

tutto quel teatrino, alla prima onda sonora emessa da qualsiasi dispositivo elettronico correvo in bagno sperando che sulla strada non ci fossero specchi disposti in modo tale da rivelargli il mio inganno.

L'idea che lui potesse vedermi al mattino, struccata, con gli occhi stropicciati e la bocca ancora impastata dal sonno mi terrorizzava, ero certa che, se mai un giorno fosse successo, lui si sarebbe accorto della mia imperdonabile mediocrità estetica, decidendo di migrare verso più allettanti lidi.

Dario, circa il fatto che la mattina alle sette avessi già il mascara e la messa in piega, non ha mai proferito parola.

Credo non se ne sia mai accorto, quella per lui era la normalità.

Forse per questo motivo il caffè che stavo bevendo mi andò di traverso quando Leandro, avvicinandosi per guardarmi più da vicino, mi chiese:

«Perché hai già il mascara? Ti sei appena svegliata.»

«E tu perché sai cos'è un mascara?» chiesi tra un colpo di tosse e l'altro, avvampando di vergogna.

«Perché ho una sorella che ha dieci anni più di me, ti sarà facile intuire quale bambola preferisse truccare quando ero ancora fragile e indifeso» disse spalmando del miele su una fetta biscottata. «Tu però non hai risposto alla mia domanda.»

«Non ho il mascara, ho lavato la faccia e ho ancora le ciglia bagnate» farfugliai sperando non avesse altre esperienze familiari da sfruttare per smascherarmi.

«A me sembra tu stia benissimo anche con le ciglia asciutte, così per dirtelo» disse reggendomi il gioco con la smorfia di chi ti ha beccato in castagna, ma decide di sorvolare per non infierire.

«Allora oggi cosa preferisci fare?» continuò. «Ti do due opzioni: giornata alla scoperta delle imparagonabili bellezze storico-artistiche che offre questa città, nonché provincia più bella d'Italia, oppure visita al lago Trasimeno.»

«Senza nulla togliere alla provincia più bella d'Italia» dissi rimarcando ironicamente quell'aggettivo, «forse preferirei una gita lacustre, magari possiamo fermarci a comprare dei panini. Ti piacciono i pic-nic?»

«Molto, soprattutto se ci sono le birre, ora controllo se ho delle mattonelle ghiacciate. Mettiti delle scarpe comode allora, perché per andare nel posto in cui ti voglio portare ci sarà un po' da camminare» mi avvertì versandomi galantemente altro caffè, così, tanto per indorare la pillola.

«Ho solo quelle» dissi indicando le All Star logore all'ingresso, «ma sono sicura andranno benissimo, cosa vuoi che sia un innocuo sentiero umbro per una ragazza le cui radici crescono fra i monti della Valsassina.»

Credo di non aver mai pronunciato parole meno convinte in tutta la mia vita. Mentivo sapendo di mentire.

Ci preparammo per uscire sulle note di *Supernova* di Ray LaMontagne.

Era una mattina di sole e quel giorno aveva tutte le premesse per essere uno di quelli che avrei raccontato a Olivia esagerando con i superlativi.

Dopo circa un'ora di macchina arrivammo in una landa deserta all'ingresso di un piccolo bosco da cui si apriva un percorso a piedi che aveva tutta l'aria di non essere più stato battuto da tempo.

«Tu sai dove stiamo andando, vero?» chiesi dopo un po' liberandomi i capelli da tutta la vegetazione che mi si era incastrata affrontando l'agile tragitto.

«Certo, ragazza cresciuta in Valsassina, ce l'ho molto chiaro, siamo quasi arrivati» rispose continuando a liberare il sentiero dalle frasche.

«Percepisco dell'ironia nelle tue parole» dissi, «me ne ricorderò quando avrai bisogno della mia decennale esperienza sul campo.»

Non senza fatica, tra un arbusto e l'altro, dopo una quarantina di minuti i raggi del sole illuminarono un piccolo lago, una pozza d'acqua cristallina che aveva la sua fonte ancora più in cima, la cui acqua non saprei dire se fosse più pulita o più fredda.

«Questo posto non lo conosce nessuno, da quando ci vengo non ci ho mai trovato anima viva, è un piccolo paradiso segreto» disse appoggiando lo zaino sulle rocce che arginavano quella piscina naturale.

«Dài, ragazza di montagna, ora vediamo se sei solo chiacchiere e distintivo, tuffati!» disse lanciandomi il guanto di sfida.

Per quanto quel posto fosse un quadro che ancora doveva essere dipinto, l'idea di nuotare in un'acqua la cui temperatura diurna strizzava l'occhio a quella del Pórisvatn, che grazie a Wikipedia ho scoperto essere il più grosso bacino idrico dell'Islanda, non è che fosse proprio in cima alla lista delle cose che non vedevo l'ora di fare.

Non c'era freddo, però, in grado di fermare la mia voglia di dimostrare a Leandro che non ero la timorosa ragazza di città che pensava io fossi, e che in effetti, per la maggior parte del tempo, ero.

Tolsi i vestiti alla velocità della luce, mi arrampicai sulla roccia più alta da cui si poteva tentare il tuffo e senza pensarci due volte mi lanciai, ormai sicura che con lui, dei salti nel vuoto, non dovevo più avere paura.

Senza neanche aspettare che riemergessi, si tuffò anche lui, raggiungendomi con un paio di bracciate e rubandomi un bacio che mi colse alla sprovvista.

«Mi hai stupito, non pensavo ti saresti lanciata» disse cercandomi con la mano sotto la superficie dell'acqua.

«Te l'ho detto» risposi schizzandogli il viso, «mai sfidare una ragazza cresciuta fra i monti della Valsassina.»

Passammo le ore successive sdraiati uno accanto all'altra, alternando discorsi senza fine a pause di silenzio che gli auricolari riempirono, una cuffietta per ciascuno, con la playlist che avevo creato durante il viaggio in treno per raggiungerlo a Perugia.

L'avevo chiamata "Più o meno" e racchiudeva tutte le canzoni che ci eravamo inviati nei mesi precedenti, quelle che, senza farlo apposta, erano diventate la cosa più simile a un contatto che la lontananza ci concedeva di scambiare.

Era come se attraverso quelle canzoni ci facessimo delle carezze, più o meno.

Quando il sole cominciò a tramontare mi disse di raccogliere tutte le mie cose perché saremmo corsi da un'altra parte: dovevamo vederlo tramontare nel lago come mi aveva promesso.

Presi entrambi i nostri teli, li piegai, recuperai dal fondo della borsa le cose che mi aveva chiesto di tenere, portafoglio e cellulare, e nel gesto di passarglieli non potei fare a meno di notare lo schermo illuminato da una notifica in attesa di essere letta.

Nuovo messaggio da: Greta.

Forse aveva sperato che la frazione di secondo impiegata nel trasferire il telefono dalle mie alle sue mani non fosse stata sufficiente a farmi decifrare lo schermo, una valutazione piuttosto ingenua che solo chi non ha mai esperito le capacità di una donna interessata può ritenere plausibile.

Fu quell'episodio a instillare nella mia mente il seme del dubbio.

Se l'arrivo di Greta sotto casa di Leandro, il giorno prima, mi aveva lasciata indifferente, forte della passione e dell'unicità del nostro legame, veder ricomparire il suo nome mi fece piombare nel panico più totale.

Forse avevo sottovalutato quanto quell'incontro inatteso fosse stato in grado di risvegliare antichi sentimenti?

Per quanto cercassi di tranquillizzarmi ragionando sul fatto che era stata lei a scrivere a lui e non viceversa, che sicuramente Leandro avrebbe liquidato quel secondo tentativo di riavvicinamento con la stessa freddezza del primo, il mio autocontrollo cominciava a vacillare.

Dovevo sapere cosa ci fosse scritto in quel messaggio e soprattutto chiedergli se avesse intenzione di rispondere.

Queste informazioni diventarono per me un chiodo fisso nei minuti successivi e Leandro non tardò ad accorgersene.

Fu al nostro arrivo a destinazione, un molo abbandonato da cui si assisteva a un tramonto memorabile, che avanzò le sue perplessità.

«Tutto ok? All'improvviso sei diventata molto silenziosa.»

Ecco, quello sarebbe stato il mio momento, se avessi voluto sciogliere il magone che mi legava la gola, quella sarebbe stata l'occasione giusta per farlo.

«Sì sì, tutto ok, scusa, sono solo un po' stanca. Qui è davvero bellissimo comunque» risposi.

Primo tentativo fallito, mi aveva colto alla sprovvista e non ero stata abbastanza rapida nel trovare le parole giuste per mascherare la velenosa gelosia che già mi scorreva nelle vene.

Non dire nulla forse sarebbe stata la scelta più giusta, in fondo non potevo sapere cosa lei gli avesse scritto, e soprattutto se quella comparsa avesse compiaciuto o irritato Leandro.

L'essere ottimista, però, non ha mai fatto parte del mio corredo genetico, quindi tentai la via più diretta, sperando che scegliere la strada della sincerità non avrebbe avuto conseguenze irreparabili.

Seduta accanto a lui, gambe a penzoloni sul molo, feci un sorso di birra e senza più esitazioni condivisi con lui la mia angoscia.

«Prima non ho potuto fare a meno di notare che ti ha scritto Greta» iniziai.

«Ah, te ne sei accorta» disse accennando un sorriso rilassato, di chi sa che non ha nulla da nascondere ma vuole farti pagare il prezzo della tua curiosità.

«Aveva bisogno di qualcosa?» continuai in punta di piedi.

«Be', dipende un po' dai punti di vista. Secondo me avrebbe bisogno di fare pace col cervello, ma non credo sarebbe d'accordo con questa mia visione dei fatti» rispose proseguendo con le risposte volutamente vaghe e prive di informazioni utili.

La strada della discrezione non stava funzionando, quindi cambiai il mio piano d'attacco.

«Cosa ti ha scritto?» chiesi in modo diretto, aggiungendo poi: «Se posso saperlo», un'espressione che uso spesso quando voglio sembrare gentile e comprensiva, ma in realtà sono a un passo dal crollo emotivo.

«Mi ha ripetuto più o meno le stesse cose che mi ha detto ieri sera. Che da quando ci siamo lasciati non fa altro che pensare a noi, a quello che eravamo, a cosa abbiamo sbagliato, che dovremmo darci un'altra possibilità e via dicendo. Mi chiede di vederci stasera per poterne parlare di persona.»

«Capisco» fu l'unica cosa che riuscii a dire, nel terrore di domandare cosa lui le avesse risposto.

«Non ho nessuna intenzione di vederla, se è questo che ti preoccupa» mi sussurrò all'orecchio, cercando di arginare la preoccupazione che stava oscurando il mio viso.

«Sì, un po' mi preoccupa, non voglio dirti bugie. Però davvero fai quello che ti senti, so che sembra una frase fatta, ma preferisco che tu la veda stasera senza segreti, piuttosto che di nascosto, quando sarò ripartita» risposi. «Se senti il bisogno di parlarle è inutile che io mi imponga, gli irrisolti vanno chiariti altrimenti si ripresentano alla prima occasione utile.»

«Prima cosa, non c'è nessun irrisolto» disse, «è tutto molto chiaro. Greta a gennaio mi ha lasciato e io, pur con dispiacere, ho accettato la sua decisione perché aveva ragione, la nostra era una storia ormai consumata. Non mi sono mai pentito di aver assecondato la sua richiesta, era l'unica strada per dare a entrambi la possibilità di essere di nuovo felici, stavamo vivendo un incubo da troppo tempo» mi spiegò.

«Seconda cosa» continuò, «non so che persona tu pensi io sia, ma non mi sognerei mai di fare nulla alle tue spalle. Se qui, ora, ti dico che non ho intenzione di incontrarla o riaprire l'argomento sulla fine della nostra relazione, ti assicuro che rimarrò fedele a questa decisione anche quando tu te ne andrai.»

Mi sembrò sincero e risoluto, le sue parole avevano il suono della consapevolezza che si raggiunge col tempo e mi sforzai di convincermi che non c'era nulla da temere, la felicità che stavamo vivendo non era sotto assedio e non c'era ragione per tormentarsi oltre.

Di una cosa mi resi conto però, che quelle poche parole pronunciate da Leandro erano le prime che io avessi mai incamerato davvero sulla loro storia.

Durante tutta la nostra corrispondenza, nei mesi passati, non mi ero mai fatta domande sul suo vissuto, troppo proiettata com'ero a immaginare il futuro.

Improvvisamente volevo sapere tutto di lei, di loro, come si erano conosciuti, quanto fosse durata quella storia d'amore, se fin dall'inizio avevano messo in conto che prima o poi sarebbe finita o ci avevano provato davvero a scommettere sul loro per sempre.

Tutta la tranquillità che prima ero certa di padroneggiare abilmente era sparita lasciando libero sfogo alla paura.

«Va bene» risposi poco convinta, cercando di dominare la mia insicurezza.

«Se ti faccio leggere la risposta che le ho inviato, ti tranquillizzi? Non ho problemi. Vorrei godermi questo tramonto con te, senza che il mistero di un messaggio inutile provi a rovinarlo.»

Sapevo che la risposta giusta sarebbe stata: "No, non ho bisogno di leggerlo, mi fido", ma senza troppi tentennamenti pensai ci fosse ancora tempo per diventare una versione migliore di me stessa e presi il telefono che mi aveva avvicinato in segno di resa.

Era già aperto sulla conversazione, lessi tutto d'un fiato:

"Ascolta, Greta, non voglio essere scortese ma non ho voglia di parlare, né oggi né mai. È passato veramente tanto tempo e non capisco perché ora tu abbia questi ripensamenti. La decisione di lasciarci è stata la migliore che potessimo prendere, non ho dubbi in merito, non averli neanche tu. Ora ti richiedo quello che ti ho già chiesto ieri sera, mettici una pietra sopra e vai avanti, perché io l'ho fatto da un pezzo."

Leggere quelle parole fu come tornare in superficie dopo una lunga immersione, riprendere fiato a seguito di un'apnea mal gestita.

Forse davvero dovevo ascoltarlo e assorbire parte della sua sicurezza, per sopperire alla mancanza della mia, continuare il mio viaggio in picchiata senza temere l'atterraggio così come io e Leandro ci eravamo promessi all'inizio del lancio, sforzarmi di non dare peso al passato, rischiando di inquinare, con i suoi resti, quel nostro prezioso presente.

Aveva ragione lui e dovevo smetterla di preoccuparmi.

«Quando dici che sei andato avanti» dissi sorridendo e cercando il suo sguardo, «non è che per caso, sul percorso, hai incontrato una ragazza fantastica che se ce l'avessi, per esempio, proprio qui davanti, in questo momento, la abbracceresti e baceresti tutta quanta?»

«Come fai a saperlo? L'hai vista passare per caso?» rispose avvicinando la mano alla fronte e guardandosi attorno, come chi spera che l'ombra sul viso aiuti la vista sulla lunga distanza.

«Non sei simpatico» mugugnai delusa, capendo di essermi fregata da sola.

«Tu invece sei bellissima» disse girandomi il mento con una mano, obbligandomi a guardarlo negli occhi.

A volte non serve farsi troppe domande, indagare sull'origine delle nostre certezze non ci risparmia risposte irrazionali.

Capire perché da una persona conosciuta da poco sembra dipendere gran parte della tua felicità futura è un paradosso di fronte a cui, a volte, bisogna provare ad arrendersi.

Questo penso volesse dirmi Leandro quando, prendendomi sulle sue gambe senza esitazione, mi strinse in un abbraccio che durò per tutto il tramonto.

14
Una cosa da mettersi bene in testa, o forse due

Mia madre ha vissuto i primi dieci anni della sua vita in Spagna, a Barcellona, nonostante fosse nata a Vicenza, da genitori italiani.

Appena dopo la sua nascita, prima di sapere del trasferimento all'estero, i miei nonni avevano deciso di lasciare il Comune veneto per trasferirsi a Bologna.

Giravano così tanto perché il nonno lavorava per un'azienda farmaceutica, o almeno questo è quello che mi ricordo dai racconti di mamma, e la nonna faceva tutto quello che poteva per stare al passo, seguendolo ovunque il lavoro lo portasse.

E fu proprio quello che successe anche nella seconda metà del 1957, quando la sede dell'azienda del nonno si spostò a Barcellona e lei si trovò a dover lasciare tutto quello che si era costruita con sudore e tenacia.

Nonna aveva studiato per diventare insegnante di italiano, era una donna ribelle ed emancipata per l'epoca in cui visse la sua giovinezza, quindi nessuno si stupì più di tanto quando mandò a farsi un giro chi le suggeriva di lasciar perdere la carriera per dedicarsi solo alla cura della casa.

Che stare con le mani in mano, relegata in un angolo della cucina, non fosse esattamente fra i suoi piani lo capirono tutti già nel 1950 quando, disobbedendo al divieto del mio bisnonno Giovanni, aveva partecipato a Miss Italia classificandosi tra le prime dieci.

Nonna sapeva fare tantissime cose, ma quella che le veniva meglio di tutte era amare il nonno di un amore così profondo che, senza di lui, non ci voleva stare nemmeno per un giorno.

Garantire a sua figlia la presenza costante di un padre e la certezza di non volersene in alcun modo separare furono le ragioni che la convinsero a seguirlo, quando lui le disse che si sarebbe dovuto trasferire in Spagna per lavoro.

Una vita lontana dall'unica persona accanto alla quale desiderava viverla sarebbe stata per lei intollerabile.

Per questo mia mamma ha vissuto la sua infanzia in terra straniera: perché la nonna non aveva mai creduto esistesse qualcosa di più importante del nonno che potesse di fatto impedirle di partire con lui.

Io, ascoltando questa storia, ho sempre pensato che fosse stata molto coraggiosa a decidere di rischiare così tanto.

Aveva abbandonato ogni certezza per un futuro tutto da riscrivere.

Quella notte però, mentre in macchina con Leandro, di ritorno dal tramonto sul molo, percorrevamo i tortuosi tornanti che ci avrebbero condotto in un luogo misterioso, credo che compresi meglio cosa dovesse aver provato nonna quando aveva preso la sua decisione.

Capii che non si trattava affatto di coraggio, perché per avere coraggio si deve rischiare qualcosa, mentre nonna, accanto al nonno, aveva tutto da guadagnare e nulla da perdere.

Non era partita al posto di rimanere, era partita perché non poteva fare altrimenti.

Forse questo fa l'amore, ti spiana un percorso che agli occhi degli altri è un'irta salita.

Seduta accanto a Leandro, su quella macchina, ero così sicura di essere nel posto giusto con la persona giusta, che se lui, per dire, mi avesse chiesto su due piedi di lasciare tutto e andare a vivere con lui, io penso che non mi sarei trovata di fronte a una scelta ma, come nonna, avrei solo abbracciato, convinta, la mia unica possibilità.

Dopo un'ora di strada percorsa sperando di evitare i cinghiali che abitavano il bosco circostante, Leandro imboccò un angusto sentiero sterrato che aveva tutta l'aria di non condurre da nessuna parte.

«Ma mi dici dove stiamo andando? Non è che finiamo impantanati in una palude?» domandai.

«Stai tranquilla, ho tutto sotto controllo. Solo non mi ricordo più se qui dovevo andare a destra o a sinistra» rispose, «mi confondo sempre.»

«Ah be', a posto» ironizzai, «comincio a chiamare la forestale allora, dico di seguire i segnali di fumo. Sai accendere il fuoco?»

«Certo che voi provenienti dalle grandi metropoli siete proprio impauriti dalla vita, bisogna godersi l'avventura! Adesso proviamo a girare qui e costeggiare quel muretto, mi sembra che poco più avanti ci sia uno spiazzo per lasciare la macchina.»

Eravamo letteralmente persi nel nulla.

Intorno a noi il buio pesto che solo la campagna sa restituire veniva ammorbidito da un primo quarto di luna, luminoso come fosse piena.

Anche se non glielo dissi, continuando piuttosto a mettere in discussione il suo senso dell'orientamento, quasi speravo ci fossimo davvero persi in quel bosco inospitale, così da avere più tempo da passare insieme, pregando che nessuno si sarebbe mai preso il disturbo di venire a cercarci.

Le mie fantasie vennero presto interrotte quando, tra gli arbusti che ancora invadevano la carreggiata, iniziai a scorgere due piscine termali a cielo aperto, vasche di acqua calda che la natura aveva scavato nella pietra per poi abbandonarle al loro quieto destino.

Sembrava d'esser finiti in uno di quei film romantici ambientati nel passato, dove i protagonisti si trovano a consumare il loro amore nei boschi, adagiati su letti di foglie di quercia, dopo aver nuotato nel lago alle pendici di un monte.

Lì però c'eravamo noi, catapultati dalla città a quell'angolo di paradiso sotto il cielo stellato più sorprendente di sempre.

Le due piscine di pietra che ribollivano d'acqua termale creavano un'atmosfera suggestiva, quasi fuori dal tempo e dallo spazio, in un limbo di spensieratezza in cui da giorni galleggiavano tutte le mie speranze.

Avevamo parcheggiato la macchina proprio nello spiazzo di cui Leandro si era ricordato e dopo aver spento il motore eravamo rimasti qualche secondo immobili ad ascoltare quanto fosse potente il silenzio dei luoghi incontaminati.

«Questo posto non lo conosce nessuno, ci son venuto qualche volta a guardare le stelle, anche d'inverno perché l'acqua nelle vasche è sempre bollente. Per me è incredibile.»

In effetti lo era, non trovai le parole adatte a trasmettere il mio entusiasmo, forse inibita dall'imbarazzo e sopraffatta dalla contentezza, convinta che qualsiasi cosa fossi riuscita a dire avrebbe raccontato solo in parte quello che invece, dentro di me, stava accadendo.

«Birra?» chiese raccogliendomi dallo stupore in cui ero caduta.

«Sì, volentieri!» Non potevo certo tirarmi indietro. «Ma tu hai il costume?»

«Ma che costume! Entro in mutande, tanto chi mi vede! Non c'è anima viva nel raggio di cinque chilometri.»

Senza perdere tempo, si era già spogliato dei vestiti e tuffato nelle terme a cielo aperto che quella sera potevamo considerare solo nostre.

Da sempre, quando è il momento di sfoggiare qualche completo intimo interessante, io è matematico che indossi le mutande di cotone del mercato.

E infatti.

Superato l'imbarazzo di dichiarare a Leandro la mia scarsa vocazione per il pizzo francese, tolsi i pantaloni e a seguire la maglietta.

Rimasi con solo un paio di semplici mutandine azzurre, come quando al Lido degli Scacchi il reggiseno neanche lo mettevo perché non capivo bene a cosa servisse, e forse per punirmi di questa diffidenza infantile la genetica non mi ha concesso di capirlo nemmeno una volta diventata adulta.

Mi immersi nell'acqua bollente sperando che il buio riuscisse a mascherare la mia timidezza e con due bracciate decise raggiunsi Leandro.

«Te ne intendi di costellazioni?» chiesi appoggiando la nuca sul bordo della vasca.

«Tu?» incalzò senza rispondere alla mia domanda.

«Un pochino. Mio papà quando ero piccola mi prendeva l'indice della mano destra e, seguendo il loro profilo nel cielo, mi mostrava le strane figure che la disposizione degli astri disegna sopra le nostre teste. Mi indicava animali, personaggi della mitologia greca, segni zodiacali. Ora che ci riguardo, però, non riesco più a ritrovarli tutti.»

«Quindi mi stai dicendo che potrei conquistarti fingendomi un esperto astronomo, senza che tu possa smascherare la mia inettitudine?» domandò rendendo chiaro così perché avesse voluto sondare la mia preparazione in materia, prima di rispondere.

«Sì, credo proprio che potresti farlo» ribattei senza smettere di fissare il cielo.

«Allora la vedi quella stella lì? Proprio sopra il tuo naso?» sussurrò avvicinandosi lentamente al mio collo e sfiorandolo appena con le labbra.

«Sì, certo» risposi incuriosita, preparando sguardo e memoria a un aneddoto che ero certa mi avrebbe ricordato Leandro a ogni futuro sguardo verso la volta celeste.

«Bene, quella è la stella polare ed è l'unica che conosco. Stop. Fine delle mie conoscenze in materia. Ho pensato fosse giusto dirti la verità affinché il nostro sentimento non affondi le sue radici nella menzogna» dichiarò prendendomi in giro.

Caricai nei palmi quanta più acqua possibile e aprendo il fuoco finii per annegare ogni traccia di romanticismo che quel momento aveva provato a portare con sé.

Leandro mi faceva ridere come nessun altro prima di

lui, possedeva una mente brillante e un carattere capace di adattarsi a ogni situazione.

Io gli ripetevo sempre che il suo ottimismo era quasi irritante: non c'era niente in grado di sconfortarlo davvero, tutto per lui poteva essere ridimensionato e processato, senza farsi investire dalla tristezza.

Ma il dono più raro che aveva, fra tutti, era una sensibilità fuori dall'ordinario.

Leandro aveva un'anima pura e la vedevi senza fatica.

Il suo modo di voler bene funzionava così: se avevi un problema, e magari gliene parlavi, subito per osmosi quello diventava anche il suo.

Lui si immedesimava e ragionava e pensava e alla fine trovava sempre le parole migliori, che non per forza erano quelle che ti volevi sentir dire, ma lo capivi lontano un miglio che si era davvero impegnato a sceglierle, non come quelli che ti riempiono di frasi fatte e proverbi, solo perché così fan prima.

Con il corpo al caldo, le braccia appoggiate al bordo della vasca e lo sguardo perso nei moti ondosi dell'acqua, pensai che negli ultimi anni mi ero interrogata spesso su come capire quando ci si trova accanto la persona giusta, sempre che ne esista una e che questa definizione comune abbia un senso.

Mi dicevo: ma come è possibile decretare un arrivo, se si è appena partiti?

Se a venticinque anni ancora si è visto così poco, di così tanto, chi pensa di avere già conosciuto la persona che fra tutti è la più giusta non è che forse, più che fortunato, è solo pigro?

Questo pensavo, prima di quella sera.

Leandro in soli due giorni era stato in grado di scardinare ogni mia più fervida convinzione circa la necessità di tempo, di pazienza e di tentativi, prima di avvertire il corredo di emozioni che annuncia il capolinea di quell'affannoso girovagare amoroso.

Non mi serviva nulla più del poco che avevo vissuto con

lui per capire che era in assoluto la mia persona preferita, quella trovata la quale ogni ulteriore esplorare avrebbe fallito miseramente.

«Se mi avessero detto, cinque mesi fa, che oggi mi sarei trovato qui con te, credo avrei riso in faccia a chiunque» disse Leandro interrompendo i miei pensieri.

«In che senso?»

«Mah, sai, io dopo Greta ho tenuto tutte le ragazze a debita distanza, un po' per paura, un po' per il lavoro che faccio. Ho sempre avuto il timore che si avvicinassero a me non tanto per chi sono, ma per quello che rappresento. Il mondo della musica è davvero insidioso da questo punto di vista.»

«E come mai allora hai deciso di scrivermi?» osservai.

«Questa è un'ottima domanda, a cui non so dare una risposta completa. Quello che ti posso dire è che non mi sono mai dimenticato del tuo viso. Da quando ti ho conosciuta, quella sera a Modena, ho sempre avuto addosso una sensazione strana, anche se ho fatto di tutto per ignorarla.»

«Be', ci sei riuscito, perché io neanche immaginavo ti ricordassi di me. In fondo, con tutta la gente che hai dovuto salutare quella sera, sarebbe stato più che comprensibile!»

«Ti assicuro che il tuo sorriso me lo sono sempre ricordato molto bene.»

«E perché allora ci hai messo così tanto a scrivermi?»

«Banalmente perché all'epoca ero fidanzato, e anche se le cose con Greta non funzionavano da un pezzo, non volevo mancarle di rispetto. Quindi ho sotterrato ogni tentazione.»

«E poi cos'è cambiato?»

«Be', tutto! Tanto per iniziare ho chiuso i rapporti con Greta. Anche se poi per scriverti ho aspettato ancora altro tempo, non volevo che le due cose sembrassero in qualche modo collegate, perché non lo erano. Cioè, non lo sono.»

«Io non ho mai saputo di Greta, neanche ai tempi di Modena, quindi non penso avrei fatto alcun collegamento, però lo apprezzo. Cioè, è stato un bel gesto da parte tua. E scusa, come facevi a sapere che io non ero esattamente una di quelle ragazze da cui tanto volevi tenerti alla larga?»

«Non lo sapevo, ma dovevo tentare. Non fosse altro per togliermi l'immagine di quel tuo sorriso dalla testa, se le cose avessero preso una brutta piega.»

Sorrisi immergendo la testa sott'acqua: non sono mai stata brava a gestire l'imbarazzo.

«E che piega ti sembra abbiano preso?» domandai poi curiosa, allontanandomi di qualche bracciata, giusto lo spazio necessario a simulare una certa dose di indifferenza nei confronti di quella sua prossima risposta, quando invece, nel mio cuore, la differenza, l'avrebbe fatta tutta quanta.

«Ti dirò, cara Marta, una piega migliore di ogni mia più rosea aspettativa.»

«Addirittura?»

«Sì, ma c'è ancora ampio margine per cambiare idea» scandì guardandomi con un'aria finto-minacciosa.

«A parte gli scherzi» continuò accorciando la distanza che io per timidezza avevo creato tra i nostri corpi, «per me conoscerti è stato un passaggio liberatorio. Per anni sono stato schiavo dell'idea che Greta fosse l'unica persona in grado di rendermi felice, forse perché pensavo che avendola conosciuta molto tempo prima, prima di fare quello che faccio ora intendo, i suoi sentimenti fossero in qualche modo più sinceri e disinteressati di quelli che avrei potuto trovare altrove. Credo lei lo abbia sempre saputo e, sfruttando questa mia paura, ha avvelenato il nostro rapporto.»

«Cosa intendi per "avvelenato"?»

«Mi ha tenuto in scacco. Mi sono fatto andare bene praticamente tutto, anche se non sopportavo più niente. Era una persona infelice e col tempo, insieme a lei, lo sono diventato anche io.»

«Non hai mai preso in considerazione l'idea che potesse esserci un'alternativa?»

«No. Lei continuava a ripetermi che aveva bisogno di me e io non riuscivo a perdonarmi l'idea di abbandonarla ai suoi problemi. In un certo senso pensavo che avendo iniziato una relazione con lei avevo fatto una scelta, una scelta che per forza di cose aveva comportato delle responsabilità che non potevo non assumermi, quantomeno per l'amore che c'era stato tra noi, molto tempo prima.»

«Diciamo che, da come lo descrivi, il tuo, più che un amore, sembra essere stato una missione umanitaria. Non so, non che a me sia andata molto meglio eh, intendiamoci, però forse tra di voi c'era più di un problema e averli ignorati per così tanto tempo non è stata una mossa vincente, diciamo.»

«Sono molto d'accordo, per questo dico che per me tu sei stata un passaggio liberatorio. Senza volerlo, la tua presenza nella mia vita è stato un antidoto per un veleno a cui il mio corpo era ormai assuefatto. Cambiando prospettiva ho capito che la relazione con Greta andava avanti solo perché avevamo paura di rimanere soli.»

Avrei voluto rispondergli che ero lì, ero pronta a ribaltare l'idea sbagliata che si era fatto dello stare insieme, che se c'è una cosa da mettersi bene in testa è che un rapporto di coppia deve aggiungere qualcosa allo stare soli, si deve essere più felici in due rispetto a quanto non lo si è come individui, altrimenti ogni sforzo perde di significato ed è meglio lasciar perdere.

E poi avrei voluto anche aggiungere che, tutte queste belle cose che gli stavo dicendo, io mica le avevo mai messe in pratica! Che predicavo bene ma razzolavo male da sempre, però da quando lo avevo conosciuto mi sembrava di averla capita, la lezione, perché non vedevo l'ora di tracciare una linea alla fine del foglio e dire: sì, se fossi stata sola sarebbe andata bene comunque, ma con Leandro è decisamente meglio.

Di quello che volevo dire non dissi nulla, me ne vergognavo.

Avevo l'impressione, o il timore, che sentimenti così profondi fossero troppo prematuri e non volevo che, venendone a conoscenza, lui si spaventasse.

Così mi avvicinai soltanto per abbracciarlo in silenzio, lasciando che le mie mani, accarezzando il suo corpo, supplissero alle parole.

Appoggiai il mio mento alla sua spalla, mentre le braccia circondavano il suo corpo sott'acqua.

Lui mi scostò i capelli lunghi e bagnati che mi tagliavano il viso e sfiorando le tempie col naso si mise a odorarle con un profondo e lunghissimo respiro.

«Che fai?» chiesi a metà fra lo stranito e il divertito.

«Sento il profumo delle tue tempie. Sono un grande sostenitore della teoria delle tempie, non so se te ne ho mai parlato» rispose continuando il suo rituale.

«No, non che io ricordi. Quale sarebbe questa teoria? Sono molto curiosa.»

«È molto semplice: se c'è una cosa che devi odorare di una persona, per capire se l'odore di quella persona ti piace, sono le tempie. Non il collo, non i polsi, non gli indumenti, le tempie. E lo sai perché?»

«No, perché?»

«Ecco appunto, per questo. Nessuno si aspetta mai che gli vengano odorate le tempie e quindi non si prepara. Uno si lava, si profuma, si imbelletta, ma non lì, non sulle tempie. Per questo io le prediligo, perché non mentono, non sono mai agghindate per esser meglio di quello che sono.»

Improvvisamente non aver spruzzato il profumo anche nell'aria, affinché una parte si posasse pure su quel punto inaspettato, mi sembrò la più grave mancanza che la mia preparazione potesse annoverare, dunque aspettai impotente che il suo olfatto mi giudicasse colpevole.

«Le tue, ad esempio, hanno un profumo buonissimo» decretò.

Risi sollevata. «E di che sanno?» chiesi.

«Non so, non saprei spiegarlo. Sanno della tua pelle, che mi sembra sia già, di per sé, una perfetta definizione di "odore buonissimo".»

Si era fatto tardi, a giudicare dallo stato dei nostri polpastrelli eravamo rimasti immersi in quelle vasche per ore, eppure nessuno dei due aveva voluto prendersi la responsabilità di interrompere un momento che chissà quando avremmo potuto rivivere insieme.

A farlo ci pensò il telefono di Leandro che, inaspettatamente, si mise a suonare nel cuore della notte.

Era rimasto sul sedile della macchina, lo sentimmo solo in lontananza, e lo lasciammo suonare senza darcene pensiero.

Quando però le chiamate divennero ripetute e incalzanti, Leandro si arrese alla realtà e uscì dalla vasca per andare a rispondere.

Io chiusi gli occhi e allargai gambe e braccia restando a galla, la posizione del morto, una delle mie preferite.

«Pronto?» sentii in lontananza.

Poi una lunga pausa.

Troppo lunga, pensai, così mi avvicinai al bordo per sentire meglio.

«Cosa?!» La voce di Leandro d'un tratto s'era fatta scura, suonò come mai prima di quel momento l'avevo sentita suonare.

«E perché a Roma?» aggiunse tra una pausa e l'altra. «Ok, ho capito. Va bene, l'importante è che per ora sia fuori pericolo, domani mattina alle nove sono lì.»

Chiuse la chiamata e rimase immobile a fissare lo schermo del telefono.

«Chi era?» chiesi preoccupata.

«Greta stanotte ha avuto un incidente.»

«Oddio, dove? Come è successo?»

«Non lo so di preciso, mi hanno detto che l'hanno vista aggirarsi piuttosto turbata nel locale dove andiamo tutti di solito il sabato sera. Chiedeva di me, non trovandomi se n'è andata con la sua macchina. Nessuno ha saputo più nulla fino alla chiamata della sorella, che è stata allertata dal Pronto Soccorso per chiedere l'autorizzazione al trasferimento, l'hanno trasportata d'urgenza al Gemelli di Roma. Non può ricevere visite fino a domani mattina, sembra fuori pericolo ma la tengono in osservazione perché ha subito gravi lesioni. Così hanno detto i medici.»

Ricordo gli istanti che seguirono quella telefonata come i più egoisti della mia vita. La verità è che non mi dispiacque affatto per l'accaduto, non mi interessava nulla di Greta, dell'incidente, del trasferimento, ero solo consapevole del fatto che quell'episodio aveva messo fine al mio tempo con Leandro, infrangendo una serenità che era evidente non poteva più essere ricomposta.

Mi sentivo una persona orribile, ma non riuscivo a pensare ad altro che non fosse l'ultima frase da lui pronunciata.

"Domani mattina alle nove sono lì."

Quelle parole avevano agito da ordigno silenzioso piazzato con cura al centro esatto del mio petto.

Ci fu come una grande esplosione, ma mi sgretolai in modo composto, senza fare rumore.

Lo vidi appoggiarsi alla portiera della macchina che aveva aperto per recuperare il telefono, il suo sguardo era perso e il suo colorito si era fatto pallido e terreo.

«Ohi, ti senti bene?» chiesi dopo essere uscita di corsa dall'acqua, temendo stesse per crollare a terra.

«Sì sì, sto bene, mi siedo un attimo. La sorella mi ha detto che sembrava fuori di sé, così le hanno detto. Forse ho esagerato, Marta» balbettò sorreggendo la fronte con entrambe le mani.

«Ma esagerato a fare cosa? Tu non c'entri nulla con quello che è successo, è chiaro?» dissi accarezzandogli il viso nel tentativo di tranquillizzarlo.

«Sono stato troppo duro nell'ultimo messaggio che le ho mandato, forse avrei fatto meglio a non risponderle affatto, così ho solo peggiorato le cose.»

«Leandro, non dire cazzate, tu hai risposto a un messaggio che non aveva senso di esistere. Le tue parole sono state chiare e sincere come meritava un dialogo così delicato. È molto più difficile essere tranchant, come hai fatto tu, che lasciare aperti fasulli spiragli a cui poi l'altro si aggrappa con tutte le forze.»

«Non lo so, Marta, non so cosa pensare. Credo comunque che domani partirò per Roma, devo andare almeno a vedere come sta, glielo devo.»

"Tu non le devi proprio niente" pensai, ma non lo dissi.

Accettai la sua decisione presagendo un infausto finale.

Tutta la felicità che fino a cinque minuti prima sembrava permeare ogni cellula del mio corpo si era di colpo congelata e poi frantumata in mille pezzi.

«Va bene, intanto andiamo a casa, domani capiamo cosa fare, ok?» proposi cercando di ingoiare il magone che sentivo mi stava bloccando la gola.

Salimmo in macchina in religioso silenzio, quando accese il motore partì anche la radio e, sulle note di *Olsen Olsen* dei Sigur Rós, capii che non sarei riuscita a trattenere le lacrime.

Non volevo che il mio dispiacere alimentasse ulteriormente il suo, che già esondava senza controllo, così mi girai con tutto il busto fingendo di guardare fuori dal finestrino e mi abbandonai a un pianto che sentivo non avrebbe avuto facile consolazione.

Leandro se ne accorse, perché poco dopo sentii la sua mano posarsi sulla mia coscia, un gesto che in quel trambusto di pensieri poteva voler dire tutto, come assolutamente nulla.

Poco prima mi era sembrato fossimo una cosa sola, dopo quella chiamata invece non riuscivo più a capire cosa pensasse, cosa sarebbe successo tra noi, da quel momento in poi.

Tutto diventò oscuro e indecifrabile.

Sentii la frizione accogliere a fatica le marce, i freni entrare in azione e la macchina accostare in un'area di sosta al lato della strada, la stessa strada persa tra i boschi che avevamo percorso all'andata.

«Guardami, ti prego» lo sentii chiedere a bassa voce.

Mi girai consapevole del fatto che non sarei riuscita a nascondere la disperazione in cui ero piombata, senza capire se tutto ciò che stavo provando avesse un senso o fosse solo la notte a filtrare le cose con la lente della disillusione.

Leandro spense la macchina, inserì il freno a mano, asciugò sul mio viso la scia di lacrime che non avevo fatto in tempo a cancellare, mi baciò e mi prese di peso sulle sue gambe.

Mentre facevamo l'amore avvinghiandoci tra le pieghe di quei sedili, una parte di me sapeva che quella sarebbe stata l'ultima volta, stavamo entrambi annegando in un dolore che non riuscivamo ad arginare, pronti a fare i conti con il sorgere del sole.

Le mie lacrime si mischiavano alla sua saliva, ai baci, alla pelle, alle gambe, al suo collo e alle mie braccia, e in un gomitolo di passione e sofferenza, con quell'abbraccio, ci stavamo dicendo addio senza saperlo.

Una cosa da mettersi bene in testa, ripensai tornati sulla strada verso casa, è che se una cosa tu te lo senti, che ha qualcosa di strano, di inverosimile, che da tanto è bella non sembra mica vera, quella cosa, stai pur certo che vera, mi dispiace, è impossibile che lo sia.

E questo è quanto.

15
Ci sentiamo più tardi

Una cosa che a me piace molto è svegliarmi dopo un incubo terribile e scoprire che è stato solo un incubo terribile.
Ancora meglio se è un incubo lucido.
I sogni – o incubi – lucidi sono quelli in cui mentre si sogna si è coscienti del fatto che si stia sognando.
Spesso si riesce anche a dirigere il corso degli eventi, quindi se per esempio quello che stai sognando non ti piace molto, e a me non piace quasi mai, puoi decidere di svegliarti.
Il risultato finale però non cambia: quando apri gli occhi e ti rendi conto che tutte quelle disgrazie, quelle sfortune che stavi vivendo, facevano tutte parte di qualcosa che non esiste, ah che bellezza!
La sensazione di sollievo che ti travolge vale tutte le fatiche sopportate nel sonno.
Più spesso, però, mi è capitato il processo inverso, e quello mi piace sempre poco, per non dire affatto.
Svegliarsi da un sonno tranquillo, che ha firmato una tregua con le preoccupazioni, per poi essere travolti da una valanga di realtà che quasi ti paralizza, è una sensazione che non dimentichi.
Questo è il ricordo più vivo che ho di quella mattina d'ottobre: una tristezza fittamente intrecciata, fra le cui maglie faticava a farsi largo il respiro.
Quando aprii gli occhi mi ci volle qualche secondo per realizzare dove mi trovassi, ma guardando i miei vestiti an-

cora umidi accartocciati ai piedi del letto, l'urto dei ricordi mi scavò una voragine nel petto.

Quasi non avevo il coraggio di controllare l'ora, non volevo sapere quanti minuti o secondi contasse il nostro ultimo tempo insieme prima della mia, anzi della nostra, partenza.

Tutto mi sarei aspettata da quei giorni appassionati, tranne quel tragico finale.

Lo sentii svegliarsi di soprassalto e guardare il telefono al lato del letto, convinto che la sveglia non fosse suonata e la sua promessa di arrivare a Roma entro le nove fosse irrimediabilmente compromessa.

Rimasi ferma immobile, accucciata sul fianco sinistro, aspettando che la sua reazione mi svelasse se fosse ancora il tempo dell'usignolo o quello crudele dell'allodola.

Ripose il telefono sul comodino e si girò dal mio lato, abbracciandomi il fianco e appoggiando le labbra sulla mia spalla, rimasta scoperta dal lenzuolo.

Fin dall'infanzia ci abituiamo a stringere più forte le cose da cui dobbiamo separarci, quelle che abbiamo avuto accanto fino a un minuto prima, ma a cui sappiamo di dover dire addio.

C'è questa abitudine, mi sembra, di dare un'ultima stretta fortissima, come con la speranza che quel gesto, proprio perché deve durare più a lungo, e a volte pure per sempre, lasci un solco profondo, una testimonianza del nostro passaggio.

Questa era la lingua che parlavano le braccia di Leandro quella mattina.

Nella loro morsa senza via d'uscita mi stavano confermando che per noi non c'era più spazio per gli arrivederci.

Non ci dicemmo nulla.

Rimanemmo in silenzio a consumare quell'ultimo abbraccio, neanche il canto della tortora arrivò a smussare gli angoli della sofferenza, a conferma del fatto che non sarebbe stato un giorno felice come quelli che lei, per tradizione, era solita annunciare.

Mi lasciai andare a un pianto inconsolabile senza fare rumore.

Leandro se ne accorse solo perché il profilo del mio corpo singhiozzava, su e giù, ritmicamente, senza darsi pace. Afferrandomi la spalla, mi girò sull'altro fianco.

I nostri sguardi si incrociarono e mi strinse con il dispiacere di chi è convinto di non avere alternativa al dolore.

«Che ore sono?» chiesi cercando di riprendermi.

«Le 6.40» rispose, «tra venti minuti io devo partire, tu se vuoi continua a dormire. A che ora hai il treno?»

«Alle 11, ma ne prendo uno prima, non voglio restare qui. Vengo anche io.»

In quel momento nulla mi sembrava più inospitale di una casa dove avevo provato sentimenti così forti da farmi mettere in discussione tutti quelli vissuti fino a quel giorno.

Dopo essermi lavata e vestita in pochi minuti, passando per il lungo corridoio che divideva l'ingresso dalla zona notte, vidi il mio riflesso nel grosso specchio antico appeso alla parete.

Mi ci soffermai solo qualche secondo, giusto il tempo di notare che la tristezza, esondando dagli occhi, si era come diffusa tutta quanta, era scesa verso le guance, scavate e stanche, passando per i capelli, che non mi erano mai sembrati così annodati e spenti, fino alle braccia che pareva si reggessero appena alle giunture, pronte a staccarsi da un momento all'altro.

Quindi sarebbe stata quella l'ultima immagine che Leandro avrebbe conservato di me? Ragionai, fissando il mio riflesso negli occhi.

"Mi ricorderà così, avvolta da questa coltre di tristezza?"

Anche se mi sforzavo di pensare che non era ancora detta l'ultima parola, che in fondo poteva pure succedere che lui, vedendo Greta, non avrebbe ceduto ai ripensamenti e sarebbe tornato da me, in fondo sapevo che alla fine della nostra frase era già stato messo un punto.

La loro vicinanza avrebbe fatto riaffiorare i momenti felici del passato, perché questo spesso fa il tempo, ti ripulisce la mente dai ricordi peggiori e riconsegna il vissuto a un fulgore che non sempre si merita.

Prima che uscissimo di casa, il cielo, da terso che era, si fece d'un colpo plumbeo e minaccioso, annunciando uno di quei temporali estivi dove piove così fitto che non vedi nulla, neanche a distanza di pochi metri.

Ed era quello che mi era successo, dopotutto: un attimo prima mi sembrava di vedere lontano chilometri, da tanto tutto era sereno, e poi più niente.

Sforzandomi di immaginare cosa avrei fatto anche solo qualche ora dopo, non vedevo nulla, solo un temporale di lacrime all'orizzonte.

Arrivammo in stazione gestendo a fatica la conversazione, ogni tentativo di alleggerire l'atmosfera sembrava innaturale e forzato.

Percepivo la sua irrequietezza dal fare nervoso con cui inseriva le marce e dall'intolleranza che riservava alle altre macchine in carreggiata: se capitava che qualcuno non partisse immediatamente, appena scattato il verde, lui si attaccava al clacson senza riserve, come se produrre quel rumore assordante fosse per lui una valvola di sfogo.

Io rimanevo in silenzio guardando la strada, ma la verità era che dopo l'incidente di Greta mi ero ammalata di una bramosia famelica: volevo conoscere ogni dettaglio della loro relazione, soprattutto quelli meno allegri, per potermi convincere che insieme non erano stati felici.

Il mio obiettivo era capire in che modo fossero arrivati a dirsi addio per poi incamerare strumenti utili a riportare Leandro sulla mia strada.

Eppure di Greta, in un primo momento, non mi era interessato nulla.

Quando Leandro mi aveva riferito che fosse passata sotto casa sua, l'avevo ingenuamente considerata innocua, un capitolo chiuso di cui non c'era motivo di preoccuparsi.

Avevo deciso di non investire tempo o energie per indagare su qualcosa che credevo sepolto, così sicura dell'egemonia del presente sul passato.

Ora di tempo non ce n'era più.

Me ne sarei dovuta tornare a casa con tutti i dubbi, le supposizioni, i misteri irrisolti su di lui, su di loro, su quello che erano stati e cosa sarebbero ancora potuti essere.

Leandro parcheggiò la macchina al lato della stazione, e scese per aprirmi la portiera.

Io temporeggiai qualche secondo sul sedile del passeggero, fingendo di non trovare il tasto d'apertura della cintura di sicurezza.

Ecco, in quel preciso momento successe una cosa che, quando ci ripenso, mi intenerisce sempre molto.

Prima di scendere dall'auto e incamminarmi con Leandro verso il binario, sfilai dallo zaino che tenevo sulle ginocchia una maglietta a maniche corte, ancora umida.

Era quella che avevo indossato la sera prima, alle terme, quando uscita dall'acqua, sentendo freddo e non avendo un asciugamano a disposizione, avevo preso la prima cosa che mi era capitata sottomano.

Dopo averla sfilata, la nascosi fra i sedili posteriori, mimetizzata fra le cianfrusaglie che affollavano la macchina di Leandro.

Volevo che di quei giorni rimanesse un ingombro, qualcosa in grado di prendersi uno spazio, anche piccolo, in una vita che non avrei più abitato.

Sarebbe stata, quella maglietta, come qualcuno che ti aiuta quando una cosa ce l'hai proprio sulla punta della lingua, ma non ti viene in mente.

Se lui avesse corso il rischio di dimenticarsene, eccola lì la risposta: l'alternativa che non aveva mai pensato di avere gli avrebbe presentato il conto.

Certo un po' sorrido nel ripensare a quel gesto, così ingenuo e infantile da sembrare sciocco, ma una cosa che era vera prima ed è vera sempre, secondo me, è che l'amore ci rende tutti un po' prevedibili e imbecilli.

Mi accompagnò al binario tre, treno in partenza nel giro di pochi minuti, direzione Milano Centrale, quattrocento chilometri più lontano rispetto a dove avrei voluto essere.

«Quando hai notizie mi fai sapere?» chiesi solo per educazione.

Non me ne importava nulla di come stesse Greta, né di come sarebbe stata nei giorni successivi, volevo solo avere la certezza che l'avrei risentito, che quel saluto in stazione non sarebbe stato il nostro ultimo contatto.

«Certo, ti scrivo dopo» rispose allargando le braccia, invitandomi a inserirmi nel suo abbraccio.

Ci entrai senza esitare e lo strinsi cercando di trattenere le lacrime che sentivo stavano per iniziare il secondo atto.

«Non ti faccio domande» gli sussurrai all'orecchio, «perché ho paura delle risposte.»

«Lo so» rispose conciso.

«Però ti prego, non farti schiacciare dal peso di responsabilità che non hai» aggiunsi.

Speravo di ottenere da lui una frase di conforto o anche solo cogliere, nelle sue parole, un'intonazione diversa dal solito, un indizio sui suoi pensieri, un messaggio subliminale a cui avrei potuto aggrapparmi una volta ripartita.

Nulla.

Si distaccò lievemente, quel poco sufficiente a raggiungere col suo viso le mie tempie e prendere un grande respiro.

«Me lo voglio ricordare per bene questo profumo.»

Mi prese il volto tra le mani e mi baciò la fronte.

Nei suoi occhi comparve una malinconia cupa: sebbene l'avesse macerata e conservata negli anni, era venuta a galla solo nelle ultime ore, come un'infezione latente con cui il corpo convive da tempo.

«Il mio treno sta partendo, vado. Ci sentiamo più tardi.»

Dissi proprio così, "ci sentiamo più tardi", perché avevo bisogno che l'ultima frase di quella mattina, pronunciata sotto il tabellone delle partenze, garantisse un secondo tempo alla nostra partita.

Ricordo quel viaggio in treno come uno dei più tristi della mia vita tutta.

Lo affrontai abbandonandomi a un pianto inconsolabile che neanche il mio grosso paio di occhiali da sole scuri riuscì a nascondere.

Seduta sul sedile di fronte c'era questa ragazza che come

si vedeva che le dispiaceva, ogni tanto mi sembrava quasi che cercasse in borsa un fazzolettino da porgermi, ma non lo trovava, così seguitava a guardare in basso per non mettermi a disagio.

È sempre un bel gesto lasciare spazio alla sofferenza degli altri, io credo.

Quando te la trovi di fronte, ecco che ti giri dall'altra parte, ma non per maleducazione, tutto il contrario.

Ti giri perché la nudità di quel dolore, soprattutto quando questo trasuda senza che si riesca ad arginarlo, la compatisci nel significato latino del termine.

Cum patior, soffro con te, percepisco il tuo dolore e vorrei alleviarlo, ma non riuscendoci abbasso lo sguardo, che è un po' come chiedere scusa per non essere stati d'aiuto.

Ad aspettarmi in stazione, verso l'ora di pranzo, c'era, come sempre, Olivia.

Le avevo accennato qualcosa per messaggio, durante il viaggio, e senza neanche avergielo chiesto si era fiondata fuori dall'ufficio abbandonando il lavoro in coda sulla scrivania.

Mi abbracciò senza fare domande, ché il mio viso gonfio, con gli occhi rossi, le aveva già dato tutte le risposte necessarie, e mi accompagnò a casa.

Nel tragitto cercò di distrarmi raccontandomi aneddoti divertenti accaduti in studio negli ultimi giorni, ma io faticavo a prestarle attenzione e realizzai anche che, entro sera, avrei dovuto confessare a mia madre di averle mentito.

Non sarei stata in grado di reggere il gioco, mostrandomi serena e spensierata.

Volevo sentirmi libera d'essere di cattivo umore.

A venticinque anni vivevo il tormento dei momenti di passaggio e sentivo feroce il richiamo della mia indipendenza: riuscire ad andare a vivere da sola senza pesare su nessuno era il motore di ogni mio sforzo.

Al contempo però, quando mi capitava di confrontarmi col dolore, ero contenta di non esserci ancora riuscita e ringraziavo di trovare le parole di mamma, la sera, a disinfettare le ferite.

Confidarmi con lei non era cosa frequente, geneticamente poco snodate, entrambe, nella ginnastica dei rapporti familiari.

Eravamo come i rami di uno stesso albero, che per tutta la vita spingono verso l'esterno, ma non sopravviverebbero un solo giorno senza il tronco che li tiene insieme.

Non avevo paura di raccontarle che le cose non erano andate come le avevo scritto, anzi.

Aspettavo paziente l'arrivo delle sue mani che, allenate con gli anni a calmare le mie irrequietezze, speravo potessero riservarmi la loro consolazione senza giudizi.

Nella penombra della mia camera morivo d'angoscia e mi preparavo a incassare tutti i "te l'avevo detto" che sarebbero arrivati da chi avesse ascoltato il racconto di quella mia storia bizzarra.

Come si spiega una cosa grande come quella che è stata, senza sembrare solo un'ingenua incosciente raggirata da qualche parola d'amore e una promessa d'abbracci?

Qualsiasi modalità non le avrebbe restituito l'unicità che invece avrebbe meritato.

Il pomeriggio trascorse nella più totale apatia.

Non volevo parlare o mangiare, tantomeno provare a occupare il tempo facendo qualcosa di concreto, desideravo solo sdraiarmi sul letto, chiudere gli occhi e aspettare un messaggio di Leandro che confermasse ogni mio timore.

Quando arrivò mamma mi accucciai fra le sue carezze raccontandole ogni cosa, facendole leggere da dove io e Leandro eravamo partiti e spiegandole dove mi sarebbe piaciuto fossimo terminati.

«Perché non mi hai detto che saresti andata a Perugia da lui?»

Lo chiese in tono calmo e rassicurante.

Era il suo modo per dirmi che, se l'avesse saputo, non avrebbe comunque impedito la mia partenza.

«Perché mi avresti messo in guardia, facendomi dubitare della mia decisione. E avresti anche avuto ragione, visto come poi sono andate le cose.»

Seduta sul letto, scostandomi i capelli che mi si erano attaccati al viso bagnato di lacrime, mi disse: «Tesoro mio, le parole che vi siete scritti in questi mesi mi suonano sincere, sarebbe davvero difficile inventarsi di sana pianta un sentimento che si porta dietro già molte difficoltà, vista la vostra distanza. Se non le avesse pensate non sarebbe neanche riuscito a scriverle o comunque avrebbe mollato il colpo, dirigendosi verso qualcosa di più semplice. Di questo non dubitare».

«Tu non hai visto la sua faccia quando ha saputo di Greta, mamma, sono certa che tornerà con lei.»

«Non so che cosa deciderà, ma una cosa te la voglio dire, anche se so che non ti piacerà.»

Mi spiegò che se si posa una piccola ombra all'inizio di un rapporto, che invece dovrebbe essere il momento di massima luce, questa è sicuro che poi si farà sempre più grande e col tempo oscurerà tutto quanto.

Disse anche che gli avanzi di passato, quando hanno il potere di condizionare il presente, sono nemici insidiosi e subdoli, e bisogna dare loro il giusto tempo per scomparire, se no si rischia di ritrovarseli, come erbe infestanti, nel proprio giardino.

«Non ti fossilizzare nel desiderare qualcosa che forse non è il momento che accada, se no rischi di piombare in un buio profondissimo e poi uscirne è più doloroso che accettarne la separazione.»

Purtroppo io, invece, questa tendenza a incaponirmi sulle cose, ce l'avevo eccome.

Mi intestardivo e piangevo e mi arrabbiavo, con ostinazione cercavo nuove teorie che potessero giustificare quella mia testarda resistenza.

Ero diventata bravissima a giustificare me stessa: anche le più assurde tra le soluzioni che partorivo per aggiustare le cose, mossa dal fuoco della mia cocciutaggine, mi sembravano geniali.

Quella volta, però, fu molto diversa.

Mi ripromisi di dare ascolto alle parole di mamma, di accettare che le cose potessero non andare come sperato, di lasciare la presa senza continuare a tirare, perché se una lezione l'ho imparata, da tutta questa storia, è che il tempo gioca un ruolo che non puoi certo ignorare.

Lo devi sempre tenere presente, perché una cosa può essere anche bellissima e perfetta, ma se non è tempo, cara mia, non c'è niente da fare.

Abituarsi a questa questione per cui le buone intenzioni non bastano se non è anche un buon momento, non fu per niente facile.

Anzi, fu molto doloroso.

Essere convinti di avere ragione e non riuscire a farlo capire agli altri, se devo descrivere come ci si sente, io direi mortificati.

Quando la storia d'amore bizzarra è quella degli altri, infatti, si ha sempre una soluzione facile in tasca, un consiglio da dispensare su due piedi anche se non si è compreso nulla della vicenda.

Così, nei giorni seguenti, mi sarei abituata ad accogliere le solite frasi che iniziano sempre con la stessa premessa "se fossi in te".

Quello che avrei pensato dopo averle ascoltate, però, era che nei miei panni, per poter capire quanto grande e fulminante fosse stato quel nostro sentimento, non c'era stato proprio nessuno.

Quindi era bene che ognuno tenesse il proprio parere nelle tasche.

Intanto, senza che me ne accorgessi, si era fatto buio.

Di Leandro non avevo ancora ricevuto notizie, e il mio orgoglio ferito mi impediva di andarle a cercare.

Proprio quando pensavo che le mie domande non avrebbero avuto risposta, una notifica segnalò l'arrivo di una nuova email.

Marta cara,
sto riflettendo da ore su come dirti quello che devo dirti.
Sono arrivato a capire che non credo esista una modalità che

potrò mai ritenere migliore, perciò sto semplicemente lasciando andare le dita sulla tastiera, senza rileggere o cancellare qualcosa.

Un flusso di coscienza, quindi, sperando di riuscire a descriverti anche solo una piccola parte di ciò che mi ottunde la mente.

Questo poco tempo passato insieme, così come tutte le cose che ci siamo scritti nel tempo, sono la prova inconfutabile di quanto io mi fossi negato la possibilità di essere felice negli ultimi anni.

Mi hai destabilizzato perché sei tutto quello che non mi sarei mai aspettato di incontrare.

Ero partito convinto che il mio lavoro era al contempo salvezza e rovina, perché mi impediva di avere fiducia in qualsiasi persona che non rientrasse tra quelle poche che fanno parte della mia vita da sempre.

Tu, che sei pura e dolce e delicata, mi hai dimostrato che sono stato il più presuntuoso fra gli stolti: per anni ho creduto di aver capito il mondo, mentre il mondo mi mangiava in testa.

Sei entrata in silenzio estirpando dal suolo ogni mia più radicata convinzione.

Mi hai scosso dal più profondo dei sonni in cui si possa piombare perché hai provato empatia vera per i miei pensieri e li hai sentiti tuoi, ti sei emozionata e io ho fatto lo stesso, senza potermi controllare.

Torno però ora da una lunga visita in ospedale a Greta, la ragazza con cui ho passato praticamente tutta la mia esistenza cosciente, una ragazza che ho creduto di avere amato, ma che ora mi chiedo se abbia mai conosciuto davvero.

Greta è salva per miracolo, e il rischio lo ha corso a causa mia.

Il suo incidente è stato peggio di quanto pensassi, è fuori pericolo ma è in coma farmacologico, i medici hanno detto che ha bisogno di cure intensive e che vogliono ridurre al minimo il suo metabolismo per garantirle una ripresa più rapida. Ci sarà una lunga fase di riabilitazione, dopo il risveglio, e non ho la forza di abbandonarla al suo destino.

In passato mi sono così tanto proiettato nel rapporto con Greta che ora, sapendola in queste condizioni, mi trovo incapace di reagire e prendere la decisione che anche un deficiente prenderebbe a occhi chiusi.

Proprio ora che avevo capito esistere una scelta, anche per me, un cretino sentimentale manovrabile con un reflusso spontaneo nei confronti del mondo che lo circonda, so di non poterla compiere, non ho la libertà necessaria per farlo.

Devo risolvere i problemi che ho creato, anche se questo significa rinunciare all'unica persona con cui io mi sia mai sentito davvero felice.

Non so ancora cosa farò, come gestirò tutta questa triste situazione, ma mi sono giurato che la mia confusione non ricadrà su di te, perché vederti ripartire questa mattina mi ha distrutto a tal punto da convincermi del fatto che il minimo che io possa fare per il nostro dolore è non farlo tornare mai più.

Chiaramente mentre lo scrivo mi sento morire e ti giuro vorrei tu potessi capirlo così da non doverti scrivere tutto questo, invece mi tocca farlo.

Nonostante vada contro ogni mio desiderio, ho preso la decisione di non scriverti più. Non lo farò più davvero.

Forse sto chiudendo una porta senza neanche mantenere una via di uscita reale contro la mia volontà, ma ho pensato che sia comunque più giusto di vederti piangere come questa mattina.

Non ti farò più male del male che non avrei mai voluto farti.

Scusami, per tutto quello che ho causato senza volere.

L.

16
La felicità è una cosa seria

Per me la fine dell'estate non ha mai una data precisa.
Un giorno arriva un grosso temporale che abbassa di colpo le temperature e poi, da quel momento lì, il caldo non torna più.
Per esempio nel 2018, che c'è stato un caldo, ma un caldo che fu proprio insopportabile, l'estate finì col violento temporale del 9 settembre.
Fino a quell'anno il caldo era durato anche molto di più.
Nel 2014, per dire, i primi di ottobre si stava tutti in maniche corte a sventolare pezzi di cartone riciclati a ventaglio.
Quell'anno invece l'estate finì, per tutti, il 13 settembre, con una violenta perturbazione che dal Sud Italia risalì fino a Milano, soffiando via ogni avanzo d'estate.
La mia, invece, terminò il 7 ottobre, quando lessi il messaggio di Leandro.
Passai tutta la notte sveglia, paralizzata dalla tristezza.
Non era rimasta strada, per me, che avesse senso d'essere attraversata, tempo che meritasse d'esser speso o luogo che valesse la pena d'esser visitato, se non potevo farlo accanto a lui.
Per non rischiare di annegare nel silenzio che abitava la stanza, decisi di guardare un film: preferivo osservare le vite degli altri che continuare a maledire la mia.
Il film in questione era *Bianca*, di Nanni Moretti.

L'ho guardato così tante volte ormai, che dovrei saperlo a memoria.

Eppure ogni anno che passa le battute dei protagonisti mi suonano nuove, anche se sono sempre le stesse, forse perché sono le mie orecchie che di volta in volta affinano il modo di ascoltarle.

A me sembra che Nanni Moretti sia bravo a parlare d'amore perché pare che non ne parli proprio, anche se invece lo fa sempre, e non è mica una cosa facile.

Una volta lessi un'intervista a questo scrittore russo che non ricordo bene come si chiamasse perché hanno tutti dei nomi che a leggerli non sai mai da che parte iniziare.

L'intervistatrice gli chiese perché i suoi libri non parlassero mai d'amore, che mi sembrò una domanda un po' strana, sarebbe come chiedere a un ciclista perché non ha mai saltato con l'asta: non è che l'essere sportivi, di per sé, ti imponga di praticare ogni disciplina, ma comunque.

A questo scrittore che non parlava mai d'amore la domanda non suonò strana per niente, si vede che gliel'avevano già fatta in tanti.

Lui rispose che non parlava d'amore perché non trovava le parole.

Spiegò come esistano passioni e tormenti che mancano di un corrispettivo linguistico: non c'è un contenitore giusto che spieghi bene quel contenuto lì.

E lui diceva che, se doveva dirlo male, allora preferiva non dirlo affatto.

Cosa intendesse di preciso lo scrittore di cui non ricordo il nome, lo capii quando mi trovai a dover rispondere alla lettera di Leandro.

Dopo aver finito di vedere il film, ci pensai tutta la notte, a come raccontargli l'effetto che su di me avevano avuto il nostro incontro prima, e le sue parole poi, ma quello che ne uscì fu solo una pallida ombra della disperazione inconsolabile in cui ero piombata.

Caro Leandro,
non so bene come iniziare questa nostra ultima lettera, quella che chiude un cerchio aperto mesi fa e che avrei scommesso non si sarebbe chiuso mai.

Sono le cinque del mattino e ti scrivo nella penombra della mia stanza, dopo aver visto per la decima volta **Bianca**, di Nanni Moretti.

Te lo racconto perché con le tue ultime parole mi hai ricordato molto il protagonista, e questo mi ha aiutato in parte a comprenderle meglio.

Michele, come te, alla felicità non è abituato e quando conosce Bianca, per paura che questi nuovi sentimenti possano sconvolgergli la vita, decide di mettere fine alla loro relazione, prima ancora che abbia modo di sbocciare.

Per non soffrire dopo, decide di farlo subito, negandosi la possibilità di un futuro diverso che la includa al suo fianco.

Però, nell'assurdità di una scelta che Bianca, come ogni spettatore, fatica a comprendere, lui riflette su una cosa che io penso sia giusta, e che vorrei prendergli in prestito, se posso, per rispondere alle tue parole.

Dice più o meno così: "La felicità è una cosa seria, e se c'è, deve essere assoluta, senza ombre e senza pena".

E sulla nostra, di ombre, mi sembra ce ne siano ancora troppe.

Non ti nascondo che una parte di me vorrebbe vomitarti addosso tutta la rabbia e il rancore che cova, dirti che stai sbagliando, che così facendo complicherai solo le cose perché arriverà il giorno in cui Greta starà meglio, mi auguro, e a quel punto vi ritroverete catapultati nella frustrazione di un labirinto senza uscita in cui vi siete persi già molte volte.

L'altra, invece, sa che questo monito servirebbe a poco, perché sento che le tue intenzioni sono dettate da una convinzione inespugnabile.

Non so se siano solo i sensi di colpa a determinare la tua scelta o se esiste ancora e da qualche parte un sentimento, verso di lei, che il tempo non ha esaurito.

In ogni caso il risultato non cambia, perché ci vede comunque distanti.

Per farti cambiare idea, vorrei bastasse dirti che il tempo trascorso con te ha reso insignificante tutto quello passato, che realizzare di non averne più a disposizione, da passare insieme, mi rende intollerabile qualsiasi progetto futuro.
Tutto, ora che non ci sei, è pesante, mi affatica, e anche l'aria mi sembra di non respirarla più bene, come la respiravo prima.
Come sia potuto succedere tutto questo, in così poco tempo, è un mistero che mi porterò dietro come un sasso legato alle caviglie, che renderà il cammino stanco e trascinato.
Mi avevi chiesto di saltare e io ho saltato, ma all'arrivo ho trovato il cemento e ora non mi resta che medicare le ferite.
Credo dunque sia arrivato il momento di salutarci, lasciando che il tempo, domani, sia giudice imparziale delle scelte che compiamo oggi.
Ti auguro di essere felice, ma fai attenzione a non vivere di soli vecchi ricordi.
Avevo sperato di poterne creare di nuovi, insieme, qui nel presente.
Ti penso e continuerò a farlo perché alla fine, il più delle volte, si sceglie di non essere felici, e io non volevo avere anche questo rimpianto.
Per mantenere una tradizione che mi piace pensare abbia creato una colonna sonora di quelle che saranno solo lontane memorie, ti ho scritto mentre ascoltavo **Supernova** *di Ray LaMontagne.*
Il titolo mi è sempre piaciuto molto perché un giorno mi sono resa conto che non sapevo di preciso cosa fosse, una supernova, e sono andata a cercarlo.
Una supernova è un'esplosione stellare estremamente luminosa e causa una emissione di radiazioni che può, per brevi periodi, superare quella di un'intera galassia.
Ti abbraccio.

M.

Dopo quella mail non scrissi più a Leandro, e lui fece altrettanto.

Tra le nostre vite si insinuò una distanza costretta e dolorosa, lui trincerato nella coerenza delle sue scelte, io arresa al loro inesorabile compimento.

Mi sorprese molte volte la tentazione di infrangere questo nostro armistizio.

Nel frattempo trascorse quasi un anno, durante il quale mi ero convinta si verificassero cose strane a cui io, suggestionata dalla sua mancanza, avevo iniziato ad attribuire significati mistici.

Asfissiata da quella sua assenza, riconducevo a Leandro ciascuno di questi curiosi accadimenti.

Ero persuasa del fatto che non si trattasse di episodi isolati, ma che quel loro ripresentarsi periodico fosse il modo che aveva scelto il destino per dirmi di tornare al crocevia d'origine e provare a impedire che le nostre strade prendessero la direzione che poi, a conti fatti, avevano preso.

Una volta, per esempio, capitò una cosa che prima di quel giorno, a me, non era ancora mai successa: mi venne la curiosità di finire un libro che l'anno prima avevo lasciato in sospeso.

Quella di finire a tutti i costi i libri lasciati a metà è un'impellenza che non ho mai avuto. Ho sempre iniziato e mollato senza farmi impietosire dalle supplice di qualche finale rimasto inesplorato.

Per questo motivo, l'evento mi sembrò strano fin dalla sua genesi.

L'abbandono del libro in questione ricordavo non fosse stato dettato da una delusione in termini di gusto, ma solo dagli impegni e dalle scadenze quotidiane che durante la sua lettura mi avevano prosciugato ogni attimo libero, ostacolandola irrimediabilmente.

Lo ritrovai in camera, dimenticato di sbieco sulla mensola della mia libreria.

La polvere ne aveva incorniciato il perimetro, mentre sopra ci erano finite un mucchio di quelle che mia madre avrebbe chiamato inutili carabattole: cianfrusaglie che ero solita far stazionare per anni in un limbo intermedio di inutilizzo, prima di arrendermi all'evidenza e gettarle nella spazzatura.

Dopo averlo salvato dalla trappola che il castello di oggetti soprastanti aveva creato, ci soffiai sopra e, facendo scorrere il pollice, rapido, sul profilo delle pagine, le sfogliai avvicinandole un poco al mio naso.

Volevo testare se il tempo avesse conferito loro il mio odore preferito, quello dei libri che son diventati anziani.

Con mia sorpresa notai che la pagina 56, quella a cui la mia lettura si era interrotta, era separata dalla 58 da un segnalibro di carta rettangolare di cui, a primo impatto, non riconobbi la provenienza.

Sfilandolo mi resi conto che si trattava del biglietto del treno che quasi un anno prima, con sei lunghe ore di viaggio, mi aveva condotta da Milano a Perugia.

Inutile dire che quella giornata proseguì nella convinzione d'essere al centro di un progetto più grande, con un finale diverso da quello che io e Leandro avevamo compiuto separandoci.

Rimuginavo a tal punto, su queste mie teorie fataliste, da conferire loro una valenza quasi scientifica; ero alla ricerca di una spiegazione logica che potesse consentirmi di usarle come solida base su cui costruire il mio unico obiettivo finale: avere una motivazione valida che giustificasse la mia tentazione di riscrivere a Leandro.

Dopo quella prima coincidenza, a dire il vero, ne seguirono tante altre.

Come quel pomeriggio in cui estrassi il telefono dalla borsa e sullo schermo lessi una chiamata in corso, che io, di proposito, non avevo mai avviato.

Si svolse tutto nel giro di pochi secondi.

Non appena mi accorsi che compariva Leandro come inavvertita chiamata in uscita, presa dal panico pigiai più e più volte la cornetta rossa di chiusura, sperando che nessuno, dall'altra parte, avesse fatto in tempo a rispondere.

Non controllai mai se Leandro accettò o meno quella mia chiamata involontaria, ma me lo chiesi spesso che cosa dovesse aver pensato, vedendo comparire il mio nome sullo schermo.

Mi piaceva immaginare che il suo cuore, come avrebbe

fatto il mio al posto suo, si fosse imbizzarrito tutto quanto e che il desiderio di rispondermi fosse riuscito a superare, per un attimo, la volontà di rimanere fedele alla sua decisione.

Quello che facevo, quando sentivo che non ero più in grado di arginare la tentazione di rompere il silenzio, era aprire una cartella sul computer che avevo creato il giorno in cui mi ero ripromessa di non credere più che ci fosse un'alternativa a quel nostro triste epilogo.

L'avevo intitolata "un errore di valutazione", e dentro c'era salvata l'unica cosa che avevo conservato di Leandro: una copia della sua ultima lettera.

L'avevo chiamata così per non dubitare mai del fatto che fin dall'inizio avrei dovuto dare retta a quella parte disillusa della mia coscienza che, sulla possibilità di un lieto fine, non ci aveva mai scommesso.

Mi bastava rileggere quelle poche righe per ricordarmi con quanto dolore mi ero lasciata tutto alle spalle, certa che una seconda volta, quello stesso dispiacere, non sarei riuscita a sopportarlo.

Inutile dire che gli esami all'università avevano subito un cospicuo rallentamento, tanto che, al senso di fallimento amoroso, si aggiunse quello scolastico.

Cinque esami più la tesi mi separavano dalla laurea, una mole di lavoro inaffrontabile per un animo lacerato.

La sessione di gennaio era stata una vera e propria caporetto. Non mi presentai a nessuno dei tre orali che mi ero programmata di sostenere, e le difficoltà si protrassero per molto tempo.

La mia memoria sembrava diventata impermeabile alle informazioni.

Ogni mio tentativo di concentrazione subiva una sconfitta dietro l'altra.

Non sono mai stata capace di sezionare la mente, sigillando ognuno dei suoi settori in compartimenti stagni.

Quella a cui assistevo, inerte, era un'esondazione continua del bacino della mia tristezza, che violento inondava di fango e detriti tutto quello che trovava sul percorso.

Affrontai l'inverno successivo in questo modo, cercando di ripetermi, ogni sera, che il giorno seguente sarebbe stato meglio di quello passato.

Cercavo nelle pagine dei libri le risposte che nella vita nessuno era in grado di darmi o che forse, più probabilmente, non ero pronta a ricevere.

Il dolore è un sentimento egoista, mentre lo si attraversa ci si sente incompresi ma soprattutto incomprensibili, è una condizione che gioca sempre al rialzo, pare che nessuno ti possa capire perché tanto, quanto soffri tu, non ha mai sofferto nessuno.

E intorno al castello di convinzioni che avevo innalzato, la solitudine aveva scavato come un fosso che teneva lontani tutti, anche quelli che avrebbero voluto scavalcarlo.

Andai avanti così per molto tempo, fino a che un giorno, che come sempre succede fu uno qualunque, mi accorsi che a quel tormento insormontabile, per attimo, avevo smesso di pensarci.

Infatti, se ho imparato qualcosa da quell'anno funesto, è che non esiste un *vademecum* della guarigione o una lista precisa di cose da fare, che se poi le fai stai meglio.

Nient'affatto.

Quello che invece accade, mi sembra, è che dopo un po', anche se nessuno sa dire quanto, ci si dimentica di aspettare che passi, e alla fine passa.

Io, per esempio, avrei impiegato anche più di un anno per accorgermi che mi ero dimenticata di aspettare che la sofferenza se ne andasse.

In primavera ero finalmente riuscita a togliermi due esami in preappello, un istituto dedicato agli studenti frequentanti che i professori avevano chiamato così solo perché "mi fate pena" suonava male.

Quel glorioso inizio di sessione mi infuse una grinta che mai avevo provato prima in ambito universitario.

A motivarmi non fu tanto il desiderio di eccellere, quanto la maturata certezza che una volta laureata non avrei mai più aperto un codice civile per il resto dei miei giorni.

Tra giugno e settembre avrei saltato gli ultimi tre ostacoli che mi separavano dal traguardo, e uno dei più alti rispondeva al nome di Diritto commerciale progredito.

La tradizionale domanda che Olivia mi faceva la sera prima dell'esame negli anni si era evoluta assumendo una nuova forma.

Mi ero accorta, infatti, che più di una volta il quesito che aveva scelto di sottopormi si era poi rivelato proprio uno di quelli scelti dal professore.

Così mi convinsi che lei possedesse capacità premonitorie che dovevano essere celebrate.

Da una sola domanda, eravamo passate a tre, per portare la statistica dalla nostra parte.

Io non lo so spiegare come fosse possibile, ma posso giurare che, non dico tutte, ma almeno una di quelle che lei selezionava, potevo stare certa che il professore me l'avrebbe rivolta.

La mattina del mio esame di Diritto commerciale progredito, alle nove in punto di venerdì 23 giugno mi squillò il telefono, ed era lei.

«Allora? Che numero sei?»

«La diciassette, cioè, capito? Tra cinque minuti tocca me, manco il tempo di ripassare qualcosa. Ma non potevo aspettare un altro minuto per iscrivermi su quel sito maledetto, no! Che tempismo di merda. È chiaro che non lo passo neanche se piango» risposi con la voce spezzata dall'ansia.

«Intanto calmati, ti ricordo che io mi sono laureata di venerdì 13 e non è morto nessuno.»

«Allora?» continuai come se non avessi sentito. «Cosa mi chiede?»

«Aspetta, fammi pensare» disse chiamando qualche secondo di silenzio.

«Sì, ma non ragionare su quello che hanno chiesto a te all'orale di laurea, eh? Che solo tu potevi portare una tesi in Commerciale progredito! Maledetto genio delle società per azioni. Fammi domande per comuni mortali, non so se hai presente: è quella parte di popolazione che ama la vita e vorrebbe bruciare l'Angelici.»

«L'Angelici è un ottimo manuale, non insultarlo che porta sfiga. Allora, fammi pensare... Prima domanda: nullità delle delibere assembleari.»

«Ok, poi?»

«Eh, un secondo, sto ragionando per Dio.»

«Siamo al numero quattordici, tra poco tocca me, non c'è più tempo!»

«Responsabilità del socio nell'Srl.»

«Ok, manca l'ultima.»

«Differenza tra società quotate e no, nei patti parasociali.»

«Ok, grazie. Ho segnato queste tre, ora ripasso le risposte. Ti richiamo dopo, auguramimi buona fortuna!»

«Non ne hai bisogno, andrai benissimo. Se lo passi ti ho preparato una sorpresa, cioè in realtà ormai l'ho organizzata, quindi anche se ti bocciano te la cucchi comunque, ma tu cerca di passarlo. Ti voglio bene.»

Accennai una richiesta di spiegazioni su quella sorpresa di cui avevo capito poco o nulla, ma Olivia, come suo solito, aveva già riagganciato.

Rimasi sola con i miei schemi cartacei a cui avevo dato un titolo eloquente: "Cose inutili di cui non me ne frega un cazzo". Chiunque mi fosse passato accanto, buttando l'occhio sul banco, avrebbe avuto subito chiaro che il Diritto commerciale non incarnava esattamente la mia materia preferita, sempre ne fosse esistita una.

«Sartori Marta è in aula?» gracchiò il microfono al centro della cattedra.

«Sì, eccomi.»

«Si accomodi pure con il professor Corradini.»

Avevo una mia personale teoria sul grado di sadismo dei professori.

Ero arrivata a decretare che i peggiori fossero gli assistenti in attesa della cattedra di ruolo, tanto più crudeli quanti più erano gli anni da cui la stavano bramando.

Il professor Corradini, un quarantenne elegante e austero, era il perfetto esempio di chi speri non ti capiti mai come esaminatore.

Braccio destro del prof. Bianchi, che aveva in pugno il Diritto commerciale dagli anni Settanta, aspettava da tempo che quest'ultimo andasse in pensione e gli lasciasse libera la strada, ma questo momento sembrava non arrivare mai.

Ero certa avrebbe fatto di tutto per mettermi in difficoltà, mostrando a quella parte di ordine cosmico che aveva in mano il suo destino didattico, cosa succede a mettere i bastoni fra le ruote alla sua carriera.

Non c'era profilo psicologico, però, in grado di soverchiare la veggenza di Olivia che infatti, anche quel giorno, non deluse le mie aspettative.

«Dunque» disse il dottor Corradini schiarendosi la voce, «cosa mi sa dire sulla differenza tra società quotate e no, nei patti parasociali?»

Bingo.

Non c'era storia, Olivia era una medium, ma nessuno, a parte me, lo avrebbe mai scoperto.

Quaranta minuti dopo stavo trotterellando verso l'uscita dell'ateneo, sembrava non avessi peso, libravo nell'aria sospinta dalla gioia inesplicabile che si vive pronunciando quel "grazie" finale, mentre ti restituiscono il libretto su cui è siglata la tua promozione.

Con soli due esami mancanti, entro luglio sarei stata una donna in semilibertà, avrei avuto il tempo di dedicarmi alla tesi e, se le cose fossero andate per il verso giusto, a marzo avrei scritto la parola fine su questo lungo e sofferto capitolo della mia vita.

Tanti anni dedicati a studiare qualcosa che ti accorgi solo *in itinere* non abbracciare nessuna delle tue naturali inclinazioni, è un tempo che scorre davvero lentissimo.

Non sono nata, infatti, con una vocazione precisa o con una dote in grado di rendermi chiaro fin da subito il cammino, ho brancolato nel buio per anni chiedendomi come mai, a differenza delle mie coetanee, amassi l'idea di fare tante cose, tutte sempre diverse, senza che coltivarne una impedisse alle altre di fiorire.

Purtroppo, però, ho sempre interpretato questo anelito come un'inettitudine diffusa, un'incapacità di individuare una strada definita e iniziarne il percorso.

Col tempo ho capito che non tutti nasciamo avvocati, medici, scrittori o ingegneri. Esistono anche sentieri nascosti, magari irregolari e polverosi, che se percorsi con tenacia e pazienza ti permettono di gustare panorami migliori.

Finire l'università per me significava proprio questo, finire la strada battuta per imboccare quella sterrata, sperando che questo cambio di direzione potesse finalmente regalarmi quello spettro di colori che tanto andavo cercando.

«Sono io» sorrisi alla cornetta quando Olivia rispose alla chiamata.

«Allora come è andata??»

«È stato un parto, ma ho preso ventotto.»

«Sempre detto che sei la solita falsa che dice di non sapere niente e poi...»

«Solo perché una delle domande era quella che mi avevi detto di ripassare tu, se no altro che ventotto.»

«Vabbè, senti frignona, ora vai a casa che siamo già in ritardo.»

«In ritardo per cosa?»

«Per recuperare i festeggiamenti del tuo compleanno, no? Prepara le valigie che alle 18 in punto abbiamo un volo per il Portogallo.»

17
I no speak english

Con pochi movimenti, rapidi e precisi, l'assistente di volo chiuse le ante di tutte le bauliere del nostro settore e, dopo essersi stirata un poco le pieghe della gonna, si mise in posizione per iniziare la dimostrazione del piano di evacuazione.

«*Please securely fasten your seat belt while the seat belt sign is turned on*» incalzava la voce dagli altoparlanti, mentre il personale in corridoio mimava come allacciare e slacciare la cintura di sicurezza, sebbene il suo funzionamento risultasse piuttosto intuitivo.

«A che ora atterreremo?» chiesi a Olivia.

«Sul biglietto c'è scritto che arriviamo a Porto alle 20.40, poi dobbiamo cercare un pullman o un taxi, qualcosa che ci porti al campeggio, insomma» mi rispose con lo sguardo impegnato a scrutare nello zaino.

Due compleanni erano passati da quello in cui Leandro mi aveva inviato quella sua lettera, e forse anche per distrarmi da questo triste anniversario, Olivia mi aveva regalato qualche giorno con lei in terra portoghese.

«Ma lì ci aspetta qualcuno? Sanno che arriviamo?»

«Io ho scambiato qualche mail con un tale Joaquim, che da quanto ho capito è il ragazzo che gestisce il campeggio. Siamo rimasti d'accordo che ci aspetta dopo le nove per farci vedere la nostra tenda e spiegarci dove si svolgeranno le varie attività della settimana.»

«In che senso le varie attività?» domandai enfatizzando un tono preoccupato.

Conoscevo Olivia da abbastanza tempo per sapere che, quando l'organizzazione di una vacanza era affidata a lei, qualsiasi attività di gruppo o di intrattenimento comune è in cima alla lista delle sue esperienze imperdibili.

Io come attitudine generale, se ancora ci fosse bisogno di precisarlo, piuttosto che partecipare a qualcosa che implichi la presenza di persone sconosciute con cui mi devo relazionare, preferisco imparare a memoria l'elenco delle Pagine Gialle.

Come data che celebra l'origine delle mie rigidità d'approccio ho scelto il 5 settembre, perché quello del 2001 mi convinse che mai più avrei provato a superare i miei limiti.

Seduta su una elegante poltrona rossa in velluto del New Amsterdam Theatre a Broadway, aspettavo emozionata l'inizio del musical più famoso a Manhattan: *The Lion King*.

Era il mio primo viaggio oltreoceano, la mamma aveva deciso di portarmi a New York per festeggiare la mia promozione in prima media e sembrava mi fossero diventati più grandi gli occhi a furia di spalancarli a ogni grattacielo.

Mentre attendevamo che calassero le luci e si sollevasse il sipario, mamma notò un elegante nonnino americano che, armato di espositore appeso al collo, vendeva piccoli cannocchiali colorati con cui era più facile cogliere i dettagli dei costumi che avevano reso lo show uno dei più famosi al mondo.

Mamma, memore della *Traviata* scaligera, sapeva bene quanto amassi vedere tutto da vicino, così estrasse qualche moneta dal borsellino e mi disse di correre a prenderne un paio, uno per me e uno per lei.

Il solo pensiero di dover andare a comprare quei due cannocchiali da un perfetto sconosciuto, che per di più non parlava nemmeno la mia stessa lingua, mi gettò in evidente agitazione e mamma non tardò ad accorgersene.

«Non ti preoccupare» mi disse, «tu devi solo porgergli i soldini e fargli due con le dita della mano, lui capirà.»

Se da una parte volevo dimostrare a lei e a me stessa che

ero abbastanza grande per portare a compimento un incarico semplice come quello, dall'altra aggrottavo la fronte chiedendomi come mai dovessi andarci proprio io.

Dopotutto ero solo una bambina e mamma parlava pure l'inglese, perché costringeva me a fare qualcosa che avrebbe saputo fare meglio e persino più in fretta da sola?

La risposta a questo tormento inespresso arrivò solo qualche viaggio più tardi, quando ammise che architettava questi espedienti deliberatamente.

Lo faceva per costringermi a superare le mie vergogne, diceva, e per spronarmi a diventare più autonoma.

Era certa che la qualità della mia vita sarebbe migliorata molto affrontando certe paure, ma io tutto sommato, seduta sulla poltrona di velluto del New Amsterdam Theatre, ero convinta che avrei vissuto benissimo pure senza quel maledetto cannocchiale.

Alla fine, comunque, la sua insistenza ebbe la meglio, e deglutendo a fatica la paura che mi aveva annodato la gola mi diressi verso l'uomo dei cannocchiali ripetendo nella mente le uniche due regole da seguire: porgere i soldi e fare due con la mano.

Porgere i soldi e fare due con la mano.

Era facile, potevo farcela.

A furia di stringere i pugni e agitarli per darmi forza, mi ero convinta dell'assoluta assenza di rischio in quella mia prima missione, nessun imprevisto mi avrebbe impedito di dare sfoggio del mio coraggio.

Arrivata di fronte al nonnino dei cannocchiali, seguendo le istruzioni memorizzate, gli porsi le monete in cifra precisa, senza bisogno di resto, e con l'indice e il medio impettiti sfoderai un bel due.

La mia prova di coraggio era a un passo dal realizzarsi.

Per occupare il tempo necessario a sistemare i soldi nella cassa e porgermi la merce, il nonnino dei cannocchiali mi rivolse una domanda che chiunque altro nella sala avrebbe giudicato comprensibile, ma alle mie orecchie suonò come uno scioglilingua in aramaico.

In pochi secondi le mie guance divennero rosse come i sedili di velluto da cui mamma continuava a sorridermi sventolando le braccia in segno di incoraggiamento.

Quella domanda improvvisa era esattamente il genere di variabile che temevo di più, ma quando si trattava di spiegarlo agli adulti, mai una volta che riuscissi a far capire quanto disagio mi provocasse, in concreto, trovarmici incastrata.

Rimasi paralizzata qualche secondo, senza sapere cosa dire.

Il signore dei cannocchiali non si stupì del mio silenzio, dopotutto il vociare nella sala creava un gran baccano, così, immaginando non avessi sentito, mi riformulò il quesito alzando un poco il volume.

Certamente giunta a quel punto la soluzione migliore sarebbe stata quella di afferrare i cannocchiali e scappare a gambe levate dritta fra le braccia di mamma, ma decisi di accantonare l'idea di una fuga rovinosa, optando per un'uscita assai più trionfale.

Era il momento di dimostrare che qualche rudimento di inglese, alle elementari, potevo dire di averlo appreso.

La sua domanda mi aveva colta di sorpresa, ma cercando di mantenere la calma e allungando la mano per farmi consegnare quanto pagato, risposi:

«*Sorry, I no speak english.*»

Dopo cinque anni di inglese, con un esame finale superato con ottimo e punto esclamativo, l'unica cosa che riuscii a dire fu "*I no speak english*".

Una goffaggine grammaticale, la mia, che vidi riflessa nella grassa risata che quella risposta generò nel nonnino dei cannocchiali.

Tornai a sedermi accanto a mamma covando la frustrazione del fallimento.

Non le raccontai nulla dell'accaduto perché me ne vergognavo profondamente, ma quel giorno registrai due informazioni importanti: la prima, mai più mi sarei fidata di chiunque avesse dipinto le mie paure come infondate, la seconda, quel punto esclamativo dopo l'ottimo, nella valutazione finale del mio esame di inglese, era stato del tutto immeritato.

A bordo del nostro aereo diretto a Porto, le spiegazioni di Olivia sulle attività previste in quella vacanza confermarono ogni mio più intimo presentimento, facendomi rivivere, in parte, le preoccupazioni di quella lontana serata americana.

«Praticamente siamo in questo campeggio fighissimo organizzato da un gruppo di ragazzi italiani, che ospita surfisti da ogni parte d'Europa» mi raccontò orgogliosa. «La mattina ci saranno le lezioni per chi vuole imparare a salire sulla tavola, mentre il pomeriggio c'è ogni giorno una cosa diversa, anche kite surf se lo vuoi provare.»

Mi sembrò così entusiasta nel raccontare ciò che ci avrebbe atteso di lì a poche ore, che non ebbi il cuore di sollevare alcuna perplessità.

Olivia, a differenza mia, nel conoscere persone nuove, timori o timidezze non ne aveva mai avuti.

La sua vita è sempre inciampata volentieri in quella degli altri, e io penso che questo scontro le piaccia soprattutto per una ragione: ascoltare storie diverse le concede una pausa dal suo frenetico marciare, conoscere scenari differenti è un modo per fantasticare su cosa avrebbe potuto fare lei, se avesse scelto un percorso diverso.

Mentre la guardavo sfogliare la guida del Portogallo, mi accorsi del fatto che la sua presenza in quel viaggio, così come nella mia vita, mi faceva sentire al sicuro.

La nostra era una complicità rodata, io mi divertivo a fingermi perplessa bofonchiando lamenti di disappunto sulle sue proposte, lei alzava gli occhi al cielo dipingendomi come il solito orso solitario.

Era una distribuzione di ruoli con cui avevo preso un'amorevole confidenza.

Quando riuscimmo a raggiungere il campeggio era ormai notte fonda.

Joaquim ci spiegò che avevano scelto di ridurre al minimo ogni illuminazione artificiale, un po' per diminuire gli sprechi, un po' per poter godere appieno di una volta stellata che senza inquinamento luminoso lasciava davvero senza fiato.

I minuti che accumulammo io e Olivia, col mento rivolto verso il cielo, fugarono ogni dubbio sul nostro condividere quella loro scelta.

La mattina seguente la sveglia suonò alle otto, ma io avevo aperto gli occhi non più tardi delle sei: dormire in tenda ti insegna subito che la vera amministrazione delle tue ore di sonno è unicamente affidata al sorgere del sole.

Quando trovai le forze di rotolarmi giù dal materasso gonfiabile e riprendere contatti col mondo, notai che Olivia si era già alzata senza che io me ne fossi accorta.

«Buongiorno principessa» la sentii urlare non appena feci capolino fuori dalla tenda.

Stava facendo colazione qualche metro più avanti, seduta ai tavoloni di legno che delimitavano l'area comune.

«Mettiti il costume e raggiungici, che ti presento il tuo nuovo istruttore di surf!»

"Quindi è questo l'inferno" pensai: sveglia alle otto e attività sportiva di prima mattina.

"Durerò due giorni, a essere ottimisti."

Con la luce del sole, il campeggio si mostrò in tutta la sua estensione: una trentina di tende di vari colori e dimensioni abitavano la pineta da cui partiva un sentiero che conduceva al mare.

Era tutto piuttosto spartano, ma mi piaceva.

Sentivo che la mancanza di inutili orpelli fosse stata la scelta giusta per allestire quello sperduto angolo di natura.

Quando raggiunsi Olivia credendo di poter fare colazione, sul tavolo era rimasto solo il termos del caffè americano e un avanzo di uova strapazzate, dunque registrai l'informazione per la mattina seguente: svegliarsi molto presto se si vuole trovare qualcosa di dolce.

«Marta, ti presento Matts, è un ragazzo svedese che vive a Milano, pensa che la redazione in cui lavora è a cinquecento metri dal mio studio! Assurdo! Com'è piccolo il mondo! Comunque sarà lui il nostro Mitch Buchannon. Quando staremo per affogare ci salverà, nel tempo rimanente proverà a spiegarci come stare in piedi sulla tavola.»

Come faceva a sapere già tutte queste cose? pensai tra me e me.

Per essere le otto del mattino mi parvero davvero tante informazioni da assimilare tutte assieme, ma cercai di prestare quanta più attenzione possibile.

«Molto piacere! Se questa pentola di fagioli ti prosciuga fammi un cenno che vengo a liberarti» dissi tendendo la mano al mio nuovo istruttore. «È innocua, ma quando attacca a parlare, non la fermi più.»

«Senti da che pulpito oh, sull'aereo mi hai ammorbato quarantacinque minuti con quel cavolo di test dei colori di Lacher, Lasper, o come si chiama.»

«Lüscher, ed era solo per passare il tempo. Mi sembrava comunque più interessante del giornale con le promozioni sui profumi.»

Matts sorrise imbarazzato, quel nostro affettuoso battibecco sembrava averlo divertito. Approfittò della mia sorsata di caffè per infilarsi nella conversazione e spiegarci il programma della giornata.

Che mentre parlava gesticolava molto, io me lo ricordo bene, perché rimasi subito colpita dalla bellezza delle sue mani.

Aveva le dita affusolate come quelle dei pianisti e le unghie corte e curate di un chirurgo.

Anche senza poterle toccare lo avvertivi subito che erano morbide e lisce, ti accarezzavano lo sguardo a ogni loro movimento.

Matts era senza dubbio un bel ragazzo.

Un corpo statuario, i tratti nordici e capelli mossi color del grano lo rendevano il candidato perfetto per una rivista patinata di costumi da bagno, ma forse proprio per questa sua bellezza gratuita e sfacciata, priva di misteri, non era il genere di ragazzo che di solito accendeva il mio interesse.

Però le mani, quelle sì, mi rimasero impresse fin da quella nostra prima colazione insieme.

Finito il caffè, armate di tavola e paraffina da stenderci sopra, io e Olivia ci avviammo verso la spiaggia, pronte a partecipare alla prima delle sue amate attività di gruppo.

Eravamo sei principianti con le aspettative sbagliate.

Infatti, con nostra triste sorpresa, le prime due ore di lezione furono solo uno sbracciare goffo e affannato sopra una tavola adagiata sulla sabbia.

Matts ci spiegò che per prima cosa era importante capire il *pop up*, così mi pare si chiamasse quell'insieme di movimenti che, se coordinato nel modo corretto, ci avrebbe permesso di alzarci in piedi dalla posizione supina.

Nonostante ci fosse sembrato di avere capito tutto, i litri d'acqua che avevamo ingoiato la mattina seguente, durante il nostro primo tentativo in mare, ci riservarono un bello schiaffo morale, contribuendo a riportarci con i piedi per terra.

Per onestà intellettuale devo dire che Olivia dimostrò una predisposizione di gran lunga superiore alla mia, ma che io non fossi portata per l'attività motoria non era mai stato un mistero.

La sera, riuniti per cena tutti intorno allo stesso tavolo, ci raccontammo a vicenda e con grande orgoglio quanti decimi di secondo ognuno di noi era riuscito a tenere entrambi i piedi sulla tavola.

Quando poi le pance di tutti furono piene e le gesta eroiche decantate, a poco a poco l'euforia sfumò in stanchezza e i nostri compagni d'avventure, uno dopo l'altro, si ritirarono nelle rispettive tende per riposare.

Anche Olivia, che di solito era un vulcano di energie, si arrese ai dolori muscolari e ciondolante mi diede la buonanotte, lasciandomi sola al tavolo con Matts.

«Allora, raccontami un po' della Svezia» chiesi per spezzare l'imbarazzo di essere rimasti soli, «non ci sono mai stata.»

«A dire il vero non ricordo molto, mi sono trasferito a Milano con mia madre che avevo solo due anni» rispose recuperando un po' di tabacco per girarsi una sigaretta.

«Ah» dissi con aria sorpresa. «E non ci sei più tornato?»

«Sì, qualche volta, per le vacanze di Natale, ma ora sono molti anni che non salgo più.»

«E come mai?»

«Perché non ho più molti rapporti con mio padre, che era l'unico motivo per cui tornavamo a Östhammar.»

Bene, ero riuscita a fare l'unica domanda che non dovevo fare, ottima partenza.

«Ah scusa, mi spiace, non volevo essere invadente.»

«Ma va', figurati, nessun problema, se no non te l'avrei detto.»

«E a Milano vivi da solo?» continuai cercando di cambiare argomento.

«Sì, ho comprato casa quattro anni fa, quando ho firmato l'indeterminato.»

«Ah che bello, e dove lavori?»

«Faccio il grafico nella redazione di un giornale, è una testata piccola ma siamo tutti giovanissimi, quindi è un ambiente che mi piace molto. Tu?»

«Bello! No, niente, io mi sto laureando, mi mancano due esami e poi posso salutare quell'inferno. Tengo duro.»

«E in cosa ti stai laureando con tutto questo entusiasmo?»

Aspettava ogni risposta ravvivando la brace di una sigaretta girata troppo lasca, ma la cosa sembrava non spazientirlo affatto.

Socchiudeva un poco gli occhi, se la rigirava tra le labbra serrate e, accesa la fiamma, tirava lunghe boccate rilassate.

«Giurisprudenza, ma è stato un errore che, tornassi indietro, non rifarei.»

«In che senso, scusa?»

«Mah, diciamo che l'ho scelta per ripiego. A vent'anni non avevo le idee molto chiare. Non che adesso sia cambiato molto, però sono sicura che preferirei fare altro.»

«Tipo?»

«Surf in Portogallo, ad esempio, mi sento molto portata,

credo che il tuo occhio clinico possa confermarlo!» risposi sperando che un po' di ironia recuperasse lo scivolone fatto pochi minuti prima.

«Guarda che non sei così male, devi solo capire che la tavola non è un sottomarino, dovrebbe stare sopra e non sotto l'acqua. Da lì è tutto in discesa.»

«Molto spiritoso, grazie per il suggerimento» sorrisi divertita.

«A proposito, da quanto insegni surf?»

«In realtà da poco, saranno un paio d'anni. Però posso dire di aver imparato a remare prima ancora che a scrivere, quindi ecco, anche se non lo insegno da molto, lo amo da tutta la vita.»

«E quanto starai qui in Portogallo?»

«Solo questo mese! In pratica sto usando le mie ferie per fare un altro lavoro, ma non mi lamento.»

«Ti dirò, se il sole non squagliasse la tenda già alle sette del mattino potrei essere d'accordo con te, ma per adesso rimango dell'idea che il campeggio è bello, ma non ci vivrei.»

Rimase in silenzio per qualche secondo, giusto il tempo di versarmi un altro sorso della birra avanzata durante la cena.

«Tu, invece? Dopo la laurea sai già cosa vorresti fare?»

«Senti, ma questa conversazione non diventerà una cena di Natale con i parenti dove poi mi chiederai quando trovo il fidanzatino, vero?» dissi con una punta di sarcasmo.

«In effetti hai anticipato la mia prossima domanda» ribatté in tono deciso, cogliendomi di sorpresa.

«Be', quando avrò tempo di cercarlo, suppongo.»

«Quindi per adesso non c'è» continuò.

«Cosa?» dissi fingendo di non capire.

«Il fidanzatino.»

«No» risposi infilando il viso nel bicchiere, confidando che la poca illuminazione nascondesse il mio imbarazzo.

«Non ti ho neanche chiesto quanti anni hai. Per caso sei coetaneo di mia zia Concetta?»

«Quasi, vado per i trentacinque, quindi come lei anche io sono a un passo dal pensionamento.»

«Sì, in effetti anche io tra una decina di anni, quando raggiungerò la tua veneranda età, spero di riuscire a riscattare le tasse versate con sacrificio.»

Sollevò lo sguardo a incontrare il mio e fece quella mossa che si fa spesso con l'angolo della bocca, che lo si tira un po' verso l'esterno intendo, come in un mezzo sorriso che io credo preluda sempre a qualcosa di bello.

Continuammo a punzecchiarci per un altro paio di ore, senza accorgerci che nel frattempo, intorno a noi, tutto si era addormentato.

Mi sentivo attratta da lui per ragioni che ancora mi erano oscure.

Dietro la sua pacatezza svedese, si celava un fuoco di cui non riuscivo, e non volevo, ignorare il richiamo.

Quando ci salutammo per darci la buonanotte erano le quattro del mattino e la sveglia sarebbe suonata di lì a poche ore.

Il giorno seguente trascorse senza contare feriti.

Olivia, ormai, sulla tavola sembrava un'agile surfista australiana, io invece avevo preferito approfondire l'antica tecnica del morto a galla, con incoraggianti risultati.

Furono giorni, quelli, capaci di accordarci una tregua da ogni pensiero lasciato in città.

Mi sembrava che nell'acqua del mare, con i nostri corpi, anche tutte le preoccupazioni e i dispiaceri degli anni passati, avessero perso di gravità.

Io e Matts, dopo le lezioni della mattina, ci alternavamo a fingerci stupiti di ritrovarci seduti vicini o sorpresi di incontrarci per caso sulle amache nel bosco di pomeriggio, ma entrambi sapevamo che eravamo lì perché volevamo esserci, e quel tempo insieme regalò a entrambi una spensieratezza che nessuno dei due aveva previsto.

I nostri incontri si fecero sempre più frequenti e ravvicinati, tanto che, nell'esercizio di nuotare in quelle nostre appassionate conversazioni, a poco a poco ci spogliammo di ogni segreto.

Per ragioni diverse, entrambi portavamo addosso i segni di ferite lontane, che si erano rimarginate solo col tempo e non senza dolore.

Scoprirci vicini in quelle intime solitudini ci concesse vicendevoli carezze proprio dove avevamo subito i colpi più duri e i baci che ne seguirono si consumarono tutti nella famelica disperazione di un protratto digiuno.

La fine di quel breve tempo insieme giunse più rapida di quanto fossimo disposti ad accettare, così ci salutammo con la promessa di ritrovarci seduti vicini, intorno a nuovi tavoli.

A garanzia delle nostre sincere intenzioni, Matts mi riferì che all'interno della redazione per cui faceva il grafico gli era sembrato di capire stessero cercando una giovane firma a cui affidare nuove brevi rubriche.

Si trattava di un giornale molto piccolo, ma la sua scelta di condividere con me quell'informazione, con la convinzione assoluta che fossi all'altezza dell'incarico, mi sembrò quanto di più vicino a un abbraccio si possa pretendere dalle sole parole.

Magari provare qualcosa di diverso, mi aveva detto, avrebbe potuto aiutarmi a scoprire quale fosse la vocazione che andavo cercando da tutta una vita.

Subito pensai che sarebbe stato bello, se fosse stato vero, ma non dissi nulla.

Mi lasciò un indirizzo di posta elettronica da contattare per fissare un colloquio e io lo conservai provando a proteggerlo dal carico di esitazione e incertezze che già sentivo farsi largo nella mia mente.

La conferma che dovessi imparare a trasformare le mie titubanze in occasioni di crescita, l'avrei ricevuta qualche mese più tardi quando, superati gli ultimi due esami che mi separavano dalla laurea, presi coraggio e mi presentai al colloquio che mi era stato fissato.

Era ottobre e, senza avere ancora reale contezza di quanto incise, nella mia vita, quell'improvvisa decisione, venti giorni dopo aver conosciuto la caporedattrice, Mara, avevo le mie prime tremila battute stampate a pagina trentacinque.

La sera della mia pubblicazione Matts mi chiamò.

«Ho letto il tuo articolo. Mi è piaciuto molto. Secondo me è proprio questo che tu sai fare meglio degli altri. Nelle tue parole ci si accomoda di buon grado, come se il tuo rifugio fosse anche un po' quello di tutti. Ed è un sollievo, questo, che ci si concede volentieri.»

Questo mi disse, ed è una cosa che io non mi sono mai dimenticata, anche se la aggiunse così, di sfuggita, alla fine della conversazione e senza darle troppo peso.

Essermi ricavata un piccolo spazio fra quelle pagine, dove parlavo con gli altri degli altri, ma soprattutto di me stessa, mi convinse che, se avessi perseverato, ne avrei trovato uno anche più grande, di spazio, in quel buco nero e incerto che fino a quel momento mi era apparso il futuro.

E come sempre, quando qualcosa prende la giusta direzione, il percorso si illumina e, per luce riflessa, anche tutti gli altri angoli bui della tua vita si dimostrano meno angusti di come sembravano in origine.

Stavo iniziando a plasmare le pareti della mia vita per cambiarne la forma, e questa presa di coscienza, piano piano, sembrò fluidificare ogni cosa, anche quella più spigolosa, che ora pareva adattarsi naturalmente al contenitore che avevo scelto di abitare.

18
Come Marco Polo

Se le cose vanno bene o male, nella mia vita, io lo capisco anche da come mi calzano i pantaloni.
Quel pomeriggio, ad esempio, non c'era stato verso: dopo un'estenuante battaglia per far salire la cerniera, alle ore 18.05 fui costretta a dichiararmi sconfitta.
Non mi si infilavano più.
Ma per come la vedo io, quella non era affatto una brutta notizia.
Devo riconoscere che la taglia dei miei pantaloni negli anni si è sempre rivelata inversamente proporzionale alla contentezza d'indossarli al momento dell'acquisto.
Il paio che cercavo di infilare quel giorno, nello specifico, li avevo comprati due anni prima, un pomeriggio di fine novembre.
Me lo ricordo come un giorno grigio e piovoso, sia dentro che fuori.
Non avevo più contatti con Leandro da circa un mese e accettare la sua assenza avrebbe richiesto ancora molto esercizio.
Camminavo sul ciglio di una strada del centro di Milano e osservavo i passanti correre a cercare rifugio sotto le tettoie dei palazzi.
Un vento freddo, sommesso ma pungente, li costringeva a proteggersi il collo con i lembi del cappotto ma io, no-

nostante questo, di arrendermi all'inizio dell'inverno non ne volevo proprio sapere.

Così, in un gesto di pura irriverenza, mi ero fiondata nel primo monomarca intravisto sulla strada e ne ero uscita impugnando un paio di pantaloni a zampa giallo zafferano: una scelta cromatica che in effetti mal si sposava col mio cupo stato d'animo ma, per rinfrancarlo, da qualche parte dovevo pur partire.

Quella scelta bizzarra era stato un ingenuo espediente per provare a combattere l'afflizione che mi aveva tolto l'appetito, scavato le guance e appuntito le ossa.

Lo stomaco, stanco di arrovellarsi a ogni piè sospinto, aveva smesso di collaborare: si era saldato in una morsa di malumore che non sembrava dare cenni di cedimento.

Non ero mai stata così magra e nemmeno così triste.

Preparandomi per andare a letto, ogni sera, appoggiavo le mani sui fianchi e con la punta delle dita riuscivo a misurare il diametro di quella mia infelicità.

La vita, esile e basculante, pareva sospesa in un equilibrio precario, ospitando un bacino le cui ossa sembravano schizzare fuori dal corpo, stremate dal peso di una schiena ricurva.

Somigliavo a quelle macerie abbandonate dopo un violento terremoto, che se ti fermi a guardarle, nella loro statica solitudine, danno l'impressione di conservare ancora il ricordo del calore che un tempo le aveva abitate.

Rimettermi in sesto avrebbe richiesto uno sforzo estenuante, perché mi ero convinta che la mia sola buona volontà, di fronte a quell'impresa, non sarebbe stata sufficiente.

Dovevo quindi aspettare paziente che il susseguirsi di nuove stagioni, regalandomi nuove consapevolezze, riuscisse proprio lì dove le mie sole forze avevano fallito.

Non si sa bene come, ma è una cosa che alla fine riesce sempre: nelle difficoltà ci si scopre dotati di risorse che mai si sarebbe immaginato di possedere.

Per questo motivo mi sento di dire che, quel pomeriggio di due anni dopo, perdendo la battaglia con la cerniera avevo vinto quella contro la tristezza.

I pantaloni giallo zafferano avevano ormai assolto la loro funzione, mi avevano coperta nei mesi più freddi della mia vita, supplendo alla mancanza di colore in cui erano sprofondate le mie giornate, così me ne separai senza troppo dispiacere.

Al loro posto scelsi di indossare un vestito bianco, lungo fino ai piedi, ché di colori non ne avevo più bisogno, perché finalmente avevo ritrovato i miei.

Avevo appuntamento alle 19 sotto casa di Mara, saremmo andate insieme alla festa di redazione, un evento che aveva richiesto mesi di organizzazione e a cui di certo, il giorno in cui l'avevo conosciuta, non mi sarei mai aspettata di partecipare come collaboratrice ufficiale della sua rivista.

Dal nostro primo colloquio erano ormai trascorsi otto lunghi mesi durante i quali si erano chiusi molti capitoli della mia vita.

Con un ultimo e sfiancante sforzo finale finalmente a marzo di quello stesso anno ero riuscita a concludere Giurisprudenza: fu il raggiungimento di un traguardo per cui ancora oggi, se chiudo gli occhi, provo immensa soddisfazione.

Come riuscire a chiudere quel cerchio, me lo aveva suggerito una sera papà, che di sacrifici è massimamente esperto, dopo avermi vista piangere travolta dall'ennesimo momento di sconforto.

Babbo non è mai stato un uomo di lunghi discorsi, ha sempre preferito lasciare che i gesti traducessero le sue buone intenzioni.

Così, per consolare la mia amarezza, mi aveva raggiunto sul divano, si era appoggiato al bracciolo e allungandomi un libro mi consigliò di leggerlo quanto prima.

Era convinto che mi sarebbe piaciuto almeno quanto era piaciuto a lui, quando ai tempi lo aveva letto.

Era *Le città invisibili* di Italo Calvino.

Papà mi suggerì di provare a fare come Marco Polo che, interrogato dall'imperatore dei Tartari sulle città del suo immenso impero, aveva scelto di usare la fantasia per districare il gomitolo della realtà.

C'è un passaggio che credo riassuma ciò che papà intendeva dirmi, consigliandomi di leggerlo come cura per i miei dispiaceri.

Per non rischiare di accettare passivamente l'inferno che viviamo ogni giorno, ci dice Calvino, dobbiamo imparare a "riconoscere chi e cosa, in mezzo all'inferno, non è inferno, e farlo durare, e dargli spazio".

E fu proprio ciò che mi impegnai a fare da quel giorno in avanti, capendo di esserci finalmente riuscita solo quando i professori proclamarono a gran voce la mia laurea a pieni voti in Giurisprudenza.

Avevo scoperto altre dimensioni in grado di alleggerire il carico di responsabilità con cui convivevo dal giorno in cui mi ero resa conto di aver sbagliato una seconda volta percorso di studi.

Quella leggerezza ritrovata era l'ultimo tassello per recuperare il mio buon umore, e tagliare l'arrivo al traguardo premiò la mia pervicace ostinazione.

La stessa sera organizzai una grande festa di cui ho ricordi confusi e frammentati.

La memoria però me ne ha restituito uno che ancora oggi riesco a rivivere con grande nitidezza, ed è l'abbraccio che ci scambiammo io e Matts quando capimmo che volerci bene ci riusciva molto meglio di amarci.

La nostra fu una presa di coscienza serena e condivisa.

Seduti sul marciapiede ai piedi del locale in cui avevamo passato l'intera serata a ridere fino a perdere il fiato, ci raccontammo di come le braccia di uno, per il cuore dell'altro, erano state una carezza indispensabile ma temporanea.

Avevamo scelto di farci compagnia per un pezzo di strada, quella più sofferta e dolorosa, e ora sentivamo di poter proseguire da soli, continuando a guardarci da lontano, assicurandoci che ognuno riuscisse a conservare almeno la serenità che ci eravamo reciprocamente regalati.

Capire il ruolo che ognuno di noi aveva ricoperto nella vita dell'altro ci aiutò a comprendere come mai stare insieme, da qualche tempo, non lo sentivamo più così necessario come i primi tempi.

Le sue parole e i suoi incoraggiamenti mi avevano aiutata a mettere a fuoco ciò che da sempre mi era sembrato confuso, mentre ciò che ero riuscita a fare io, per lui, aveva avuto a che fare con la scelta di rallentare.

Mi confessò che provare a rispondere alle mie domande aveva dato una risposta anche alle sue e che, mentre io avrei dovuto lavorare sul cambiamento, lui si sarebbe sforzato di capire cosa gli impedisse di essere più stabile.

Per lui quelli erano stati anni di pruriginosa irrequietezza, a poco a poco aveva riempito le giornate un impegno per volta, fino a ritrovarsi sempre in movimento, anche quando sarebbe stato più giusto riposare.

Lo tormentava il richiamo di sofferenze antiche che non voleva affrontare, non voleva ritrovarsi solo con i frutti delle sue scelte passate e così aveva scelto il rumore degli aerei, la risacca delle onde del mare portoghese, la compagnia di chiunque potesse riempire i suoi vuoti.

Quello che ci sembrava di avere capito, è che io avevo bisogno di partire, lui di restare.

Nonostante questo, non abbandonammo mai del tutto l'uno la vita dell'altra.

Continuammo a lavorare nella stessa redazione, come avevamo fatto fino a quel momento. Nel periodo immediatamente successivo alla separazione, capitava spesso che ci incrociassimo alla macchinetta del caffè, nell'area comune, e col sorriso stampato in faccia ci raccontavamo quali nuove forme avesse preso per noi il futuro.

Poi, piano piano, i nostri incontri divennero sempre meno frequenti, anche se non si esaurirono mai del tutto.

Quel nostro desiderio di tenerci aggiornati sulle reciproche fortune mi ricordò quello che fanno i ranger quando recuperano un animale ferito e morente nella savana. Dopo averlo salvato da un infausto destino, se ne prendono cura per mesi, nutrendolo e medicandone le ferite.

Quando poi i tempi sono maturi, lo riaccompagnano dove

lo hanno trovato, nel luogo in cui tutto è iniziato, per liberarlo da una benevola cattività che col tempo diventerebbe un'angusta prigione.

Questa separazione è sempre dolorosa ma necessaria, perché costringerlo a una vita diversa da quella per cui è nato annullerebbe ogni sforzo impiegato per restituirgliela.

Eppure, di tanto in tanto, i ranger, come amici affezionati e cari, ritornano nella savana alla ricerca di tracce che li riconducano a quei loro compagni lontani, nella speranza di constatare che stiano ancora bene.

Credo che io e Matts, senza dircelo apertamente, vivessimo questo stesso reciproco bisogno: quando la malinconia del tempo passato insieme riaffiorava nei nostri ricordi, ci mettevamo in cammino lungo il corridoio, spingendoci un poco verso l'ufficio dell'altro, e dopo esserci sorrisi da lontano tornavamo indietro, confortati di saperci felici.

I mesi trascorsero distesi in questo complice gioco di esortazioni.

Forse avrei trovato anche lui quella sera, alla stessa festa e, a discapito di quanto di solito succede con le storie che finiscono, l'ipotesi che si presentasse mi dava conforto: sarebbe stata la giusta occasione per fare un bilancio delle scelte che avevamo fatto nel bene di entrambi.

Alle 19.45, con un ritardo imperdonabile, citofonai a Mara e insieme raggiungemmo il cortile in cui era stato allestito l'evento.

L'ingresso era aperto al pubblico, ma in verità capire come raggiungere il patio, senza aver ricevuto istruzioni precise, era operazione complessa anche per chi vantava uno sviluppato senso dell'orientamento.

Per questo motivo, quando intravidi un ragazzo farsi spazio fra gli invitati e venirmi incontro, non riuscii a trattenere un evidente stupore. Anche se lì per lì non riuscii a ricordare dove lo avessi già visto.

«Marta!» urlò sventolando la mano nell'aria, per richiamare la mia attenzione.

«Riccardo??» dissi poi in un sussurro a metà fra una domanda e un'esclamazione. Era lui, il ragazzo che Olivia aveva conosciuto al concerto di Leandro mentre cercava di guadagnarsi tre dischi pagandone uno.

«Non ci credo! Come stai?»

Mi raggiunse con le braccia tese, pronte a richiudersi in un abbraccio.

Rivederlo dopo così tanto tempo, non lo nascondo, mi riaccese un certo pizzicore, non so dire bene se di gioia o di semplice curiosità, ma mi mostrai fin da subito entusiasta di quel nostro incontro fortuito.

«Io sto bene, ora lavoro qui! Cioè non qui in questo giardino» dissi in una risata imbarazzata, «qui nel senso nella redazione della rivista che organizza l'evento.»

«Ma dài? Ricordo male io oppure all'epoca studiavi Giurisprudenza?»

«No, no, ricordi bene. Mi sono laureata a marzo di quest'anno e ora sto facendo a tempo pieno il lavoro che durante lo studio potevo gestire solo come part-time. Diciamo che fare l'avvocato non è mai stato il mio sogno nel cassetto, ecco!»

Intercettai il cameriere col vassoio ricolmo di flûte disposti in semicerchio e ne afferrai due senza esitazioni.

«Vuoi?» chiesi porgendone uno a Riccardo.

«Sì, grazie mille. Bene, sono molto contento, ti trovo raggiante quindi credo che questa nuova avventura ti calzi a pennello!»

«Tu invece? Come stai? Che ci fai qui?»

«Io vivo a Milano adesso, sto finendo la specialistica in Cattolica, l'ho iniziata l'anno successivo alla prima volta in cui ci siamo visti, ti ricordi quella sera? A Modena, se non sbaglio.»

Avrei voluto rispondere che di quel giorno lontano mi ricordavo ogni singolo respiro, come un incubo che ero costretta a rivivere ogni volta che il ricordo di Leandro tornava in superficie.

Mi domandai se Riccardo sapesse qualcosa di quello che poi era successo, se Leandro gli avesse raccontato di come era riuscito ad attirarmi fra le sue braccia, per poi scomparire nel nulla.

La loro amicizia era così profonda e radicata che era difficile per me immaginare il contrario, ero certa che Riccardo fosse al corrente di tutto ma facesse finta di niente.

Per un attimo fui tentata di prenderlo per le spalle, scuoterlo con forsennata agitazione e domandargli: "Come ha potuto? Dimmelo, tu che lo conosci, come ha potuto comportarsi così? Passassero cent'anni, io non lo perdonerò mai per il dolore a cui mi ha condannata".

Non lo feci, decisi di simulare una certa impermeabilità alla nostalgia.

Apparire refrattaria alle emozioni che i ricordi di quel passato mi avevano suscitato, durante la nostra conversazione, diventò, per il mio orgoglio ferito, un'involontaria forma di riscatto.

Ciò che desideravo rispondere era che sì, me ne ricordavo, ma in modo confuso. Forse qualcosa m'era rimasto impresso, ma solo immagini fumose e sfocate, era comunque acqua passata! Volevo convincerlo si trattasse di un episodio che certamente non aveva portato scompiglio nella mia esistenza, come invece era accaduto.

«Ah sì, certo, come no! Modena! Mi ricordo di quella sera, anche se non ti nascondo che avevo bevuto qualche goccino di troppo, quindi credo che molte cose il mio cervello si sia impegnato a rimuoverle» risposi inscenando la mia recita.

«A chi lo dici, penso di non aver mai fatto una data da sobrio in tutta la mia vita.»

«Poi quando ci siamo rivisti a Milano non abbiamo praticamente parlato... Quindi comunque ora sei qui in pianta stabile, ho capito bene?» domandai dopo una breve pausa di silenzio in cui finsi di controllare il telefono.

«Sì, vivo con altri due ragazzi in Città Studi, non so se hai presente. Vicino al Politecnico comunque.»

«Conosco! Una bella zona, ci passo spesso perché il mio fisioterapista ha lo studio lì vicino! Sai, ormai l'età avanza e non sono più la tigre di una volta.»

«Ma piantala che sei un fiore! Sarebbe bello vedersi qualche volta, magari quando sai che devi già passare in zona. Andiamo a fare un aperitivo!»

«Molto volentieri» risposi scolando l'ultimo sorso di spumante in un colpo solo.

«Perché non inviti anche la tua amica, come si chiama, quella che c'era anche la prima volta? Olivia se non sbaglio! Come sta?»

«Olivia sì! Molto bene, lei è ormai un temibile avvocato! Glielo propongo senz'altro, ne sarà felice!»

Percepivo, nel fermento delle mie articolazioni, che qualcosa stava cambiando.

Anche se cercavo di controllarla, avvampavo di curiosità.

Improvvisamente non potevo più aspettare.

Avrei voluto che quell'aperitivo si svolgesse la sera stessa, seduta stante.

Nonostante gli ultimi due anni fossero trascorsi nella convinzione d'esser riuscita a relegare Leandro in un angolo buio della mia memoria una volta e per tutte, in quel momento scoprii di essermi soltanto ingannata.

Di quel grande fuoco che era stata la nostra passione, erano rimaste pericolose ceneri ardenti, che al primo soffio di vento si erano riaccese impetuose.

Desideravo scucire a Riccardo ogni informazione possibile.

Volevo che mi raccontasse di Leandro, di come stava, se avesse mai colto, nell'intonazione delle sue parole, un'ombra di ripensamento, qualche timida incertezza, una conferma di rimpianto che potesse alimentare le mie sopite speranze.

Sapevo che Riccardo era presenza costante nella vita di Leandro e averlo intorno mi provocava un certo senso d'eccitazione poiché in uno vedevo abitare un pezzo dell'altro, e viceversa.

Mi sembrava quasi di poterle odorare, le tracce di quella loro convivenza, come se le persone, entrando in reciproco contatto, si contaminassero a vicenda e si portassero a spasso, poi, questo miscuglio di profumi che sono le vite degli altri.

«Facciamo la settimana prossima? Mercoledì?» chiesi sperando non si accorgesse della mia scalpitante impazienza.

«Mercoledì va benissimo, se mi lasci il tuo numero ti mando l'indirizzo di un'enoteca molto carina dietro casa mia, ci vado spesso e secondo me merita!»

Scandii ogni cifra con lenta precisione, affinché Riccardo registrasse senza errori l'unico modo che mi sarebbe rimasto, dopo quella sera, di accontentare il mio malcelato e disperato bisogno di aggiornamenti su Leandro.

«Fammi uno squillo così memorizzo anche il tuo» dissi mirando a impedire, così, ogni ipotesi di sabotaggio.

«Perfetto, ci siamo. Allora ci vediamo mercoledì! Mi ha fatto piacere rivederti, è proprio vero che la vita è strana, non avrei mai pensato di incontrarti qui!»

«Neanche io! È stata una bellissima sorpresa! A mercoledì, non ti dimenticare di mandarmi l'indirizzo!»

«Non lo farò!»

E infatti non lo fece.

Mercoledì mattina mi confermò il nostro appuntamento e la prima cosa che feci, come sempre, fu quella di chiamare Olivia, che non tardò a dimostrarmi la sua nota schiettezza.

«Ma non è che ci sta provando? No, perché tutto 'sto desiderio di rimpatriata, dopo anni di completo silenzio, mi suona un po' strano.»

«Ma figurati! Ti pare che si sognerebbe mai di broccolare con me, dopo quello che c'è stato con Leandro? Lo escludo categoricamente.»

«Se lo dici tu.»

«Ti va di venire? Alla fine lo conosci meglio tu di me.»

«Sì, volentieri, mi passi a prendere al lavoro?»

«Certo, ti faccio uno squillo quando sono sotto l'ufficio.»

«Ok, a dopo.»

«Ti voglio bene. Ti devo un favore.»

«Tranquilla, aggiorno costantemente il tuo quadretto dei debiti.»

«Ho paura.»

«Fai benissimo.»

19
Quello che avrei voluto dire

Lo studio di Olivia si trovava nel cuore pulsante di Milano, dietro le vie più lussuose della città.

Vi si accedeva tramite un portone di legno che a guardarlo chiuso sembrava davvero imponente, ma se poi ti capitava di vederci entrare qualcuno, la prima domanda che ti facevi era perché ci avessero ritagliato al centro una porta, in proporzione, così piccina.

Magari non è stata una scelta casuale, avevo pensato mentre aspettavo che scendesse.

Inventarmi le storie dietro le cose è un passatempo che mi diverte e mi riempie da sempre le attese.

Mi ero immaginata che il costruttore fosse stato un cliente di uno studio legale avversario che, incaricato di progettare l'ingresso di quel palazzo, lo aveva fatto apposta così piccolo e angusto, per vendicarsi di una sconfitta subita proprio contro quegli stessi avvocati.

"Se non ti sei piegato alle mie richieste" aveva sentenziato martellando i cardini nel legno, "ti piegherai ogni mattina, per il resto della tua vita, entrando in questo tuo maledetto ufficio."

Olivia invece, che è di statura minuta, da quel passaggio ci entrava e ci usciva orgogliosa, senza la minima inclinazione del capo, anche quando aveva i tacchi eleganti delle riunioni importanti.

La clemenza nei suoi confronti non era stata causale, ragionai corrugando la fronte.

Dopotutto era approdata fra quelle scrivanie solo dopo l'udienza che vide sconfitto il costruttore, dunque non sarebbe stato giusto, insieme agli altri, punire anche lei.

«Oooh pronto? Ci sei?» domandò la sua voce ovattata, al di là dell'abitacolo.

Il suo pugno aveva bussato invano sul finestrino, cercando di attirare la mia attenzione per farsi aprire.

Quella di attivare la chiusura di sicurezza era un'abitudine che avevo preso da poco.

Più precisamente da quando un mese prima, mentre ero accostata con le quattro frecce nei pressi della stazione, un signore era entrato per sbaglio nella mia macchina pensando fosse quella della moglie, che invece lo stava aspettando poco più avanti.

La facilità con cui Piero, così mi piaceva pensare si chiamasse quel signore, si era seduto sul posto del passeggero, spostando la mia borsa sul sedile posteriore, si rivelò una specie di esercitazione: la fortuna mi aveva concesso una simulazione antifurto, che non potevo certo ignorare.

Oggi ti è andata bene, mi sembrò di sentirle dire, ma avrebbe potuto essere un malintenzionato, stai più attenta la prossima volta!

«Marta, ma mi senti? Vuoi aprire la portiera?!» incalzò Olivia spazientita.

«Sì, scusa, mi dimentico sempre di togliere la sicura» risposi baciandola sulla guancia, prima di accendere il motore.

«Alleluia! Ti eri incantata? Sono due ore che ti batto sul finestrino!»

«Eh, due ore adesso, sei scesa quattro secondi fa!»

Con la coda dell'occhio la vedevo agitarsi nel tentativo di sistemare il vestito rimasto ingarbugliato nella cintura di sicurezza.

«Vabbè, poco male, tanto siamo puntualissime» comunicò accendendo lo schermo del cellulare per controllare l'ora.

«Veramente avremmo dovuto esser lì mezz'ora fa!» puntualizzai.

«Appunto! Se questo è un primo appuntamento mascherato da rimpatriata, come penso che sia, devi comportarti di conseguenza: arrivando in ritardo. È come un fashion delay, ma senza sfilata.»

«Eh?!»

«Niente, lascia perdere, alla prossima gira a destra» mi indicò senza neanche guardare la strada.

Olivia conosceva le strade di Milano meglio di mio padre, che in quella città ci era stato una vita, e questa sua dimestichezza urbana gliel'avevo sempre invidiata moltissimo.

Dopo aver costeggiato i fenicotteri di Villa Invernizzi e buttato un occhio alle locandine di programmazione del teatro Menotti, arrivammo a destinazione nel giro di quindici minuti.

C'erano le strisce bianche, una rarità che nella mia testa è sempre celebrata da una marcia trionfale oppure da un goliardico turpiloquio sulle botte di culo, che non manco mai di recitare.

Giugno è senza dubbio il mese che preferisco respirare a Milano.

Camminando per le strade si sente il profumo dei capelli appena lavati, lasciati asciugare al tepore dell'aria, si partecipa al rumore delle tavole sparecchiate a tarda sera, che il sole d'estate, si sa, si trattiene anche dopo il caffè.

Nessuno cammina a capo chino, con le mani affondate nelle tasche del cappotto, ci sono visi distesi e spalle spalancate, ci si ferma a guardare i balconi fantasticando su quanto sarebbe bello avere una terrazza così o un giardino cosà.

Ogni tanto, a patto che non ci siano spettatori, ci si concede ancora quel gioco che si faceva da piccini, quello di non pestare le righe delle piastrelle mentre si passeggia, cercando di simulare un'andatura disinteressata e naturale.

C'è un fermento strano, a giugno, per le strade di Milano e quell'anno mi sembrava di sentirlo più vivace del solito.

Gli istanti che anticiparono l'incontro con Riccardo furono scanditi dalla stessa frenesia che aveva distinto il nostro ultimo saluto.

Poter parlare di nuovo con lui era il primo vero gesto d'indulgenza che concedevo a me stessa dopo anni di intransigenti negazioni.

Sentivo di aver sconfitto a tal punto la mia dipendenza dal ricordo di Leandro, da potermi accordare quest'unica eccezione: non ci sarebbero state ricadute, promisi a me stessa, solo innocue curiosità nutrite.

«Riccardo dice che ci sta aspettando dentro» comunicai a Olivia, ripetendo ad alta voce il messaggio che avevo appena ricevuto.

«Parcheggia qui, tanto siamo a due minuti, basta girare l'angolo.»

Olivia diresse i nostri spostamenti fino a che non arrivammo di fronte all'ingresso dell'enoteca prenotata per la serata, io spinsi con forza la pesante porta a vetri incorniciata da ferro battuto e insieme iniziammo a percorrere il lungo corridoio che conduceva alla sala principale.

Lei mi precedeva di pochi passi e, sincronizzando il mio sguardo con l'ondeggiare della sua andatura, riuscii a intravedere le spalle di Riccardo che accompagnavano, con il loro movimento, una conversazione piuttosto animata.

Non ebbi neanche il tempo di ragionare su chi potesse essere il suo interlocutore perché lo sguardo sbigottito di Olivia, lanciato d'improvviso nella mia direzione, non lasciò spazio alle supposizioni.

Un brivido gelido mi corse lungo la schiena, l'andatura si fece incerta, le punte dei piedi si inchiodarono al terreno senza che ne avessi reale controllo.

Che Olivia, tra la folla, avesse riconosciuto lo sguardo di qualche suo antico conto in sospeso? Oppure ero proprio io il destinatario di quella sua fulminea preoccupazione?

Col fiato interrotto dal ritmo incalzante dei battiti, avanzai di un altro passo, colmando la poca distanza che mi separava dalla visione completa del tavolo di Riccardo.

Fu in quell'esatto momento che sentii un'esplosione si-

lenziosa allargarmi il petto, una deflagrazione violenta e inaspettata che mi trovò incapace di difesa alcuna.
«Ciao, Marta.»
Il suono della sua voce arrivò nitido e preciso come un lampo che annuncia la tempesta.
Così come il tempo non era riuscito a deformarne il ricordo, così neanche i rumori di quella stanza furono in grado di confonderne il timbro.
Leandro si alzò accennando un sorriso timido e incerto.
Il suo sguardo non aveva traccia di stupore, aspettava solo, dritto e sostenuto, che dall'altra parte il mio scegliesse come accoglierlo.
Furono solo pochi secondi, ma provocarono la devastazione di un terremoto.
La fortezza che credevo di essere riuscita a costruire, salda e inespugnabile, si sgretolò come se d'improvviso si fosse arresa al peso del cielo.
Sapevo che quella che per Olivia e Riccardo sarebbe trascorsa come una semplice serata fra amici, per me avrebbe significato più di quanto fossi pronta ad affrontare.
«Ciao, Leandro» risposi dopo una pausa fin troppo eloquente. «Scusa, sono un po' sorpresa, non mi aspettavo di vederti qui.»
Mi voltai verso Riccardo in cerca di risposte o di un gesto che mi facesse capire che le avrei ricevute più tardi, ma la sua scelta di scomparire tra gli abbracci e i saluti di Olivia mi fece presto intuire che lui, per tutto il tempo, più che il mio alleato era stato il complice di qualcun altro.
«Sì, è che avevo programmato di fare qualche giorno sulle Dolomiti, ma nel weekend è previsto temporale quindi sai, visto che ormai ero già salito nel freddo Nord, ne ho approfittato per chiamare Riccardo» continuò Leandro.
«Hai fatto bene» risposi cercando di simulare un contegno credibile, anche se in realtà avrei solo voluto puntualizzare che il meteo, da che mondo è mondo, si controlla prima di partire, non quando si è già arrivati.
Sebbene la sua scusa facesse acqua da tutte le parti, mi

resi conto che quell'inganno non mi disturbava in alcun modo.

Non feci neanche lo sforzo di ragionare su quale potesse essere il reale motivo della sua presenza.

La verità è che non mi importava cosa o chi lo avesse condotto di fronte a me quella sera, mi era bastato incrociare di nuovo il suo sguardo per capire che di lui desideravo ancora tutto, visceralmente, come una maledizione che non ero ancora riuscita a sciogliere.

La realtà aveva chiarito come non avessi mai accettato l'idea che i giorni passati insieme a lui potessero divenire fossili intrappolati nella roccia di ricordi lontani.

Ingannando la mia stessa risolutezza, ne avevo segretamente alimentato il richiamo, sperando che un giorno sarebbe arrivato il momento di poterlo assecondare.

Ero così felice di rivederlo, eppure mi odiavo per lo stesso motivo.

Dopo aver salutato entrambi, Olivia tornò al mio fianco e con discrezione mi strinse la mano dietro la schiena: era quello che faceva sempre quando voleva dirmi di non preoccuparmi, che se le cose fossero precipitate non mi avrebbe lasciata cadere.

«Ci sediamo e ordiniamo qualcosa?» chiese rivolta verso gli altri due, provando a stemperare la tensione che inevitabilmente aveva imbalsamato le lingue di tutti.

«Buona idea» risposi condividendone il tentativo. «Io prendo un bicchiere di vino, se lo vuole anche qualcun altro magari prendiamo una bottiglia.»

«Lo prendo io con te» intervenne Leandro. «Un Amarone, se sei d'accordo.»

Finsi di non ricordare, ma invece ricordavo benissimo.

Il vino delle occasioni importanti.

«Certo, sì! Per me va bene» risposi ammantandomi di un'indifferenza che richiese un ingente sforzo recitativo.

Cosa significava quella sua scelta? Era stata forse una dichiarazione d'intenti?

O solo un rigurgito nostalgico dei giorni che furono? Davvero era convinto che, dopo due anni trascorsi rispettando un voto preso senza che io avessi la possibilità di cambiarlo, sarebbe potuto tornare una sera di giugno, di punto in bianco, senza darmi alcuna spiegazione?

Ero sopraffatta da istinti contrapposti.

Una parte di me avrebbe voluto vomitargli addosso la rabbia che avevo covato in silenzio dopo la sua sparizione, speravo che ferirlo riversandogli addosso quel fiume di parole che non avevo mai potuto dirgli avrebbe colmato la voragine che il suo abbandono mi aveva scavata profonda nel petto.

L'altra però, che sentivo guadagnare sempre più spazio a ogni suo sguardo, aveva già dimenticato ogni desiderio di rivalsa.

Non c'era orgoglio che andasse vendicato o ferita che dovesse esser perdonata, il mio istinto era quello di abbracciarlo, di toccarlo, di annusarlo, fare famelica scorta della sua persona, che dopo essermi stata strappata ritrovavo amabile e seducente, come non lo era mai stata.

Sentivo le voci del nostro tavolo accavallarsi e i discorsi incrociarsi armoniosi ma lontani.

La mia mente vagava distratta, già proiettata alla fine di quella serata.

Sapevo che quelle poche ore insieme non mi sarebbero bastate, ne volevo ancora e ancora, avevo bisogno di stare sola con lui per dare risposta a tutte le domande che avevo accumulato nel tempo.

Una risata fragorosa proveniente dal tavolo accanto mi strattonò i pensieri, riportandomi alla conversazione.

«Allora? Come state? Che fate? Non ci vediamo da troppo tempo» domandò Olivia rivolta agli altri due.

«Tutto bene, dài, solita vita spiantata sempre in giro per l'Italia» rispose Leandro battendo Riccardo sul tempo.

Quest'ultimo recuperò presto l'occasione mancata commentando le parole dell'amico: «Con questo maledetto non ci vediamo quasi più ormai, sono finiti i vecchi tempi».

«Non è mica colpa mia se hai scelto di diventare un dottorino. Lo sai che il furgone quando vuoi ti aspetta, noi ti accoglieremmo a braccia aperte.»

Dalla loro conversazione scoprimmo che Riccardo l'anno prima aveva smesso di seguirli in tour per concentrarsi sull'università e rilevare l'attività di famiglia.

«Amico, non dirlo troppo forte che poi sai che lo faccio.» Una piccola pausa e poi aveva continuato: «Tu Olivia? Marta l'altra sera mi ha detto che ormai bisogna avere paura a mettersi contro di te».

«In che senso scusa?».

«Mi ha raccontato che sei diventata un temibile avvocato.»

«Temibile addirittura!» ripeté Olivia girandosi dalla mia parte.

«Non mi guardare così, io sono il tuo reparto marketing, è ovvio che ti devo vendere bene ai potenziali clienti!»

«Marta non ha ancora capito che un avvocato junior che viene assunto da uno studio legale il primo anno obbedisce in silenzio a qualsiasi mansione gli venga richiesta. Di temibile ci sono solo le ore che faccio di straordinari.»

«Ma di cosa ti occupi di preciso?» domandò Riccardo.

«Diritto del lavoro e relazioni industriali, soprattutto nell'ambito delle ristrutturazioni aziendali e delle operazioni straordinarie.»

«Ok, ora sorriderò fingendo di aver capito.»

«E tu invece?» chiesi a Leandro cambiando argomento. «In questo periodo state preparando un nuovo disco?»

Lo guardai solo di sfuggita per pochi timidi secondi.

«In realtà è già pronto! Infatti in questo periodo siamo in sala prove tutto il giorno, tutti i giorni. Tra poco partirà il tour estivo, dobbiamo decidere gli ultimi arrangiamenti. Ci siamo presi una settimana di stop per riposarci un attimo, schiarire le idee e tornare freschi per gli ultimi dettagli.»

«Ah bene, dài! Non vediamo l'ora di ascoltarlo!»

La conversazione al tavolo continuò incalzante e ritmata per almeno un'ora fino a che Leandro, per fortuna, chiese ciò che io non avrei mai avuto il coraggio di chiedere.

«Sentite, ma cosa fate dopo? Cioè adesso, quando ci alziamo da qui, intendo.»
Mi voltai di scatto verso Olivia.
«Non lo so, che cosa facciamo, Olli?»
La mia domanda era stata posta con un tono oculatamente retorico.
Le stavo comunicando, con una sola breve domanda, una cosa molto precisa:
"Noi non abbiamo niente da fare. Niente. Quindi adesso tu risponderai che non c'è nulla di organizzato, servendo loro, su un capientissimo piatto d'argento, la possibilità di invitarci da qualche parte. Ti prego, non mi abbandonare proprio ora, te ne sarò eternamente grata. In fede, la tua migliore amica."
«Non abbiamo ancora deciso nulla, voi avete programmi?» rispose.
Perfetta, sapevo avrebbe recepito il messaggio.
«Noi andiamo a casa di un amico che ha organizzato una piccola festa per il suo compleanno, anche se formalmente è stato la settimana scorsa. Volete unirvi a noi?»
«Ma non so, non vorremmo piombare in casa di qualcuno che non ci conosce, soprattutto se è una festa con i suoi amici» dissi per mera educazione, pregando che quei complimenti formali venissero rifiutati.
Respiro e occhi strizzati, aspettai che la sua risposta decidesse il nostro destino.
«Nessun problema, è stato lui a dirci di invitare chiunque volessimo, quindi se vi fa piacere siete le benvenute.»
«Ok, allora! Volentieri! Ci condividete voi la posizione e ci vediamo lì?» risposi senza farmelo ripetere due volte.
«Guarda, son proprio dieci minuti da navigatore, adesso ti mando la via sul telefono. Direi paghiamo e partiamo, così arriviamo insieme.»
Leandro e Riccardo si alzarono dirigendosi verso la cassa.
Rimaste sole, mi trattenni qualche minuto in disparte con Olivia che, nonostante i tanti anni di conoscenza, riuscì a sorprendermi ancora una volta.

Ero convinta che, avendomi osservata parlare con Leandro ed essendosi accorta di quanto poco fosse bastato, alla mia iniziale diffidenza, per tramutarsi in nostalgia, mi avrebbe presa per le spalle con fare concitato e mi avrebbe scossa come si fa per svegliare chi dorme, quando si comporta come se credesse di essere sveglio.

Invece, con tono convinto e fiducioso, mi disse una cosa che io non è che me la ricordi poi così bene, con le parole precise diciamo, ma sono sicura riguardasse le persone a cui ti sembra di vedere attraverso.

Mi confermò quello che io già pensavo da tanto, potrei dire da sempre, senza però avere elementi concreti con cui convincere gli altri.

Anche se Leandro mi aveva ferita più di chiunque altro, anche quando ogni parte di me rivendicava la sua colpevolezza condannando la mia ingenua fiducia, mai ero riuscita a considerarlo crudele.

Non c'era stato giorno in cui avessi pensato che le sue decisioni fossero state guidate dal mero egoismo, ero intimamente convinta della sua buona fede pur mancando di elementi concreti con cui poterla dimostrare.

Mi ero ritrovata vittima impegnata a giustificare il suo carnefice: una posizione scomoda che nessuno vedeva di buon occhio.

Eppure, io sono sempre stata spinta dalla certezza di un cuore puro, il suo, che non sapevo come raccontare a chi non lo aveva vissuto.

Era questo che Olivia aveva cercato di dirmi quella sera, ché lei non aveva avuto bisogno di altro, se non di guardarlo di nuovo dritto negli occhi, per capire che non c'era foschia nelle sue intenzioni.

Era vestito di un'onestà difficile da spiegare, ma facilissima da riconoscere.

Mi disse che secondo lei avrei dovuto ascoltare cosa avesse da dire, perché era chiaro che quella sua venuta inaspettata e fulminea aveva un motivo che meritava di essere sondato.

Darle ragione mi venne semplice come è semplice assecondare un istinto primitivo e indomabile. Potevo cedere alla mia tentazione senza sensi di colpa, avevo il permesso ufficiale di non voltare pagina e io non chiedevo altro.

Non aver bisogno di cercare le parole giuste, sempre che fossero esistite, per riuscire a spiegarle perché era importante che io parlassi con Leandro mi sembrò una cosa così bella, un risparmio di parole così prezioso, che non riuscii neanche a dirle grazie.

Non dissi proprio niente, anche se avrei voluto dirle tutto.

20
Una sconsiderata avventatezza

Una volta arrivate a casa di Nicola, così avevamo scoperto chiamarsi il festeggiato, io e Olivia eravamo state introdotte da Riccardo, che dopo due o tre brevi presentazioni ci aveva indicato la strada per la cucina.

Al centro della stanza era stato apparecchiato il tipico tavolo delle feste con qualche patatina e bevande alcoliche di vario genere, tutte piuttosto dozzinali: una scelta comprensibile quando sai che gli invitati hanno il gomito leggero.

Prima che io facessi in tempo a orientarmi in quella casa teneramente spoglia, come sono di solito le case degli universitari coraggiosi che hanno abbandonato il nido familiare per una faticosa autonomia, Olivia aveva già stretto amicizia con metà degli invitati.

Nel tragitto in macchina era uscito per l'ennesima volta l'argomento Federico, ma questa volta mi sembrava di intravedere, negli occhi di Olivia, una consapevolezza diversa.

Col racconto ero rimasta all'ultima volta che si erano sentiti, due anni prima.

In quell'occasione lei aveva scelto di non rispondere. E poi non me ne aveva mai più parlato. Io, per non riaprire una ferita, non le avevo più chiesto nulla.

Olivia si era convinta che la cosa migliore sarebbe stata ignorare i sassolini che lui si era abituato a lanciarle, periodicamente, sul vetro della finestra, senza mai considerare di prendere coraggio e bussare alla porta.

Voleva fargli capire che era stanca di fingere che la cosa non la disturbasse.

Negli anni, infatti, ogni volta che Federico era ricomparso con scuse diverse, lei aveva finto di saper gestire la sua presenza con serena consapevolezza quando in realtà, un graffio per volta, il suo cuore si era riempito di cicatrici, perdendo di elasticità.

Si era accorta, così mi aveva raccontato, che non era più allenata ai sentimenti.

Si sentiva rigida e ormai poco snodata, aveva perso di tono aspettando troppo a lungo l'occasione di rimettersi in pista.

Per questo aveva scelto il silenzio: se mai l'intento di Federico fosse stato quello di tornare per rimanere, avrebbe dovuto dimostrarlo senza margini di incertezza, ma lei in ogni caso avrebbe smesso di aspettarlo scegliendo solo storie temporanee senza futuro.

Il tempo le diede ragione, perché Federico smise di scriverle.

Inizialmente fu piuttosto traumatico convivere con le conseguenze di quella decisione: lui aveva rispettato la richiesta di rimanere distante fino a che le idee non fossero state più chiare, il problema fu accettare che, una volta riordinate, non lo avessero riportato da lei.

Dopo un primo periodo di buio, però, l'avevo vista risorgere più splendente di quanto non fosse mai stata.

Amputare quell'arto malato della sua vita le aveva donato un fulgore che non avrebbe mai raggiunto se non avesse avuto la forza di mollare la presa.

La conferma di questa vitalità ritrovata me la diede in macchina quella sera.

Mi raccontò che tramite amici comuni aveva scoperto che Federico si era poi fidanzato con una nuova ragazza e che questa notizia, al posto di rattristarla, l'aveva lasciata del tutto indifferente.

Finalmente si era sentita libera da una schiavitù sentimentale e psicologica da cui pensava non sarebbe mai guarita.

Per questo motivo, arrivate a casa di Nicola, la lasciai sola in salotto a cuor leggero: conoscere persone nuove, con questo nuovo spirito, sarebbe stata un'ottima occasione per darsi una possibilità.

In posizione raccolta ai blocchi di partenza, udito lo sparo, Olivia avrebbe iniziato la sua corsa verso nuovi traguardi.

Io nel frattempo dovevo cercare Leandro.

Se era vero che aveva qualcosa da dirmi, non volevo certo dargli modo di accampare, tra le possibili scuse, quella di non essere mai riuscito a trovare un attimo per potermi parlare in privato.

Presi posto su una sedia libera in salotto, di quelle pieghevoli che si tengono negli sgabuzzini e si tirano fuori quando arriva qualche ospite in più.

Rimasi sola per pochi minuti osservandomi intorno.

C'erano mani che incrociavano mani, bocche spalancate in risate chiassose, teste instancabili che non la smettevano di asserire col mento e ciocche di capelli torturate da dita nervose.

Era una stanza piena di storie che non conoscevo, ma solo di una mi interessava davvero.

Alzando lo sguardo dal bicchiere vidi Leandro farsi spazio tra la folla: stava attraversando il corridoio tenendo in mano due birre con le braccia alzate, chiedendo permesso.

Mi veniva incontro come se sapesse che lo stavo aspettando, e aveva ragione.

Avere un'altra opportunità di stare da sola con lui era una fantasia che era venuta a trovarmi spesso, la notte, quando i miei tentativi di prendere sonno si erano dovuti arrendere all'irrequietezza.

In quei momenti provavo a immaginare in quali luoghi e per quali ragioni ci saremmo potuti incontrare ancora, in futuro, se le coincidenze avessero giocato a nostro favore.

E allora mi dicevo, a occhi chiusi: ma pensa se un giorno ci incrociassimo in ascensore, così dal nulla, io che sto salendo perché al quinto piano ci abita un'amica, lui perché al secondo vive il suo produttore. Non sarebbe incredibile?

E pensa se lo stesso ascensore si bloccasse e rimanessimo imprigionati dentro insieme, come una specie di contrappasso: costretti in un metro quadrato dopo anni di chilometriche lontananze.

Sarebbe bello godere di quel tempo regalato dal destino, senza che sia merito o colpa di qualcuno, e quanto mi piacerebbe scoprire come è proseguita la sua vita dopo il nostro ultimo saluto all'ingresso della stazione.

Sì. Devo dire che nel mio letto, quando non riuscivo a prendere sonno, a Leandro ci pensavo spesso.

Poi però tornavo a dirmi che erano solo bizzarre fantasie.

Il rischio di continuare a nuotarci dentro era che i pensieri si trasformassero in speranze, e le speranze in delusioni.

Quella sera di giugno però, anche se di ascensori misteriosi in cui rimanere bloccati non ce n'erano stati, Leandro lo avevo rivisto comunque e questo avverarsi improvviso di ciò che era sempre stato solo un desiderio inconfessabile, non mi concesse il tempo di prepararmi al confronto in modo adeguato.

Mi si era seduto di fronte e, allungate le mani sotto la mia sedia, afferrandone il bordo, mi aveva avvicinata a lui con piccoli scatti.

«Allora, non voglio girarci intorno perché è davvero troppo tempo che aspetto quest'occasione. Per dirti quello che devo dirti, però, ho prima bisogno di sapere se hai voglia di ascoltarmi. Se così non fosse lo capisco. Cioè, probabilmente tirerei una serie infinita di capocciate contro quel muro portante, ma alla fine lo accetterei.»

Nel tono retorico della sua domanda mi era sembrato di scorgere una vena di preoccupazione, come se avesse faticato a convincersi dell'improbabilità di un mio rifiuto, senza riuscire a escluderlo del tutto.

«Leandro, se non avessi voglia di ascoltare quello che hai da dire, non sarei neanche seduta su questa sedia, anzi probabilmente avrei girato i tacchi appena entrata in quell'enoteca, qualche ora fa» risposi cercando di tenere occupate entrambe le mani inequivocabilmente impacciate dall'emozione.

«Bene, è già un inizio. Allora. Parto col dirti una cosa a cui probabilmente non crederai, ma è terribilmente vera ed è giusto che tu la sappia. Da quando ti ho scritto quella mail, l'ultima prima che le nostre strade si separassero, non c'è stato giorno in cui io non abbia pensato a te. Nemmeno uno.»

Aveva ragione, non riuscivo a credere a una sola sillaba pronunciata dalla sua bocca.

Le parole con cui aveva scelto di scomparire le avevo rilette così tante volte da averle imparate a memoria, ed ero convinta che nessun ripensamento le avrebbe mai sotterrate.

Tuttavia scelsi di non interromperlo, continuando ad ascoltare in silenzio.

«Il giorno in cui mi comunicarono che Greta aveva avuto un incidente ero accanto a te, alle terme, te lo ricordi? Quella notte la mia coscienza morì due volte: la prima perché mi sentivo in parte responsabile di ciò che le era successo, la seconda perché nonostante tutto non avevo la minima voglia di occuparmene.

Sul fondo dei miei silenzi sedeva la vergogna di aver desiderato di non curarmi affatto di quanto era accaduto, continuando ad abbracciarti fino al sorgere del sole.

Il tempo accanto a te non aveva prezzo, valeva più di quello di tutti.

Scoprirmi così emotivamente distante dalle sorti di Greta, pur sentendomi responsabile del suo incidente, ha creato fantasmi e sensi di colpa così profondi che per due anni ho temuto fossero insormontabili.

Le sono stato accanto guidato da un senso di affetto fraterno.

Ho avuto la presunzione di pensare che senza la mia vicinanza non ce l'avrebbe fatta, invece ero io che avevo bisogno di starle accanto per affrancare la mia prigionia morale, per liberarmi da un ingiustificato rimorso.

La sua riabilitazione è durata un anno, anche se a me è sembrata una vita intera.

Ho passato quello successivo a convincermi di aver fatto la scelta migliore, dicendo a me stesso che, dopo la sua e la mia guarigione, saremmo riusciti a trovare un nuovo modo di volerci bene, di stare insieme, uno che fosse finalmente in grado di parare i colpi che in passato avevano rischiato di farci affondare.

Il nostro nemico, però, non era fuori dalle mura del nostro rapporto, ne costituiva le fondamenta.

Capii presto che eravamo intossicati dall'interno, intrappolati sotto macerie che credevamo castelli.

Il mio errore è stato alimentare quella cecità pericolosa e pigra.

Ho illuso me stesso di poter vivere in una scala di grigi e persuaso Greta che avremmo ripreso colore, ma la verità è che quando si ha la fortuna di scoprire il profumo della felicità, come quello che io ho scoperto al tuo fianco, difficilmente si riesce poi a cancellarne il ricordo.

Ho vissuto così questi ultimi due anni, tormentato nel presente dalle ombre del passato.

Poi non ce l'ho fatta più, quando ho finalmente capito che quello a cui avevo rinunciato mi sarebbe mancato in eterno, ho deciso che avrei almeno dovuto provare a riconquistarlo.

Ed eccomi qui.

Un mese fa ho chiamato Riccardo e gli ho confessato tutto.

Lui, conoscendomi a fondo, ha sempre sospettato che avessi sbagliato le mie valutazioni e si è offerto subito di aiutarmi.

Sapevo che quella che stavo progettando era a tutti gli effetti un'imboscata, ma credimi se ti dico che ero pronto a gettare la spugna se non avessi visto, nel tuo sguardo, ciò che invece stasera credo di aver visto.

Inizialmente ho anche ipotizzato di scriverti, ma avevo paura che un passo falso, nella scelta delle mie parole, avrebbe potuto compromettere l'unica possibilità che avevo di poterti parlare di nuovo, come sto facendo questa sera.

Così ho tentato una strada diversa.

Non ho mai smesso di chiedere a chiunque ti conoscesse

informazioni sul tuo conto, con discrezione avanzavo domande fintamente disinteressate, ma le risposte, come chiodi arrugginiti, si conficcavano nei miei fianchi.

Ti cercavo in rete per risentire la tua voce, ti ho osservata in silenzio gettando sale su una ferita che non aveva mai smesso di bruciare.

Proprio mentre tentavo di capire come riavvicinarmi a te, ho visto l'evento che hai condiviso poco tempo fa e ho subito chiamato Riccardo supplicandolo di andare in missione per conto mio.

Se c'era una persona in grado di combinare un incontro, quella era lui.

Lui, che era l'unico vero anello di congiunzione rimasto tra le nostre vite, incarnava la mia ultima possibilità.

Ti chiedo scusa per questa mia improvvisa apparizione, davvero, mi rendo conto che ancora una volta non ti ho dato modo di scegliere, mi sono presentato alla tua porta senza chiedere permesso, ma era un rischio che dovevo correre per chiederti perdono.

Ho sperato con tutto me stesso che scegliessi di rimanere e sono contento tu l'abbia fatto.

Se siamo qui ora e abbiamo la possibilità di parlare è perché, fra noi due, tu hai sempre avuto più coraggio.

Ammettendoti di aver sbagliato tutto, spero di dimostrarti che ne ho anch'io.

Due anni sono tanti da dimenticare, lo so, ma non ti sto chiedendo di farlo o quantomeno non adesso.

Vorrei solo capire se io, in qualche modo, ho abitato i tuoi giorni con la stessa disperata nostalgia con cui tu hai abitato i miei.

Se così fosse, voglio giocare a carte scoperte e dirti ciò che avrei dovuto dirti sui binari di quella stazione, perché quando ti dicevo che eri stata tu a spiegarmi quanto si può essere felici, non mentivo affatto.

L'ho sempre saputo, ma l'ho accettato con ritardo.

Non c'è niente che io non sia disposto a fare per averti di nuovo nella mia vita.

Questa è una consapevolezza con cui ho dovuto convivere per molto tempo e che ora non posso più tenere nascosta: il rimorso di non averci mai provato, infatti, mi divorerebbe più della disperazione di non esserci riuscito.

E questo è quanto.

Non so se sia sufficiente a farmi perdonare, ma è la cosa più sincera e vera che potessi dirti.»

Avevo ascoltato quella cascata di parole respirando pianissimo, come si fa quando ci si muove in punta di piedi per non svegliare nessuno, anche se a pensarci bene chi aveva paura di destarsi da un sogno ero io.

Erano tante cose e tutte insieme.

La pausa di silenzio che mi concesse Leandro prima di riprendere a parlare fu troppo breve per consentirmi di capire come processarle.

Nemmeno nelle mie più rosee speranze avevo contemplato la possibilità che un giorno avrei sentito quelle parole.

In tutta la vita non mi era mai capitato che la realtà superasse le aspettative, e come per tutte le cose nuove mi serviva del tempo per prenderci confidenza.

Il vociare confuso e robouante che riempiva la sala aiutò a stemperare i miei silenzi riflessivi. Quando mi convincevo di una risposta e provavo a tradurla in parole, ecco che mi veniva da considerarne subito un'altra, che mi pareva migliore, prolungando così il mio mutismo diffidente.

«Capisco che ora tu faccia fatica a credermi, non ti biasimo, la realtà dei fatti ti dà ragione e te la do anche io. Accetterò tutto da questa vita, il bene e il male che seguirà le mie scelte sbagliate, ma ti prego dimmi solo quest'unica cosa, dimmi se anche tu, da qualche parte, magari sepolta sotto strati di rabbia e rancore, pensi che quello che ti ho detto finora abbia senso, che esiste ancora un tempo, per noi, in cui essere felici.»

In realtà non mi serviva che lui andasse oltre.

La risposta a quella sua domanda risuonava armoniosa e chiara nella cassa di risonanza delle mie certezze, ma avevo paura ad ammetterlo.

Io, se penso a come sono state guidate tutte le scelte sentimentali della mia vita, più che su due piedi mi sembra di averle tutte prese senza toccare terra, fluttuando nell'immediata leggerezza di un istinto impetuoso.

Per natura ho spesso riflettuto poco sulle conseguenze e sofferto molto per non averlo fatto, ma non ho mai pensato di voler cambiare le cose.

Ricordo che quando ero più piccola e mi rifiutavo di ascoltare i consigli più saggi e razionali di mamma, quando poi con la rabbia focosa dell'adolescenza le rivendicavo il mio diritto a sbagliare, lei mi congedava con una frase che era quasi sempre la stessa, pronunciata con la rassegnazione affettuosa di chi ti vuol bene e vorrebbe aiutarti.

Mi diceva: «Tesoro, ti prego, ascolta tua madre, anche io ero come te e non sentivo ragioni, ma se ti dico una cosa è per il tuo bene. Non c'è niente di più sincero del parere di una mamma. Se poi tu lo credi, fai come ti dice l'istinto. Nessuno pretende di raddrizzare le gambe dei cani».

Era un modo di dire che non avevo mai sentito e forse per questo l'ho puntualmente ignorato negli anni a venire.

Se ci fosse stata mamma, quella sera, probabilmente me lo avrebbe ripetuto.

Mi avrebbe consigliato di riflettere bene, di concedermi il giusto tempo per proteggere un cuore sfibrato e stanco, che di riposo se n'era concesso ben poco, ma forse, complice un detto che non mi è mai stato chiaro, io imboccai senza riserve la mia solita strada dell'incoscienza.

«Se ti dicessi che non ho più pensato a noi dalla tua ultima lettera, mentirei.»

Con una sola frase avevo già abbassato il ponte levatoio delle mie difese e aperto un ingresso comodo e diretto verso il centro di una fortezza che ero sicura avrei potuto difendere meglio.

«Ci ho pensato molto, sicuramente più di quanto avrei dovuto. Ammettere di aver sbagliato le mie valutazioni nei tuoi confronti è stata dura e ad averne pagato il prezzo più alto è stata la considerazione che avevo, e che ho, di me stessa.»

Mi fissava con occhi sgranati e attenti, le labbra sospese in attesa di capire come sarebbe finito il mio discorso.

Nonostante sapessi già dove volessi arrivare, l'idea di tenerlo sulle spine mi restituiva, in parte, un po' di quell'orgoglio ferito a cui sentivo di dovere una rivincita.

«Tuttavia, commettere due volte lo stesso sbaglio è qualcosa che non riuscirei a perdonarmi, immagino tu possa capirmi. L'ultima volta ho confidato ciecamente nelle tue parole, senza mai farmi troppe domande, credendo che le risposte fossero alla portata del nostro coraggio. Come è andata a finire non credo ci sia bisogno di ricordarlo.»

Presi una pausa, più per me che per lui.

«Mi chiedi se esiste ancora un tempo per noi, in cui essere felici» continuai, «non so rispondere a questa domanda.»

«Perché no?» chiese muovendo entrambe le mani verso le mie ginocchia, come per appoggiarcele sopra e stringerle in una presa sicura, ma tentennò.

Configurai la sua esitazione come mancata convinzione e sul momento me ne rammaricai.

Solo tempo dopo scoprii che, quella che ai miei occhi era apparsa come una mancanza di coinvolgimento, era stata in realtà una forma di rispetto: non voleva costringermi a un contatto che non avevo chiesto e che non era sicuro volessi ricevere.

«Eh» sospirai, «hai un paio d'ore di tempo che te lo spiego?»

Cercai di stemperare la serietà di quella nostra conversazione con un po' di leggerezza.

«Tutte quelle che ti servono» rispose senza smettere di fissarmi con una sicurezza nello sguardo che non gli avevo mai visto.

«Allora mettiamola così. Se tu ti fossi tuffato in mare, poniamo caso da una roccia altissima, credendo che l'acqua sotto fosse molto profonda, e poi ti fossi reso conto che invece, ad aspettarti sotto la superficie, c'era uno scoglio pericoloso e acuminato, che infatti ti ha ferito, ti rituffesti?»

«No, non mi rituffesti» disse lasciando la frase in sospeso, «o meglio, non mi rituffrei dallo stesso punto, ma lo rifarei scegliendo un'angolazione migliore.»

«E che garanzie hai che nel nuovo punto non ci sia un altro fondale pericoloso?»

«Nessuna. Ma l'alternativa è smettere di tuffarsi, e a me tuffarmi piace moltissimo.»

«Ti sbagli, l'alternativa è scegliere un punto più basso in cui, anche se dovessi trovare brutte sorprese all'arrivo, nel peggiore dei casi ti faresti solo un graffietto.»

«Sì, certo, anche. Un'altra alternativa invece potrebbe essere passare il resto della vita accovacciata sulla tua roccia altissima e sicura, guardando gli altri tuffarsi e godere di quei salti spaventosi e bellissimi, mentre il massimo a cui tu potrai aspirare sarà ricevere in testa la cacata di un gabbiano. Perché no! Sono scelte.»

Scoppiammo a ridere entrambi.

Sentivo addosso la fatica di opporre resistenza a una forza che travolgeva entrambi e non poteva essere annullata: quella che ci proiettava uno nelle braccia dell'altra, irragionevolmente.

«Andiamo a prendere una boccata d'aria?» chiesi dopo aver accumulato una certa dose di insofferenza al frastuono che riempiva la stanza.

A ripensarci eravamo rimasti seduti a parlare per molto tempo, senza renderci conto che non avevamo fatto altro che gridare, per sentirci a vicenda.

Il nostro incontro me lo ero sempre immaginato nell'atmosfera imbarazzata di un silenzio spazioso, da riempire con i giusti tempi, con movimenti lenti e misurati, sottovoce, cercando di interpretare quali fossero i pensieri nascosti dietro le nostre espressioni.

Invece tutto si svolse nella confusione sfocata di una casa gremita di gente.

Ci sgolammo per gridarci in faccia ciò che avevamo da dirci.

A ogni risposta alzavamo di un tono la voce per paura che l'altro non sentisse in modo chiaro e scandito.

Per troppo tempo, infatti, ci eravamo accontentati solo di sussurri, di ipotesi incerte che non eravamo sicuri di aver capito.

Ora non c'era più spazio per il dubbio, quello che c'era da dire traboccò violento e inarrestabile dalle corde vocali.

«Vieni, seguimi» disse, «ti porto nel posto più esclusivo di tutta la casa.»

Leandro mi prese per mano e, facendosi largo con le spalle fra la folla, mi condusse attraverso il corridoio che separava il salotto dalla cucina.

Quella del suo amico era una casa piuttosto vetusta.

Aveva i pavimenti di marmo giallo, le anticamere, gli infissi arrugginiti e poco isolanti a chiudere finestre enormi, ritagliate per spezzare soffitti altissimi in grado di ricordarti quanto può essere forte il rimbombo della solitudine.

La cucina aveva una portafinestra proprio accanto ai fornelli e Leandro, con un colpo secco e deciso, ne ruotò la maniglia aprendo la visuale su un minuscolo terrazzo la cui superficie era interamente occupata da due sedie orientate vista cortile.

Era tutto piuttosto buffo, senz'altro quello era stato uno spazio pensato per ospitare la spazzatura, ma il proprietario aveva deciso di renderlo una specie di balconcino reale: un metro per un metro di puro lusso adornato con le più invidiate sedie pieghevoli in circolazione.

«Solo il meglio per lei, signorina! Prego si accomodi» recitò Leandro gonfiandosi il petto e indicandomi la strada col palmo della mano sinistra.

Sorrisi accennando un inchino di ringraziamento, prima di precederlo e occupare una delle due sedute.

Leandro si chiuse le ante della portafinestra alle spalle e si sedette accanto a me sulla sedia sgangherata che era rimasta vuota.

«Certo non saranno le terme a cielo aperto in cui facemmo il bagno a Perugia, lo capisco, ma almeno c'è silenzio, siamo da soli e le stelle che si intravedono sono le stesse di quella sera.»

L'immagine della notte passata insieme due anni prima riaffiorò chiara e tagliente nella mia memoria.

«Di quel posto in effetti ho un bel ricordo» risposi con lo sguardo rivolto verso la notte.

«Solo di quello?» domandò timoroso.

«No, non solo di quello, anche della campagna umbra, con i suoi bellissimi colori. Anche quella la porto nel cuore.»

Mi guardai bene dal citarlo fra i ricordi memorabili, ma mi ero augurata capisse che la mia era una strategia difensiva: giocavo al rialzo per capire fin dove fosse disposto a spingersi.

«Ci torneresti con me? Mi piacerebbe portarti di nuovo in tutti quei posti che abbiamo vissuto insieme durante quei giorni lontani. Vorrei che li vedessi sotto una nuova luce, che potessi cancellare l'ombra che io ho ingiustamente gettato su di loro, sovrascrivere i ricordi tristi con quelli felici che ancora potremmo scrivere.»

Non sapevo cosa rispondere, di nuovo.

Io, che l'unica cosa che desideravo fare fosse quella gita lì, con lui, per dare un finale diverso alla nostra storia, lo sapevo benissimo.

Ma non potevo dirglielo.

Cedendo alle sue richieste mi sembrava di tradire la parte di me che più aveva sofferto, quella a cui avevo promesso che mai mi sarebbe successo di sbagliare un'altra volta, così rovinosamente.

Credo che Leandro intuì questa mia inespressa titubanza e senza che io dicessi nulla continuò come se conoscesse già la mia risposta, pur non avendola ricevuta.

«Esiste qualcosa che posso fare per convincerti del fatto che le cose ora sono molto diverse da com'erano un tempo? Che ho agito convinto di fare la cosa più giusta e invece ho sbagliato tutto?»

«Non capisco cosa sia cambiato da allora, onestamente. Io sono sempre la stessa, anzi credo d'esser peggio di come mi hai lasciata, forse più consapevole ma certamente meno luminosa.»

«Cosa è cambiato? Tutto per la precisione! Ho passato due anni imprigionato in una gabbia buia in cui mi ero incatenato da solo, ma non potevo capirlo senza attraversarne l'oscurità. Ti guardavo continuare la tua vita, da lontano, maledicendo il giorno in cui avevo condannato entrambi a viverla distanti.

Il primo anno mi ripetevo che era giusto aspettare la guarigione di Greta, che in un certo senso glielo dovevo. Il secondo anno, quando è tornata a casa e finalmente avrei potuto agire libero da questo soffocante condizionamento, iniziai a nutrire il sospetto che ormai fosse troppo tardi.

Avevo preso la mia decisione, la tua vita era andata avanti e forse sarebbe stato un gesto egoista, da parte mia, turbare un equilibrio che almeno tu eri riuscita a ricostruire.

Non volevo farti soffrire, devi credermi.

Quando ho preso la decisione di spezzare qualcosa che ancora doveva nascere, ero intimamente convinto che tu saresti stata in grado di sopportare il peso della mia stupidità più di quanto avrebbe saputo fare Greta, che invece aveva bisogno d'aiuto più di tutti noi.

Mi sono reso conto, però, che ogni mio sforzo è sempre stato vano.

Non riesco a liberarmi dall'idea che quella che stavamo scrivendo fosse la storia giusta, dobbiamo solo scegliere di cambiare finale.»

Avevo bisogno di quella pioggia di parole, le assorbivo tutte come un terreno arido e spaccato dopo un lungo inverno, ogni sua frase caricava la molla del mio desiderio che sapevo sarebbe scattata di lì a pochi istanti.

Credo che il mio corpo comunicasse meglio di quanto non riuscissero a fare le parole, e Leandro trovò subito il modo di infilarsi nella fessura che i miei sentimenti nei suoi confronti non erano mai riusciti a chiudere.

Mi prese la mano tirandomi verso di sé e prima che potessi rendermene conto ero seduta sulle sue gambe, paralizzata dalla gioia, il mento fra le sue dita.

Leandro mi spinse con dolcezza verso di lui, le nostre

labbra si sfiorarono appena, eppure quel solo e impalpabile contatto riuscì a vincere ogni mia residua resistenza.

La mia bocca, così come le mie mani, il mio collo, i miei denti, le mie spalle, le mie braccia, il mio corpo tutto si arresero al bacio più desiderato e perso che il mio cuore abbia mai dato.

È stato uno dei momenti di cui meglio ricordo la gioia, che non è mica una cosa facile accorgersi di quanto si è felici nel preciso istante in cui lo si è davvero.

Abbracciata a Leandro, quella sera, senza nessuna risposta alle domande che mi ero ripromessa di fargli, con tutta la sconsiderata avventatezza che hanno le seconde occasioni, non ero mai stata più sicura di essermi guadagnata il più raro e prezioso dei tesori.

«Allora ci ritorni con me a Perugia?»

Sollevai il mento dalla sua spalla per poterlo guardare negli occhi e confessargli un timore che, per quanto sciocco e marginale potesse risultare per qualcuno, nella determinazione delle mie scelte aveva sempre avuto un peso specifico considerevole: il parere di mia madre.

Leandro, ai suoi occhi, era solo la persona che si era presa gioco della sua bambina, la fonte delle sue sofferenze, l'ombra di un passato da cui faticava a filtrare la luce.

Già una volta le avevo taciuto la mia dipartita per il capoluogo umbro, questa non me l'avrebbe mai perdonata.

Erano state le sue mani, dopotutto, ad asciugare quasi tutte le mie lacrime, e le sue parole a risparmiare improvvise esondazioni.

Confessarle ogni mio dolore e potermi confrontare con la sua esperienza era stata una medicina indispensabile, che ora non potevo ignorare.

Le seconde occasioni sono cose che le mamme concedono ai figli, ai mariti al massimo, qualche volta agli amici, ma quasi mai agli sconosciuti.

Leandro rappresentava questo per lei: uno sconosciuto che non si meritava una seconda possibilità.

Il vero problema, dunque, non sarebbe stato tanto quello di convincere me a partire, quanto piuttosto ottenere il beneplacito di mia mamma, l'unico essere umano, insieme a papà, in grado di influenzare irrimediabilmente ogni mia decisione.

21
Cosa ho capito delle faccende d'amore

Per spiegare quanta importanza abbiano sempre avuto, per me, le parole di mamma, mi viene in mente un episodio di molti anni fa.

Non ero più così piccola da ricevere sconti in merito alle mie capacità di ragionamento, ma neppure così grande da potermi considerare capace di metterli in discussione con occhio critico.

Era l'inizio della seconda elementare, stavo attraversando quei primi giorni di timidi riavvicinamenti con i compagni di classe che avevo conosciuto per la prima volta l'anno precedente, eravamo stati insieme da settembre a giugno ma poi era arrivata l'estate e chi li aveva visti più.

Le vacanze passate distanti avevano limato, un poco alla volta, tutta la mia sicurezza e, quando poi era stato tempo di ritrovarli, ecco ripresentarsi, insormontabile e austera, la montagna di paure che avevo faticato tanto a superare l'anno prima.

Una bambina vergognosa: questo era l'aggettivo che i grandi avevano sempre usato per giustificare i silenzi della mia vita.

Non posso dire si siano sbagliati.

Nonostante gli incoraggiamenti, mi rifiutavo di fare anche le cose più semplici, come chiedere informazioni ai passanti o rispondere alle domande che le mamme dei compagni di classe mi rivolgevano all'uscita da scuola.

Se la mia, di mamma, si trovava nei paraggi, io subito correvo a nascondermi dietro la sua gamba, le afferravo un lembo dei pantaloni e speravo che la sua voce autorevole intervenisse al mio posto.

Ogni volta doveva spiegare che la mia non era affatto sgarberia, ma piuttosto timore di deludere le aspettative degli altri.

«Amore dài, non essere vergognosa, rispondi alla signora, falle vedere che bel sorriso che hai» recitava mamma, come una filastrocca che conosceva a memoria ma sapeva quanto io avessi ancora bisogno di sentirle ripetere.

Il suo ruolo era defilato ma importante, alla sua voce gentile toccava occuparsi degli onori di casa: fare le presentazioni fra me e il resto del mondo.

Il problema, però, era che mamma non poteva certo trovarsi sempre accanto a me per prendermi in braccio e alzarmi di quel poco necessario a esser più alta delle mie paure.

C'erano volte, che col tempo poi son diventate tante, in cui dovevo per forza cavarmela da sola e riallacciare i rapporti con i compagni di classe, al rientro delle vacanze, era senz'altro una di queste.

Risolverare quelle relazioni arrugginite per me comportava uno sforzo sovrumano.

Che poi, se ci rifletto, iniziare le conversazioni non mi è mai riuscito troppo bene, nemmeno una volta diventata adulta.

Una scusa per iniziare la conversazione con i miei compagni, mamma me la diede la terza settimana di settembre del 1997, senza rendersene conto.

Un martedì sera la raggiunsi in camera da letto mentre cercava gli orecchini giusti da abbinare alla sua spilla preferita, quella che si appuntava spesso su una giacca sempre diversa, quando usciva con papà.

Seduta sul letto, i piedi penzoloni, la osservavo incor-

niciare il viso con pietre di vari colori: profilo destro, profilo sinistro, lo sguardo indeciso, un nuovo abbinamento.
Ero incantata da quella sua danza scintillante.
Attendevo paziente che facesse la sua scelta solo per vedere se coincideva con quella che avrei fatto io, se fossi stata abbastanza grande da avere un appuntamento.
Mamma non tardò ad accorgersi che i miei occhi non si staccavano dalle sue mani, che il mio collo accompagnava i suoi movimenti come fosse il loro più fedele riflesso.
«Ti piace questo?» disse allungandomi un anello che recuperò sul fondo del portagioie.
Con un balzo scesi dal letto per osservare più da vicino ciò che custodiva il palmo della sua mano.
Era un anello molto piccolo, con al centro una meravigliosa pietra ovale, blu oltremare, a sua volta incorniciata da un cerchio di brillantini a impreziosirne la rara bellezza.
Guardarlo non mi lasciò dubbi, era sicuramente un parente del cuore dell'oceano e mi concessi di immaginare che anche questo, come il suo cugino, fosse stato ritrovato, dopo anni, sul fondo di qualche relitto.
«Questo è per te» disse mamma facendosi seria. «Devi conservarlo con cura perché è un anello molto prezioso.»
Sgranai gli occhi per lo stupore e continuai ad ascoltarla attenta.
«Devi sapere che questo è l'anello che hanno indossato nei secoli tutte le regine di Scozia, se lo tramandano da generazioni.»
Mi servì qualche secondo per capire, almeno in parte, ciò che mi era stato appena rivelato.
«E come mai ora ce lo hai tu?» domandai con un filo di voce, ché la notizia aveva colto di sorpresa persino le mie corde vocali.
«Perché devi sapere che la tua mamma sarebbe dovuta essere la nuova regina di Scozia, ma quando è stato il momento di dover accettare la corona, le hanno chiesto di scegliere.»
«Di scegliere cosa?» incalzai.
«Se essere regina o essere la vostra mamma.»

«... Davvero?»

«Io ovviamente non ho mai avuto dubbi, non c'è tesoro più grande dei miei bambini, così ho rifiutato il trono, ma l'anello me lo hanno lasciato, per poterlo dare a te, che sei la donna più giovane della famiglia.»

Emozionata e incredula risolsi il dondolio nell'anulare spostando il gioiello sul dito medio e, con l'ingenuità che solo i bambini sanno vestire, abbracciai la mamma di gioia, cingendole la vita.

Quella sera, inaspettatamente, erano successe due cose: avevo scoperto di essere a tutti gli effetti la figlia della legittima regina di Scozia e, ancora più importante, avevo una storia incredibile da raccontare ai miei compagni di classe, il giorno seguente, fra i banchi di scuola.

Neanche per un secondo dubitai che quella curiosa versione dei fatti potesse non essere vera, che quella pietra preziosa altro non fosse che semplice vetro colorato e che il ramo dinastico delle regine di Scozia non si era di fatto mai incrociato con quello della nostra famiglia: per me lo aveva detto mamma e tanto bastava.

La sua parola era vangelo inconfutabile, ogni sua opinione uno spunto su cui riflettere e tutti i suoi giudizi, insindacabilmente veri.

Il giorno dopo entrai in classe al suono della campanella e prima ancora che venissero chiusi i cancelli lo avevo già raccontato a tutti.

Con fierezza ed emozione avevo mostrato il mio anello, prova inconfutabile che per qualche tempo, a mia insaputa, fossi stata la legittima erede al trono Scozia.

Ecco che senza neanche accorgermene avevo scalato l'intera montagna, la timidezza che ero sicura mi avrebbe condannato al silenzio era diventata una pianura in fiore.

Non ricordo quale fu la reazione dei miei compagni, credo fecero un atto di fede e nella loro infantile purezza credettero a tutta la storia, ma son certa che, se anche l'avessero messa in discussione, non avrebbe fatto alcuna differenza.

Le parole di mamma godevano di una credibilità tale, che niente e nessuno sarebbe stato in grado di farle vacillare.

Per questo motivo, vent'anni dopo, mentre sistemavo le pieghe del divano nel suo salotto aspettando l'arrivo di Leandro, scrutavo con attenzione le espressioni di mamma.

Andavo cercando, fra le pieghe dei suoi occhi, un segno rivelatore che dichiarasse quale fosse la sua predisposizione d'animo alla luce di quell'incontro.

Temevo che solo un miracolo avrebbe potuto farle cambiare idea.

Dopotutto ai suoi occhi Leandro era il principale responsabile delle sofferenze che avevano scolorito gli ultimi anni della mia vita, io, che ero la sua bambina, la sua unica figlia femmina.

Alle scelte disgraziate di un ragazzo sconosciuto imputava l'origine delle mie lacrime e la strada per ribaltare questa sua prima impressione ero certa fosse tutta in salita.

Una cosa che mi sembra di avere capito delle faccende d'amore è che hanno la memoria corta per le cose brutte e una lunghissima per quelle belle.

Questa bizzarra rimozione selettiva però, operata in modo che in quattro e quattr'otto spazzi tutta la sporcizia a favore dei sorrisi, riesce a farla solo chi, quelle faccende amorose, le ha vissute in prima persona.

Funziona più o meno così: se in una storia d'amore ti capita, poniamo il caso, su dieci giorni uno solo bello, dopo che passa un po' di tempo stai pur certo che di quelli brutti non resta manco l'ombra.

Quando ci ripensi ecco che dici: "Ah ma che bei ricordi che ho di quel giorno", mai una volta che aggiungi un però, una parentesi, un'avversativa qualunque, qualcosa che tenga conto anche dei restanti nove, per esempio.

Nulla, non c'è niente da fare.

Per tutte le altre persone però, quelle che si son dovute sorbire i racconti dei giorni brutti dico, il tempo che passa non fa mica lo stesso effetto.

Non è che basta un nuovo bel ricordo qualsiasi per far

dimenticare loro tutta la disperazione che hanno dovuto consolare.

È certo che loro se la sono segnata tutta, e a margine ci hanno pure scritto note come: "Ma guarda questo che stronzo", oppure: "Ma come si fa a essere così egoisti" e via discorrendo. Se le sono appuntate per potertele ricordare qualora dovessi dimenticarle, rischio che ognuno di noi corre fin troppo spesso.

È una cosa che non si spiega, la potenza dei ricordi felici, per chi li ha vissuti.

Questo mi sembra di aver capito delle faccende d'amore.

Quindi, sebbene avessi provato a spiegare a mamma che in realtà avevo capito male io, che per Leandro avevo sì sofferto molto, ma soprattutto perché non mi era stato chiaro come fossero andate le cose con Greta, sapevo sarebbe stata dura.

Lei nutriva forti dubbi sulla sincerità della sua presunta conversione, e quelle annotazioni a margine che si era fatta negli anni passati era pronta a recitarmele a memoria, ad alta voce, non appena ne avesse avuta l'occasione.

Eppure io sapevo che Leandro, nonostante tutto, occupava un posto d'onore anche nel cuore di mia madre. Lo avevo sempre saputo.

Ero certa avesse colto, dai miei racconti e dalle lettere che le avevo fatto leggere, la stessa unicità che avevo colto io, che avesse intimamente condiviso la mia scelta di accoglierlo una seconda volta, ma che le servisse un contatto diretto e sincero con lui, per poterne confermare le buone intenzioni.

Nell'attesa del suo arrivo sfogavo la mia agitazione sui soprammobili, spostandoli e ripulendoli da una polvere che aveva smesso di ricoprirli almeno cinque spolverate prima.

Papà, più discreto e silenzioso, se ne stava in cucina a leggere un libro, orecchie e animo allerta, un uditore in borghese che fingeva di considerarsi estraneo ai fatti, senza riuscirci poi così bene.

Si sarebbe detto non volesse aggiungere agitazione alla mia agitazione, mi vedeva tesa e conosceva bene il motivo.

Le conclusioni che mia madre avrebbe tratto da quell'incontro avrebbero condizionato la mia decisione, come sempre fin dai tempi dell'anello della regina di Scozia, era stato chiaro che niente più delle parole di mia madre fosse in grado di avvallare o scardinare le mie convinzioni.

«Metto su un tè?» chiese mia madre cercando di allentare la tensione.

«No, che poi sembra che abbiamo preparato tutto perché lo stavamo aspettando.»

«Marta, ma noi lo stiamo aspettando!»

«Mamma, lo so, ma deve sembrare naturale, ok? Niente robe formali.»

«Perché, il tè è formale?»

«Mamma!!»

«Ok, ok. Niente tè, ricevuto.»

Il suono metallico del campanello segnalò l'arrivo di Leandro.

Mi precipitai all'ingresso seguendo la scia di muschio bianco che avevo spruzzato nervosamente nell'aria, per fare bella figura.

«Apro io» gracchiai nel tentativo di sembrare convinta pur mantenendo bassa la voce. «Mamma, ti prego, non far domande imbarazzanti, ok? Fammi 'sto piacere.»

Girai la chiave nella serratura e abbassai la maniglia, da quel momento in poi era tutto nelle mani di Leandro.

«Ehilà» disse vedendomi comparire dalla fessura della porta. «Sono o non sono il genero perfetto? Tre in punto, ho spaccato il secondo, non te l'aspettavi, vè?»

«Dài, genero perfetto, entra, muoviti che prevedo un lungo pomeriggio» risposi con un sorriso, cercando di non farmi sentire dai miei.

Tirandomi per un braccio, Leandro riuscì a strapparmi un bacio rapido e furtivo prima di varcare la soglia, poi, sistemandosi il maglione e aggiustandosi i capelli, mi guardò: «E sia, modalità ragazzo perfetto inserita, andiamo a conquistare quella grande di mia suocera».

Lo aveva recitato fingendosi un soldato pronto per il fronte, come biasimarlo.
«Sei proprio un pirla» risposi ridendo sotto i baffi.
«Mamma, ti presento Leandro. Leandro questa è mia mamma, Claudia.»
Li introdussi senza troppi formalismi cercando di alleggerire un'atmosfera che inevitabilmente si era fatta piuttosto tesa.
Come in un vecchio film western in bianco e nero, mi sembrò di vederli alzare il mento, riporre la Colt nella propria fondina e allungare la mano in segno di tregua.
«Sì, mi ricordo, mi sembra di avertelo sentito nominare fra un singhiozzo e l'altro.»
Oddio, partiamo bene! pensai.
«Accomodati pure, ti faccio strada!» aggiunse mamma guidandolo verso il divano della sala, luogo da lei designato per la conduzione dell'interrogatorio.
«Sì, grazie, la seguo, complimenti per la casa» rispose Leandro facendo finta di non aver colto la frecciatina.
Uno a zero per mamma.
«Allora, Marta mi ha raccontato che abiti a Perugia» continuò fingendo di sapere poco o nulla del suo vissuto, quando invece sapeva tutto.
«Sì, nato e cresciuto a Perugia, anche se poi, per il lavoro che faccio, a casa ci sto veramente poco. Però è davvero una città incredibile e non lo dico solo perché ci sono nato.»
«Eri mai stato a Milano?» incalzò mamma.
«Sì, diverse volte, soprattutto durante i tour, Milano è in assoluto la città che, musicalmente parlando, offre di più, è sempre un piacere tornarci, soprattutto adesso che ho qualcuno con cui condividerne la bellezza.»
Uno pari, questa mia madre non se l'aspettava, annotai nella mente.
«Lei, invece, è mai stata a Perugia? Mi offro come Cicerone in caso contrario, per un viaggio futuro» proseguì Leandro lanciandomi uno sguardo complice e soddisfatto.

Era certo di aver sfruttato bene il suo turno in quel loro duello verbale. Due a uno per lui.

«Sì, sì. Io e mio marito ci siamo sposati a Urbino, in luna di miele abbiamo girato i borghi più belli di Marche e Umbria, tra cui anche Perugia. Ci piacque molto, a breve per altro ci tornerò per un concerto.»

«Un concerto?»

Una luce si accese negli occhi di Leandro.

Quella che aveva tutte le premesse per essere la conversazione più difficile della sua vita aveva sorprendentemente imboccato la strada perfetta.

«Sì, non un concerto di quelli che pensi tu» intervenni per evitare fraintendimenti e frenare gli entusiasmi generali. «Mia mamma canta per passione, ma opere liriche principalmente, è un mezzo soprano.»

«Ma davvero? Ma è incredibile! Io seguo la programmazione di un teatro storico in un piccolo Comune vicino Perugia, potremmo organizzare qualcosa insieme!» rispose cavalcando l'onda migliore che potesse presentarglisi in quell'oceano ostile.

«Ma certo! Noi giriamo tutta l'Italia, ci esibiamo per hobby, quindi siamo sempre contenti di visitare teatri nuovi.»

Tre a uno per Leandro, l'esito della partita cominciava a delinearsi in modo piuttosto chiaro.

«Ciao! Molto piacere, Umberto» interruppe papà facendo capolino dalla cucina. «Cosa ti possiamo offrire? Un bicchiere d'acqua? Un tè? Una birra?»

«Buongiorno, molto piacere, Leandro. Un bicchiere d'acqua andrà benissimo, grazie.»

Lo guardai con aria perplessa, non ero certa che la sua fosse una risposta sincera.

«Ti senti bene?» gli sussurrai all'orecchio.

«Certo!» rispose a mezza bocca per non farsi sentire da mia madre. «Era una domanda trabocchetto, no? È chiaro che vuole capire a che genere d'uomo affida sua figlia, mica gli posso chiedere di stapparmi una birra alle tre del pomeriggio, ti sembra? Devo fare una buona impressione, se no come li convinco a farti venire a Perugia? Le basi!»

La sua immedesimazione nella parte di ragazzo modello cominciava a preoccuparmi.

«Non devi convincere nessuno, sono grande abbastanza per decidere della mia vita, comunque vada» risposi a denti stretti.

«Tieni, spero che la Leffe ti piaccia» disse papà tornando dalla cucina.

Gli allungò la birra facendogli l'occhiolino.

Leandro sorrise con una punta di imbarazzo.

La sua goffa incapacità di mentire era stata presto smascherata, ma dal ghigno di mio padre capii subito che non sarebbe potuta andare meglio di così.

Fallire era l'unico vero modo per superare il primo e unico test a cui papà lo avrebbe mai sottoposto, e la complicità del loro brindisi a distanza lo rese chiaro anche agli occhi di mamma.

La conversazione proseguì sostenuta per un paio d'ore durante le quali, progressivamente, mi accorsi che lo spazio per inserirsi nei loro discorsi si fece sempre più angusto: non c'erano pause nei loro scambi, né divergenze nelle loro opinioni.

Per la maggior parte del tempo rimasi seduta accanto a Leandro, osservando con quanto impegno e dedizione stesse portando a termine quanto mi aveva promesso la sera prima.

Quando ormai ero convinta che i momenti di maggiore tensione fossero passati, la presa salda della sua mano sul mio ginocchio generò un brivido freddo che mi corse lungo la schiena.

Si stava preparando a un discorso importante, era evidente.

«Signora» iniziò.

«Chiamami Claudia, ti prego, diamoci del tu se no mi sento vecchia» rispose mia madre sorridendo.

I suoi occhi, come quelli di Leandro, erano incapaci di mentire: l'aveva conquistata ancor prima di assistere alla sua arringa finale.

«Claudia, ci tenevo a dirti una cosa che non so ancora bene come dirti, quindi cercherò di seguire un flusso di pensieri che spero possa trovare un senso compiuto.

Allontanare tua figlia dalla mia vita è stato l'errore più grande che potessi compiere, ma a prescindere dalle ragioni che l'hanno guidato, ormai il danno è stato fatto.

L'unica cosa che mi rimane, ora, è cercare le parole migliori per spiegare quanto io desideri cambiare le cose.

So che in questo momento sono la persona più lontana da quella che vorresti vedere accanto a tua figlia, e lo so perché probabilmente al tuo posto penserei lo stesso.

Ma vorrei dimostrarti che non è così.

Te lo può confermare ogni singolo neurone di questo cervello bacato, che a volte mi si ingarbuglia tutto e non so più come gestire.

Ora come ora ho veramente poche certezze, ma una di queste è che vorrei Marta nella mia vita.

Più precisamente la vorrei accanto per il resto dei miei giorni, ma soprattutto dei miei sbagli, perché certamente ne commetterò mille altri, ma non voglio doverli risolvere senza lei al mio fianco.

Per riuscire ad ammetterlo a me stesso ho impiegato fin troppo tempo, ma ora che ho la libertà di farlo, voglio dichiararlo ad alta voce per fugare ogni dubbio.

Se potessi prendere sulle mie spalle tutta la sofferenza che si è portata dietro Marta in questi anni, io ti giuro che lo farei, la libererei di tutto il peso che impedisce alla curva della sua schiena di puntare verso il cielo.

Ma non posso.

I ricordi rimangono impressi nella pellicola della mente finché, se siamo fortunati, non ne arrivano di nuovi.

Per questo quello che volevo dirle, che volevo dirti scusami, è che io ho tutta l'intenzione di riscrivere ogni nastro che ancora contenga uno spazio per la solitudine, di registrarci sopra una vita insieme, se Marta me lo consentirà. Riscatteremo tutti gli abbracci che per colpa mia ci siamo persi.

Che sono innamorato di tua figlia: è questo, alla fine, che volevo dirti.»

Il suo sguardo stazionò un poco sul pavimento e poi, timido e indeciso, si sollevò piano piano, a cercare il mio.

Se non fosse stato per la risposta di mia madre, che entrambi aspettavamo attenti, come la benedizione per esser felici insieme, io in quel momento me lo sarei abbracciato tutto quanto: con le braccia, con le gambe, con le mani e i piedi, con la schiena avvinghiata e i capelli pure.

Invece mia madre si alzò e si abbracciarono loro, e forse andò anche meglio così.

Epilogo

«Che fai?» mi chiede Leandro comparendo d'improvviso alle mie spalle.

«Mio Dio, mi hai spaventato, non ti ho sentito entrare.»

Seduta sul pavimento del nostro nuovo studio, lo sento chinarsi e baciarmi la tempia sinistra, è un'abitudine che negli anni non ha mai perso, quella di respirarne l'odore.

«Guarda cosa ho trovato, ti ricordi?» dico allungandogli il biglietto del concerto di Modena appena ritrovato fra le pagine di quella vecchia agenda.

Dopo averlo osservato per un attimo, lo sguardo si illumina: «No, ma pazzesco, lo hai conservato per tutto questo tempo? Certo che mi ricordo! Dopo quella sera a Modena, per ritrovarti, ho avviato le ricerche più metodiche della mia vita! Manco i Servizi segreti».

«Ma se mi avevi scritto che trovarmi era stato semplicissimo?»

«E cosa dovevo dirti? Che per scovarne una in cui comparisse il tuo nome ho sfogliato duemila foto in un solo pomeriggio? Non mi sembrava funzionale come metodo di approccio, tu che dici?»

«Questo però non me l'avevi mai confessato!»

«Ho anche io i miei segreti, mia cara.»

«Dài, agente segreto, finisco di svuotare queste ultime scatole e poi ceniamo. Ne ho ancora per un'ora almeno, va bene? Sono stanca morta ma devo darmi una mossa, se no domani siamo ancora punto e a capo.»

«Va bene, io vado avanti con quelle della camera da letto, ma prima facciamo un balletto, alzati, forza!»

Questo, secondo Leandro, è un modo semplice ed efficace per alimentare l'amore nei momenti stressanti: interrompere qualsiasi cosa si stia facendo e celebrarlo con un valzer o una lambada.

Nessuno di noi due conosce i passi, eppure troviamo sempre il modo di andare a tempo.

Io non accetto ogni volta di buon grado queste sue richieste danzerine, ogni tanto provo a opporre resistenza, molto spesso sbuffo.

Ho il mio lavoro da finire, sono concentrata e mi sembra di perdere tempo.

Ma Leandro riesce sempre ad averla vinta e, quando poi mi costringe a passare sotto al suo braccio con una giravolta, io penso che sia stato proprio questo a guidarci l'uno nelle braccia dell'altra: ascoltare i nostri ritmi e perdonare i reciproci passi falsi.

Abbiamo ballato per due anni su una melodia che non ha mai smesso di suonare, sperando che, nonostante il tempo e la distanza, nessuno dei due perdesse il ritmo.

A volte siamo andati fuori tempo, è capitato di inciampare in passi sbagliati, ci è sembrato di non sentire più la melodia e di credere che la musica fosse finita, ma è proprio in quei momenti che abbiamo affinato l'udito, confidando che il cuore dell'altro facesse altrettanto.

La nostra danza è stata imperfetta, alcune volte faticosa, ma certamente è stata appassionata.

E ora che ci sembra di aver preso confidenza con le movenze, sul parquet del nostro nuovo studio, nella nostra nuova casa, io mi sento che forse un po' l'ho capito perché ci amiamo così tanto.

Mi vien da dire che la nostra vita è proprio una danza che abbiamo imparato insieme. All'inizio, si sa, si sbaglia perché non si conoscono i passi, ma di tenere sempre salde le braccia l'uno sulle spalle dell'altra non ce ne siamo mai dimenticati, e ora, affascinati dall'armonia perfetta dei nostri movimenti, volteggiamo senza mai perdere l'equilibrio, ché il punto fisso da guardare, per rimanere in piedi, siamo noi.

Ringraziamenti

Se sono riuscita a iniziare questo libro, è grazie ai personaggi che ne fanno parte: con altri nomi, altri anni e altre storie, sono stati la fonte prima della mia ispirazione.

Se sono riuscita a portarlo avanti, invece, è stato grazie alla fiducia di Luca, al sostegno di Beppe, alla gentilezza di Alberto ma soprattutto alla pazienza e ai preziosi consigli di Laura, che ha sempre trovato il modo giusto di abbracciare le mie paure. La sua luce è stata un'arma preziosa, senza la quale mi sarei senz'altro smarrita.

Se sono riuscita a finirlo, poi, è grazie ad Aimone, l'anima più bella e pura che abbia mai abitato la mia vita, e che spero possa accompagnarla tutta quanta.

Se questo romanzo, oggi, è fatto in questo modo e non in un altro, è grazie alla mia mamma, la donna che un giorno spero di diventare, che ha letto tutte le mie prime stesure, appuntandomi a margine i suoi indispensabili suggerimenti.

Se ho avuto il tempo giusto da dedicarci, è perché il mio papà, che a tutti gli effetti è il migliore del mondo, con la sua affettuosa premura ha reso la mia quotidianità più semplice e meno faticosa.

Se non ho mai dubitato che ci sarebbe stato qualcuno contento di leggerlo, è grazie ad Alice e Paola, che non si sono mai dimenticate di volermi bene e la loro presenza costante è stato il regalo più grande che potessero farmi.

Se adesso sto scrivendo questi ringraziamenti, è perché Helio, la figura più vicina a un angelo custode che si possa immaginare, ogni volta che non mi sono sentita all'altezza della meta mi ha teso una mano incoraggiandomi a proseguire la strada.

Se c'è qualcuno che è arrivato a leggerli, questi miei ringraziamenti finali, io lo ringrazio davvero di cuore, perché senza il tempo che ha scelto di dedicarmi, il mio lavoro sarebbe stato inutile.

E questo è tutto, credo.

Mondadori Libri S.p.A.

Questo volume è stato stampato
presso ELCOGRAF S.p.A.
Stabilimento - Cles (TN)

Stampato in Italia - Printed in Italy